比海和天空
更宽阔的世界

鬼金 著

时代出版传媒股份有限公司
安徽文艺出版社

图书在版编目（CIP）数据

比海和天空更宽阔的世界 / 鬼金著 . —— 合肥 : 安徽文艺出版社 , 2023.2
（鲸群书系）
ISBN 978-7-5396-7439-1

Ⅰ.①比… Ⅱ.①鬼… Ⅲ.①中篇小说—小说集—中国—当代 Ⅳ.① I247.5

中国版本图书馆 CIP 数据核字 (2022) 第 055732 号

出 版 人：姚　巍　　　　　　　策　划：李昌鹏
责任编辑：胡　莉　　宋潇婧　　特约编辑：罗路晗
封面设计：鸿儒文轩·末末美书

出版发行：安徽文艺出版社　　　www.awpub.com
地　　址：合肥市翡翠路 1118 号　邮政编码：230071
营 销 部：（0551）63533889
印　　制：阳谷毕升印务有限公司　（0635）6173567

开本：880×1230　1/32　印张：7.75　字数：174 千字
版次：2023 年 2 月第 1 版
印次：2023 年 2 月第 1 次印刷
定价：48.00 元

（如发现印装质量问题，影响阅读，请与出版社联系调换）
版权所有，侵权必究

总　序

我将中国当代文坛创作体量巨大、深具创作动能的作家群体命名为"鲸群"。入选这套"鲸群书系"的作家在2021年度中短篇小说的发表量皆有15万字以上,入选小说皆为2021年发表的作品。

"鲸群书系"以最快的速度集结丰富多元的创作成果,以年度发表体量为标准来甄别中短篇小说创作的"鲸群",展示作家创作生涯中的高光年份——当一个作家抵达极佳的状态才能进入"鲸群"。如果我们喜欢一位作家,一定会着迷于他高光年代的作品。

我想,"鲸群书系"问世后,一定会有更多的人关注被我称为"鲸群"的作家群体,因为这个群体标示了中国当代小说创作的年度峰值——它带着一种令人心醉的澎湃活力。

如果"鲸群书系"在2022年后不再启动,多年后它可能会成为中国当代小说研究者珍视的一套典藏;如果"鲸群书系"此后每年出版一套,它或许会为中短篇小说集的出版带来新格局。

　　这套书的作者中或许有一部分是读者尚不熟悉的小说家，我诚恳地告诉您，他就是您忽视了的一头巨鲸。正因为如此，"鲸群书系"的问世，显得别具价值。

2022 年 10 月 30 日

目录

比海和天空更宽阔的世界　　001

荒野诗篇　　053

天边外　　095

骰子一掷的行为中　　139

芳草地　　187

比海和天空更宽阔的世界

我将与绝望携手反对我的灵魂，与自己为敌。

——莎士比亚《理查三世》

一

那个自称"轧钢厂囚徒"的我，那个开吊车的小说作者，自我放逐了，从轧钢厂逃离……

那年，我三十岁。

距离我喜欢的作家波拉尼奥死亡，还有四年。2003年7月15日，波拉尼奥因肝功能衰竭死于西班牙北部的布兰奈斯，年仅五十岁。现在，2019年7月15日，我也五十岁了，还在这个世界上苟活。说我是小说家，不如说我是一个多年来靠文字来给内心寻找出口的人。我当然知道什么样的才是小说家，我距离小说家还有很遥远的距离。小说家这个命名已经被很多人亵渎。很多人可能写了一辈子，还不知道小说是什么，但这样的人也被称为小说家，并且混得如鱼得水。唉，我又唠叨了。好吧，我不说这些。还说波拉尼奥吧，他在近年成为我的小说家偶像。我也知道我写不出来《2666》，但如果能写出一部《荒野侦探》，哪怕是《遥远的星辰》那样的小说，我也满足了。我知道我的愿望不会实现，什么原因？自卑吗？有一点儿。但还有其他因素。每个人的生命经历和生命经验决定他写出什么样的作品。我这么认为。别人怎么看，是别人的事情。写作永远是个体行为，也有着它的迷人之处。

我推开地下室通往车库的门，站在那里，点了支烟。我看到车库内盒子般的汽车密集地停在那里。

二

几天前，一个雨天，午后，车库里发生了一起女人被害案。警察还找到了我，问我在写作的时候是否听到车库里有什么声音。我说，我什么都没听到。小区保安是我的微信好友，当时是他陪着警察过来的，他看到我在地下室通往车库的门口抽烟。小区保安在微信里跟我说，警察调录像的时候，看到是一个身穿黑色雨衣的男人。他把女人按到汽车上，强暴了她后，用女人的丝袜勒死了女人，然后把尸体拖到一个角落里，逃走了。凶手至今下落不明。小区保安还偷偷用手机录了罪犯作案的视频，发给我。我不知道他是怎么把视频偷录下来的。我抽着烟，能感觉到车库阴冷的气息。有一辆宝马汽车已经发动起来，快速开走。

我看了眼手表，已经上午十点半钟，我得上楼，给妻做午饭。她近来为一个画展做准备，在疯狂地画画。我掐灭烟，又望了一眼车库。那些冰冷的汽车让我感到厌恶。同时，我也在犹豫是否要把我计划回望城修改小说的事情告诉妻。如果告诉她，是否会影响她画画的进度？这是我们来到上海之后，她的第一场个展。妻是上海人，在上海生活了十几年。那时候她就以画画为生，离婚后遇到了我，来我居住的望城，陪我，照顾我七年。她再次回到上海，她和我都有东山再起的念头。如果我在这个时候离开的话，一定会影响她的情绪，那样，她的个展也许就……这么想的时候，我给编辑发微信说，等收到你们的合同，定下来，我再决定修改。编辑回话说，好吧。我回到电脑前，又看了眼刚才写下的文字，关了文档和电脑回到楼上。

我看了眼正专注画画的妻，没有打扰她，直接进了厨房。我从冰箱里拿出来一条鲤鱼，破剖开鱼腹，取出内脏。看到那个白色的鳔，我用食指和大拇指把它捏破，砰的一声，爆裂。我又掏出鱼鳃，剪去鱼身上的鳍，在鱼身上轻轻划了几刀，便于入味。我差点忘了一件事，在鲤鱼贴着鱼脊的位置有一根白色的线，像筋似的，叫什么，我也不清楚。我用刀轻轻划开鱼脊，用指尖捏着，往外拽，在手指上绕了两圈，才把那根白线抽出来。这样，做出来的鲤鱼就没有土腥味了。

准备工作做好后，我望着窗外，雨仍淅淅沥沥地下着。我把窗户打开一道缝隙，点了支烟。

这时候，我发现我的右手在颤抖。老毛病了，每到雨天都会发作。这是我在轧钢厂的时候落下的病根。我的手掌心上仍留着一道伤疤。

院子里，有妻种的月季，还有一些多肉植物。它们被雨水淋着，雨滴从多肉植物的叶片上滑落，晶莹剔透，像玻璃珠子。一只灰色野猫湿漉漉地闯进院子。以前这只野猫就来过，妻还给过它食物。后来，它消失了。这雨天，也许因为找不到食物，它又回来了。我把鱼的内脏收集了一下，推开门，把它们散放在花盆旁边。那灰色的野猫连忙跑过来，饥肠辘辘的，近乎贪婪地吃着鱼的内脏。它被雨淋湿的毛戗戗着，看上去比之前瘦了很多，可以看到突出的肋骨。我不知道它在外面经历了什么。它的鼻头上还有伤。雨下了几天，天空好像漏了。潮湿让我很不舒服，尽管已经来四年了，我这个东北人还是不太适应这里的气候。那野猫很快就把鱼的内脏吃光了，好像还没吃饱，冲着我喵喵叫了两声。它的两只眼睛很好看，像两颗蓝色宝石。我想给它点儿猫粮，但我不知道猫粮被放在什么地方。

我只好转身进屋,它紧跟在我身后,我还是把它关在门外。我听见它用爪子轻轻挠了挠门,我没理它。我的右手还在颤抖着,就好像要挣脱我的身体,去抓空气里的虚无之物。我握成拳头,又松开,反复几次,颤抖多少得到缓解。

　　我开始做菜。主食是我早上起来蒸的馒头,小苏打没揉均匀,上面斑斑点点的,褐色,像一只只眼睛。我好久没做面食了,手生。鱼做好了,我把它盛到盘子里,听到那只野猫仍在外面喵喵地叫着。我又炒了个芹菜豆干,做了一个素烩烫。

　　我来到画室,看到妻正专注地用一支画笔轻轻调着画面上的明暗色调。我没说话,站在她身后,盯着画面上被撕裂的人体,它令我战栗。鲜血淋漓的撕裂让人回到动物性,但在肢体和面部表情上又回到人。人的本来面目在遮挡着动物性的那部分。我喜欢这种战栗不安,有种令人炸裂的感觉。我之前看过一段话,说,艺术的作用之一便是让人不安,它们洞穿、颠覆我们的自鸣得意和固有思维,继而让我们重新调整对待生命的态度。从妻的画作里,我感觉到这种不安。这也是我试图在文字里表达的个人存在的不安和无力。我承认我的文字没有妻的画来得直接,呈现得淋漓尽致……曾经有人说我的文字呈现出来的更多是地狱氛围,我没有辩解,也无从辩解。是啊!危险的中年,谁又不是那个但丁呢?但现实生活中,却很少有那个维吉尔。我暂且用我的文字呈现但丁的《神曲·地狱篇》吧。嘿嘿,我在沾但丁的光。哈哈。妻发现了我,转头对着我笑了笑,说,还要深入,深入灵魂里去。我说,可以啦。妻是个完美主义者。她说,不行。如果不深入灵魂里去,不能在视觉上将观者引向死境,引向死而后生的警醒的话,我宁愿把这幅画毁掉。我说,好吧,我不懂。吃饭了。妻看上去有些疲惫,她说，真不想画了，那种来自身体和精神的疲惫快让我崩溃了。我安慰她说，会好的。只要像你说的，当你深入灵魂里去的时候，你也将从肉身和灵魂上都得到释放。妻拉着我的手说，你说我们为什么要这样呢？画些好看的，可以挂在墙上的那种，不好吗？我说，这也许就是我们需要的，我们需要把那种真实引向神性，这尘世间的东西，一切上升的东西也都具有神性，包括火焰和空气。妻蹙着眉头说，我再想想。看她的样子，仍没有从作品中走出来，有些恍惚。我说，吃过午饭后睡一觉吧。妻说，好。她去卫生间洗了把脸，拿着毛巾边擦脸边走出来说，这披头散发的，像不像个疯子？我说，不像。妻笑了笑。她说，我听到猫叫了，是那只野猫回来了吗？我说，是的，可能是下雨天在外面找不到吃的，才回来的。妻说，下雨了吗？我说，是的。妻站到窗前看着窗外的雨，淅淅沥沥的。她从角落里找来猫粮，推开门出去，撒到一个盘子里。妻回屋的时候说，要不我们收养了它吧？它看着怪可怜的。我沉默了一下说，如果你喜欢，就收养了吧。不过要先带到动物医院去检查一下，看看有没有疾病什么的。关键是我俩都没时间照顾它——你画画，我写作。而且，我看它是一只公猫，在春天发情的时候，还是会躁狂地跑出去……总不能为了让它安静地待在家里而阉割了它吧。再说，阉割也不是我们能做出来的，我们会尊重动物性的……如果你不怕麻烦，就收养好了。妻没吭声，开始低头吃饭。过了一会儿，妻说，算啦，画展都要忙死我了，再弄只猫……

听妻这么说，我更不好和她说，我要回望城修改我的长篇小说。现在，这个家里，她的绘画也是最重要的。哪怕仅仅从经济上考虑，她的绘画在这个家里也是首要的，因为买这个房子是贷款，还要靠她卖画来还房贷。我写作挣的稿费，能维持我个人的生活就不错了,常常还要妻贴补我。从望城到上海来,我的那些藏书都没拿过来,还放在望城的房子里。现在,这地下室里又堆满了我买的书。购书是我的一项重大开销,妻偶尔会抱怨,但对我这个喜欢书的赖皮,她也没办法。

那只灰色的野猫吃完了猫粮,还在外面喵喵地叫着。

我给妻讲,我小时候养过一只猫,一只瘸腿的猫,是我捡来的,在我家待了一个星期就失踪了,我满街道找也没找到。直到有一天下雨,我在雨中看到它的尸体躺在马路上。我把它从马路上抱起来,装到一个纸盒子里,埋葬在我家附近的菜地里。从那以后,我再没养过猫。

我不知道我为什么要给妻讲这件小时候的事情,也许是那个时候想到了这件事情而已。我没有旁敲侧击,不让妻收养外面那只野猫的意思。吃过饭,我刷了碗。我对妻说,你睡一会儿吧。妻说,好的。她回到卧室里。我走出屋,抽了支烟,看着那些疯长的月季,它们需要剪枝了。雨还在下,让人感到压抑。那只野猫蜷缩在花盆旁边的角落里,看上去像一个失败的灵魂。这么想着,我不禁毛骨悚然。我希望它尽快离开,起码在雨停之后离开。我关上门,回屋,躺在沙发上,盯着妻的画看,有一种疼痛感油然而生,让我欲哭无泪。我闭上眼睛,竟然把妻的画和小区保安描述的那个车库里被害的女人联系到一起。

三

那天警察敲我地下室的门的时候,我并没有惊动妻。妻近日都沉浸在她的工作中,并不知晓车库里发生的事情。为了不打扰她休息,我回到地下室,打开电脑,放着音乐。我的右手再次抽搐起来。我用左手按摩着右手，但效果不大。也许，雨天过去就好了。我倚靠在椅子上，把双脚搭在桌子上。这个姿势也是当年在轧钢厂的时候保留下来的。那时候，在吊车上一坐就是七八个小时，血液都不循环了，两条腿都僵硬麻木了。我就常常把脚跷起来，放到车窗的栏杆上。我把双脚拿下来，在电脑里寻找着那个名为《东北》的文档，打开，那种扑面而来的没落和颓败感让我的心像被扎了一刀。我承认，在现在这个地下室里，我无法回到那种叙述语境之中。我必须回到望城，回到那种环境中，来完成我的修改。我陷入了日常生活和写作的苦恼之中。

我关了文档，来到地下室门口，打开门，站在那里抽烟。我看见一个空的停车位湿漉漉的，好像是一个管道漏水，可以听到滴答的水声。那水缓慢地流淌进下水道。那些停在里面的汽车，给我一种身处古代地下陵寝的幻觉，而我就像是这古代地下陵寝的守墓人。是的，守墓人。这个幻觉以前也有过，不过那时觉得，写作者也是守墓人，让那些死魂灵复活在虚构的文字里。小说就是我守候的陵寝。哈哈。看看，我又开始胡思乱想。我的精神病又犯了。喵的一声，那只野猫不知道什么时候转到了地下车库。它转头看了我一眼，消失在那棺椁般停放的一辆辆汽车之间。陵寝。辞职之前，我曾在小说里把轧钢厂的厂房也描写成陵寝。我们都是"陵寝"里的"活死人"，被黑夜消耗着，被机器消耗着，我们都不知道主宰我们的是谁……我那悬置半空的驾驶室更像是一具移动的悬棺。

地下车库阴冷的气息扑过来，我把衣服的扣子扣上，去了躺在车库一角的邮箱，把里面的邮件拿出来。除了几张健身房、房地产、保健品的广告，再没有什么了，我把它们撕了，扔到旁边的垃圾箱里。我有些失望。我在书堆旁边的沙发上蜷缩着。妻神经衰弱,我不想打扰她。我要让她保证睡眠。我突然觉得我很无用、无能。一个家本来要靠男人支撑的,但这个家恰恰是由女人支撑的。我这个只会写作的废物。废物。无用之人。沮丧之情油然而生。我的情绪糟透了。

我蜷缩在沙发上睡着了。

一个幽暗空间里,我赤身裸体地坐在一把铸铁的椅子上。一道光落在我身上,又消失了,空间恢复之前的幽暗。无形中落下来一根柔软细长的绳子,开始在我身上捆绑,简直就是一个捆绑大师,从我的每一个脚指头开始,小腿、大腿、我两腿间的"蛇"、腹部、胸部、两个乳头、脖颈,延伸到两条胳膊、手臂、十根手指,绳头再次回到脖颈、下巴、舌头,揪出双唇,缠绕着,上嘴唇、下嘴唇、鼻子,分开绳头,在眼睛上十字捆绑,两只耳朵,然后,缠绕整个头部,悬挂在头顶的天花板上……我已无法喊叫和看见。我挣扎着,越挣扎,那绳子缚得越紧,随时都要勒进我的肉里。舌头和下面的"蛇"都充血了,变得麻木,还有十个手指和脚指头也不过血了。幽暗的空间里,我不知道谁在操纵那根绳子。那个捆绑大师是谁?要干什么?我能感觉到舌头和两腿间的"蛇"在慢慢死去,还有手指和脚趾……

突然,一片光笼罩下来,墙是透明的,无门,我是那透明的墙之间的囚徒。我能感觉到墙外很多人在围观我……是的,围观我……我是谁的作品?我是谁的作品?我在心里面喊叫着。但我不知道是谁。我的舌头和两腿之间的"蛇"开始不过血,而慢慢麻木僵硬……

接着是我的手指和脚趾……

绳子随着部分肉身的枯萎和僵死变得松松垮垮，但我已经没有挣扎的力气了，从铸铁椅子上栽倒在地上。尽管耳朵也被捆绑了，我仍能听到那些围观者的哗然大笑……他们的笑声刀子般一颤一颤地割着我……凌迟啊！

我身上还没有僵死的部分感觉到了疼和痛，把我从睡眠中惊醒……

我"啊"地叫了一声，扑腾着，从沙发上坐起来，觉得整个地下室的空间都是压抑的、恐怖的。我犹如落井的猪，四处撞着，才清醒过来。我仍能感觉到来自噩梦的疼和痛沉积在体内。

我站起来，活动了一下身体，疼痛多少得到缓解，但地下室的那种压抑感让我仍处于噩梦之中。

我回到楼上，倒了杯水，看到妻已经起来，在画画了。我问，那件雨衣放哪儿了？妻问，干什么？我说，我去院子里把月季花修剪一下，顺便插几枝，看看能不能活。妻把白色的塑料雨衣找出来，递给我。我穿上雨衣，来到院子里，找到剪刀，开始修剪那几盆月季花。不小心，我被月季上的刺扎了一下，手指肚上擎着一颗鲜红鲜红的血珍珠，剔透。我把手指伸进嘴里，嘬了一下，嘴里充满了咸咸的血腥味道。我连忙把血和唾沫吐出来。我透过雨衣，从衣服兜里拿出烟，坐在那里，感受着雨滴落在身上的重量感。我用手心小心呵护着烟，防止它被雨水打湿。被刺的手指，肉里面隐隐作痛。我再次嘬一下，只有少量的血渗出来。

我抽完烟，继续干活。我从剪下来的枝丫中，挑了几枝我认为不错的，找来一个空花盆，往里面倒上土，把剪下来的枝丫四分之一部分插进土里。花土的那股味道让我翕动着鼻子，吸了好几下。这些活，以前都是妻做的，后来我慢慢学着做，并开始喜欢上这些植物。其中一盆已经开了，白色的。花瓣上的雨滴欲落不落的样子让整朵花看上去透出那种洁净的白。是的，白。刚才剪枝的时候，我不小心剪掉了一个带着花苞的细枝。那刚刚顶出花苞的白，落在乱枝叶中，看着让人心疼。我叹息着，把它从乱枝叶中拣出来，插在花盆里。我用手撩了点儿水，冲洗着花苞上的污秽。是的，污秽。

坐在那些植物面前，我有一种重生的幻觉。是的，重生。那噩梦的疼痛还滞留在我的身体里。那被捆绑的勒紧感仍滞留在身体的每个部位，尤其舌头和下面，还没有从麻木中缓解……像真的被噩梦中的绳子煞去了知觉……两腿之间和口腔里凉飕飕的。

我站起来，来到门口，脱下雨衣，抖了抖上面的雨水。我看到妻倚靠在沙发上盯着她的画，便来到她旁边坐下。妻说了句，辛苦啦！她瞅了我一眼，说，你脸色怎么这么不好？写作又卡住了吗？我说，不是，我做了个噩梦，现在想想还恐惧，是那种深入骨髓的恐惧，我预感这种恐惧将延续余生。妻把手伸过来，拉着我的手。她的手热乎乎的。妻说，什么梦这么恐惧，能延续你的余生？说说看。我把噩梦述说了一遍，再次被那恐怖的笑声笼罩，我紧紧握着妻的手。妻说，太好了，这个梦，我这次画展里就缺少这样一幅画。我要画出来，作为这次画展的重心。如果你到时候作为一个装置作品复制你梦中那样的捆绑，我想，这次画展一定会轰动的。我看出妻的兴奋。她松开我的手，拿出一张画板，在上面勾着草图。随着那草图渐渐清晰，恐惧再次向我袭来。妻回头看我，说，我希望你可以为这次画展牺牲一下，也是为了这个家牺牲一下——如果这次画展能卖些画，先前借的那些首付就可以还上了。她边说边在画布上勾着线条，画布上的人越来越清晰。妻说，我怎么感觉我也是这个被绳子束缚的人，有一种喘不上气来，随时可能窒息的恐惧呢？我开始能体验到你说的恐惧了，真的，这种恐惧也许会延续余生的。我们不用真人，用橡胶做一个装置摆在展览厅中央也行。但总没有真人的行为来得直接，更有冲击力。我们还可衍生出一些小雕塑，比如铁丝面具，那种带着尖刺的铁丝。我们可以参考一下中国古代的刑罚。我一会儿上网搜搜。

我一直沉默，目光盯着妻被牛仔裤包裹的紧绷、丰满、圆润的屁股。我冲动地站起来，把她抱在怀里，亲吻着她白皙的脖颈，她手中的炭条笔落在地上，摔成两截。我亲吻着她的耳垂，我的"蛇"紧贴着她的臀部，蠕动，从噩梦的恐惧、麻木中，慢慢苏醒……在撞击声中，我身处的世界在坍塌、坍塌。我看到绳子、铁丝、面具、树木、镜子、墙，还有词语纷纷坠落，压弯青草，仿佛遭到奔跑着的狮子的践踏。我和妻，随着那些词语在撞击、撞击，在近乎透明的旋涡中。妻喘着粗气问我，你这是怎么了？带着杀气，要杀人似的。你多久没碰我了，我还以为你的身体不需要我了呢！妻娇嗔地说。我傻笑着，瘫坐在沙发上。妻穿上衣服坐在我身边抚摸着我，说，都老夫老妻了，还……羞不羞？我傻笑。我说，我决定在你的画展上做那个行为艺术。我想这样的牺牲是必要的，如果能唤醒人们什么的话，那我就没有白白牺牲。妻说，我不是让你下地狱啊，你下地狱了，我怎么办？我也想过，我们这些年，你写作，我画画，仅仅是为了生存吗？不是的。我们也在抵抗绝望。我说，嗯。但我们……我想起但丁《神曲·炼狱篇》第三章里的一句话,说,在夜晚行路的人身后带着灯,对自身没有帮助,却引导了那些追随者。妻坚持说,你说的这种当然好,可是首先我们要面对我们自身,自身的抵抗和觉醒。听妻这么说,我那残存在体内的恐惧得到缓解。妻亲吻着我。我说,告诉你一件事,我在望城写的那部长篇《东北》通过出版社的选题了,要修改。你也知道修改什么,我想回望城去修改,我需要那个环境来刺激我的灵感和语感,但我想等你办完画展,我再回去。妻说,好,我也想回去住一段时间。那个陪了你七年的小城,我对它还是有感情的,尤其是小区前面的那条河,冬天冰雪覆盖,银装素裹的。尽管那个小城已经千疮百孔……奄奄一息。但你走到哪里,我就跟到哪里。妻开始撒娇了,依偎在我身上。我仍赤身裸体地躺在沙发上。妻盯着我说,你中年的身体,很像卢西安·弗洛伊德的画。我说,真的那么丑陋吗?妻笑说,有点儿。但这就是真实的肉身。我们每个人都一样,都会有丑陋、衰老的时候。你还记得两年前,我恐惧衰老和死亡吗?现在可以说,我从那种恐惧中走出来了。我说,是啊,对肉身的恐惧是对自我的恐惧,而不是来自外在的那种恐惧。外在的那种恐惧才可能让我们发疯、发狂……那外在是彼岸世界,也可能就是我们身处的……就像我向你讲述的噩梦……你不知道那后面是谁……不知道。不知道就会恐惧……没有安全感。前不久,我在网上看到一个人的雕塑,雕塑是一头猪,头部被一只喇叭替代,看着让人感到又喜气,又荒诞,让你想笑,又想哭。不同的艺术种类,只要能触动观者的那根耻的神经,我认为这样呈现出人性的深度的作品,就是好的作品。妻说,你啊,不理你了,我要继续画画了。都是你,馋猫,影响我画画。妻站起来,我在她屁股上捏了一把。

四

　　回到地下室，我看了会儿书，想着妻让我在她即将举办的画展上复制我的噩梦的行为艺术，我还是心有余悸。那不是噩梦，而是如恶疾般令我无所适从。可是，我答应了妻。我也想尝试一下，跨界，很时髦的一个词。从小说家到行为艺术家。哈哈。这么说，连我自己都感到臊得慌，耳根发烧。我去地下室门口抽烟，望着那些棺椁般的汽车。有一个捡垃圾的老太太佝偻着腰，背着一个白色的蛇皮袋，她的身体被压得更加佝偻，像随时会弯到水泥地面里似的。那头白发犹如顶在头上的一堆雪，泛着灰白的光。她的目光像小偷似的，在角落里寻找着她需要的垃圾。我心里喊着，过来，老太太，这里有个废物，就是我，把我捡走吧。她好像听到了我心里说的话，向我看了一眼，诡异地笑了笑。我瞬间头皮发炸，关了门，逃回地下室。

　　我拿出手机，又看了一次小区保安发给我的视频。我注意盯着那个女人看，总觉得我在哪儿看到过她，可是一时想不起来。那个罪犯看上去一米八左右的个子，身体裹在黑色雨衣里，看不到脸孔。我脑子里突然一亮，这个女人不是离小区不远的幼儿园的老师吗？我记得有一次我写作累了，出去散步，路过幼儿园的时候，我看到幼儿园院子里正在表演舞蹈。这个女人肩上背着一对洁白的翅膀，她对孩子们说，她是"望城天使"。孩子们问，望城在哪儿呀？她说，在很远很远的东北的东北。东北的东北又是哪儿呀？她说，一会儿跳完舞，我带你们进屋，在地图上指给你们看。孩子们说，好的。有一个调皮的小男孩问，老师，你是不是想家啦？"望城天使"没有回答，她招呼大家，说，跳舞吧。在听到"望城"两个字的时候我就怦然心动了，感到亲切，有种老乡的亲切，唤起我对望城的乡愁。我真想问问她是望城哪儿的。我没有上前去问。那群孩子的肩上也都背着一对白色翅膀。她在教孩子们跳天使舞。她发现我在院子外面站立，如一只呆鹅，冲我莞尔一笑。她的笑很甜，很美，挂在嘴角。这样一个天使般的女人因为什么被害呢？我在心里感到惋惜。这个世界上，美的东西却常常被邪恶或污秽毁灭。毁灭。我删了手机里保安发给我的视频。

我从地下室出来，向幼儿园的方向走去。我看到幼儿园里没有丝毫不一样。另一个女孩带着孩子们在做操。我没有停留，很快就走过去了。那些孩子并不会知道他们的"望城天使"消失的真相。也许某些年后，某个孩子长大了，还会回忆起他们幼儿时期的那个"望城天使"吧。

我叹了口气，在外面逛了一圈，顺便去菜场买菜。

午后和妻的欢爱，让我的双腿仍旧有些发软。看来，真的是老了。回来的时候，我再次经过幼儿园。孩子们都进去了，幼儿园一片安静。"望城天使"已经从人间蒸发掉了。

路边有个卖金鱼的，我蹲下来，看了看，选了两条红色的金鱼，还买了一个圆形的鱼缸。我拎着菜和鱼，还有鱼缸，回到家。

五

我回到家，把金鱼放到鱼缸里，蹲在那里欣赏着，手机响了，是刘德庆。刘德庆也是望城人，在上海上大学，毕业后在一家文学研究机构当内刊编辑，偶尔会针对当代的文学写写评论。在我辞职来上海之前,我们就通过网络认识了。他是通过我的小说联系上我的。在望城他已经没有什么亲属,父母都被他接到上海了。我辞职后到了上海,我们偶尔会约在一起,吃个饭,偶尔谈谈文学,谈谈人生,也谈谈笼子和野兽。很多时候,我们会下意识地把话题绕到东北,绕到我们曾经生活过的望城。他在望城度过的那些年,望城还不像现在,尽管那时候他父母已经下岗,他父亲在火车站附近开了一家面馆,日子是苦了些,但还是给他留下很多美好的记忆。我不知道这是不是乡愁,也许在社会学家眼里是不值得谈论的,但在我们心里,望城还在,那份乡愁还在。

有一天,可能是看了什么科幻电影,刘德庆和我说,你说现在望城只有一家钢铁企业在支撑着经济,何不把望城改造成一座公墓之城?那些好山好水不能浪费了。整个东北的逝者都聚集到望城,建一座公墓之城,这可能是全世界其他地方都没有的,可能会成为世界上唯一的景观。其实,在国外很多墓地也是一种文化。墓地所具有的文学价值可能比房地产要高很多。我看着他脸上天真的表情,笑了笑,喝了口啤酒,想问他是不是脑子进水了,但我没吭声。刘德庆说,你别笑啊,你说这算不算是一个奇思妙想,一个伟大的创意?我说,算。但我也不知道什么能救望城。我也思考过,起码在文学层面上思考过,我仍看不到出路。我们都是失路之人。如果望城唯一的钢铁支柱也倒了,不敢去想啊!之前的煤矿不是倒了吗?但还有钢铁在那儿支撑着,如果……看着刘德庆独自拿起酒杯,把杯子里的啤酒干了,我突然觉得我们两个像白痴似的,在上海这个大都市里的一个小饭店里为我们的故乡担忧……有点儿缺心眼。脑袋叫门框挤了吧?哈哈。我们对那故乡自卑过,迷茫过,但我们还是希望更多人对流淌在个人和土地之间的血脉有所认知。

刘德庆给我杯子里倒酒，他提到了寺山修司的《死者田园祭》，还提到了内田吐梦的《饥饿海峡》。我承认，我没看过这两部电影。他建议我看看。我说，好的。后来，因为忙，也没看。那天刘德庆喝多了，还要喝，我说算了吧。我把他送上出租车，让出租车司机把他送到他家小区。我不清楚，一个高中毕业后就离开望城的人，为什么会如此？在喝醉后，他竟然哭了，鼻涕眼泪的。直到他后来给我讲了故事，我感到惊诧，但多少明白了一些，冥冥中，很多东西可能是注定存在的。什么故事？我后面慢慢说。

刘德庆比我小五岁，有些胖，戴着一副高度近视眼镜。他的妻在一所大学教书。刘德庆的父母帮着照顾孩子。

我接了电话，说，德庆啊，好久没过来玩啦，有事吗？刘德庆说，我家附近开了家东北饺子馆，味道不错，环境也不错，食材说是从东北空运来的，你有时间过来，我们喝一杯吧。我说，我要给你嫂子做饭呢。刘德庆说，要不让嫂子一起过来。我说，那我问问你嫂子，到时候给你回话。刘德庆说，好，等你电话。我说，好的。

我捧着鱼缸来到妻跟前，她从画面上转头看到我买的金鱼，眼睛一亮，说，你买金鱼啦？好看。我说，这房子里就我们两个活物，总觉得少点什么，就买了两条。妻停下画笔，盯着在鱼缸里游动的金鱼。我的眼睛落在她的画布上，一阵骇然，差点儿把手里的鱼缸扔到地上。那画面跟我的梦境一模一样，栩栩如生啊！我再次全身感觉到被束缚和被捆绑的疼痛。

我把鱼缸放到茶几上，让自己慢慢平复下来。

我真不想再看那画一眼。

我和妻说，德庆约我们去吃饺子，他说他家那边新开了家东北饺子馆，味道不错。妻说，你好久没出去了，你也没什么朋友，就这个老乡，你散散心吧。我还要画画。你出门之前，帮我再绷几块画布。我说，好的。我的目光回避着她正在画的那幅画。我们很快绷好几块画布，我去外面抽了支烟，穿上外套，去找刘德庆。我出门的时候，妻叮嘱我，少喝酒。我说，好。

其实和德庆见面，确实能勾起我在望城四十多年的记忆，而且我们某些年份的记忆还是重叠的。我们会感伤。他让我这个此刻身处上海的人，做着感伤的旅行。有时候，我喜欢这份感伤。这份感伤让我觉得我曾有过那样一段不堪的生活。他的存在时刻提醒着我，你是一个东北人，你来自东北那旮旯，你乡音未改，鬓毛已衰。你不是少小离家，你是中年离乡。

我进了地铁，拥挤的人群像沙丁鱼挤在车厢内。有的在看手机，有的在闭目养神。我睁大眼睛看着他们，令我陌生的人们。我企图在里面寻找北方的面孔。北方的面孔又是什么样的呢？我在头脑里搜索着我身在北方时看到的那些面孔，我没有看到相似的。我企图从他们的口音判断，但他们都很疲惫地闭着嘴，没有言语。

来上海四年多，我除了和妻出来走走，更多的时间，我宅在家里的地下室里看书、写作，我还是对这个地方感到陌生，对周围的人感到陌生。

手扶着栏杆，我看到一个男人怀里抱着一个时钟，我辨认着，企图看看时间，竟然发现那是一个没有指针的时钟。男人苍白的脸像戴着一个面具，僵死的表情，看上去有些瘆人。我盯着他，就好像他随时都会从车厢内消失似的。车厢上乌云笼罩，鸦群哀鸣。在麦田的上空，十几个麦客在赤身裸体地收割金黄的麦子。我的幻觉。车停了，我从幻觉中回来。那个怀抱着时钟的男人真的在人群里消失了。随着车门关上，车厢又变成一个封闭的空间。

我，一个局外人，再次出现幻觉。

一个女孩怀里抱着一只白色的兔子，那对红眼珠，宝石般。我看见她抚摸着兔子的头，跟兔子说话。女孩说，你不能死，你死了我也不活了。乖乖，马上就到动物医院了。你会好起来的。你要挺住啊！挺住意味着一切哦。你不能如此自私，扔下我一个人哦。她的目光被悲伤浸透了，显得有些呆滞。那奄奄一息的兔子，随时都可能死去。她悲伤的目光被泪水遮蔽了，在眼眶里。我不敢去看她，目光再次落在那些昏睡和看手机的人脸上。令我惊讶的是，在他们中间有一个外国男孩，拿着一本外文书在看。他是那么安静，沉浸在文字之中。我掏出手机，偷偷拍下他看书的样子。（那天，我和刘德庆喝完酒，回家后，我对着手机里的照片，上网查了他看的书，是加缪的《鼠疫》。）

车厢内，我甚至在幻觉中看到一个脖子上顶着一个骷髅的人。幻觉让每个人的脖子上都顶着一个骷髅。

两个多小时后，我终于从闷热的、充满人体气味的车厢里走出来，站在近乎空旷的地铁车站里，我想起多年前看过的美国电视剧《侠胆雄狮》。我随着那些肉体走出地下，来到地上，连忙掏出一支烟，点燃。回望着从地铁里走出来的人，他们就像是来自外星球，又像是从地下那个巨大的"器官"里被"生"出来似的。周围那些高楼大厦让我感觉到一种压力，它们随时都可能倾倒下来似的。那些从地下出来的人，刚"生"出来，就再次被那些高大建筑的影子吞噬。

地铁站距离刘德庆住的小区还有三十多分钟路程，我决定走过去。

我打电话告诉刘德庆，我刚下地铁，正往那边走呢。刘德庆说，好的。在人行道上走了十几分钟，我看到路边有一个卖书的摊子。我看到书就走不动了，停下来，看着，各种成功学、盗墓、恐怖、悬疑的书。我在其中发现了一本《霍乱时期的爱情》，我有，但在望城的那个房子里，来上海时没带过来。那是我心仪的一本书，相对于《百年孤独》，我更喜欢这本。我看了看价钱，问，打折吗？摊主是一个老头，头发乱糟糟的，像个鸡窝顶在头上。老头说，六折。我给了钱，翻了翻，把书放到背包里。

《霍乱时期的爱情》结尾那句，我还记得，是这样写的：

在五十三年七个月零十一天以来的日日夜夜，弗洛伦蒂诺·阿里萨一直都准备好了答案。"一生一世。"他说。

背包突然沉甸甸的，让我有了一种贴着地面行走的重量，之前在车厢内产生的幻觉消失不见了。

到了刘德庆家小区门口，我给刘德庆打电话，问，你在哪儿呢？我在你家小区门口。我和刘德庆认识两年多，但我一次没去过他家，他也没邀请我去。

刘德庆说，你向北走，十分钟，我在饺子馆门前等你。我说，好的。我辨认了一下，才确定哪是北。我的方向感很差的，所以常常会迷路。有一段很长的小路，两边的树木囚禁着路，让路变得幽暗。置身在那幽暗的路上，我听见时钟嘀嗒嘀嗒的声音，由外在进入我的身体里，在我身体里嘀嗒嘀嗒。

我想起在车厢上看到的那个抱着时钟的男人。我站立在路中央，寻找着嘀嗒嘀嗒的出处，却没有看到。幽暗的路上，树木的影子犹如幽灵。从幽暗的小路出来，我整个人都变得轻盈起来，仿佛那嘀嗒嘀嗒的声音清理过我身体里的污秽和沉重，让我这个异乡人开始脱胎换骨。出了那条幽暗的小路，我又回到阳光中。

我又回到之前的我。我看见路边有一个人站在梯子上，修理一个摄像头。我从他下面经过，突然产生一个恶作剧的想法，我想把他从梯子上推下去。是的，推下去。但我没有，我仍心怀恐惧。我知道那摄像头的后面有着无数双眼睛，无数道目光绳子般存在着。

又走了五六分钟，我看到刘德庆站在饺子馆门口抽烟。他也看到了我，冲我招手。下过雨后的天气有些燠热，皮肤被黏稠的汗液包裹着。我看到刘德庆好像比上次见到的时候苍老了很多，头发几乎都白了。我不知道他这段时间经历了什么。我来到刘德庆跟前，看到地上的烟蒂，四五个。看来，他已经在这里等了一会儿。他掏出一支烟递给我，我点着，他给自己又点了一支。尽管空气里有雨水潮湿的气味，但仍不能遮蔽他身上浓重的烟味，都有些刺鼻了。我说，别抽了。刘德庆说，抽完这支。我不好再说什么。站在那里，我顺着来路望着，仍可以看到那个站在梯子上的人在修理摄像头。

刘德庆问，最近忙什么呢？我说，能忙什么？还不是在家写作？要不就是做做饭。你呢？刘德庆说，开了很多会。我说，哦。有钱拿吗？刘德庆说，出去开会一般都有车马费之类的，在单位里开会没有。我说，羡慕你的生活啊！刘德庆叹了口气，说，进屋吧，我订好了座位。刘德庆拉开门的那一瞬间，一股子熟悉的菜味就扑进鼻子里了……可谓浩浩荡荡，带着野蛮和爽快，把我的味蕾调动起来。我没出息，还吞咽了口唾沫。刘德庆问，咋样？够味吧？我点了点头。

之前也吃过很多东北馆子，还有山东馆子，但都没有东北的味儿。要不就是其他菜系的变种，说是东北菜，其实不是，是挂羊头卖狗肉。东北菜的烹调方法讲究焖、烤、烹、爆；讲究勺工，特别是大翻，端着大勺一颠，菜从锅里腾起，在空中翻转着，再落到锅里，放到火上，翻炒几下，再拿起来，抖，翻，如是几次，火候和生熟都恰到好处，之后盛到盘子里。

刘德庆领我来到他预订的位置，我们坐下，过来了一个四十多岁的女人。德庆说，这是老板，我叫她娟姐，比你小，你叫什么随你。那女人瞅我，笑着说，哥，整点儿什么？德庆说，望城啤酒先来一提篓。一提篓是六瓶。我连忙说，我不喝。女人看了我一眼说，哥不像东北人。我说，东北人啥样？女人说，大碗喝酒大口吃肉。我说，我胃不太好。女人说，哦，那你口音也不像东北人。我说，是吗？女人说，你口音像天津人。我说，好几个人这么说我了，但我是正经八百的东北人。我让德庆点菜。他点了尖椒干豆腐、排骨炖干豆角、锅包肉、地三鲜。女人说，你们就两个人，够吃了，量大着呢。德庆说，好，先这些，不够吃再整。他说"整"的口音，很夹生，不脆。他从望城出来这么多年，口音还是有变化的。德庆把啤酒起开，问我，一口也不喝吗？我说，来一杯吧。德庆说，好。德庆给我倒了一杯，自己也倒上，说，我干了，你随意。德庆说完，举起杯，一仰脖，干了。德庆说，口渴了。我笑了笑。我喝了一小口，很纯正的口感。

还记得我能喝酒的时候,其实,说能喝,也就三瓶。尤其夏天的时候,下夜班,一个人从厂子里出来,沿路往家走,看到路边的烧烤摊,找个地方坐下来,喝酒撸串,听着那些喝酒的人的喧嚣和吵闹,不时还有行酒令的。我置身局外,置身烧烤摊的角落里,偶尔抬头看看星空……看看那些在酒桌上醉意迷蒙的女人……听那些人的漫骂,听那些人的唠叨……

我像一个黑夜的密探,在收集着黑夜的罪证和悲欢。

他们喝着偶尔会吵起来,把啤酒瓶子往桌子上一磕,伸向对方……夏夜的东北在无尽的悲苦中,有欢乐,有爱恨,有不尽的迷茫和伤心,在酒里,在那些烤串里,在黑夜里……啤酒喝多了,尿多。他们会掏出家伙对着黑暗的角落排泄,连那些女人也会在黑暗中撩起裙子,蹲下来……喝完了一瓶啤酒,吃过两手烤串后,我有些醉,慢慢站起来,买单,沿着马路晃晃地往家走。偶尔会看到流浪狗。我会恶作剧地吓唬它们,而它们会对我龇牙,露出要咬人的凶相。我当然知道这夜晚的喧嚣背后是什么……

从某家烧烤店里传出陈奕迅的歌曲《淘汰》:

"我说了所有的谎,你全都相信……醒来了,梦散了,你我都走散了……"

我停下脚步,站在那儿,听一会儿那歌,整个人在黑夜中发呆。那歌声在身体里流淌着,把我的眼泪慢慢挤出来了。

是啊,这些年,能离开的人都离开了,望城近乎成为一座空城。这样的黑夜还将有多少?这样的黑夜将多么漫长?我就这样在这望城把自己淹没……在谎言和自我麻木中活着……这样的生活是我需要的生活吗?浑浑噩噩地苟活。我在大街上一个人号啕大哭……黑夜像一座坟墓的穹顶,令我看不出去,看不出去啊！看不出去啊！越想，我哭得越厉害。

很快，菜上来了。

德庆说，你尝尝，是不是我们东北的味儿。我尝了口地三鲜，还真是。我点头说，地道。德庆说，你看没看到，这一片山东菜馆也很多，其实是同宗同源，我们东北这些人当年也都是闯关东过去的，但那些馆子我也吃过，还是不如这家东北的地道。我说，是啊，我曾经问过我父亲，我祖上是哪儿的，我父亲告诉我说是山东蓬莱的。德庆说，我也问过，但我爸没告诉我。德庆叹了口气，又干了一杯啤酒。我看了眼桌子上的酒瓶，德庆已经干掉了三瓶酒。德庆说，我爸是诚实，其实他也不知道我的祖上在什么地方。其实，我就不是他们亲生的，我是他们领养的。我说，什么？你说的是真的吗？不会吧？德庆说，是真的。德庆说完，又喝了杯酒。他们隐瞒了我这么多年，要不是前不久我妈病了，我还不知道呢。我妈病了，以为自己可能要死了，才说出来的。我怔在那里，不知道说什么。我相信德庆在听到这样的消息的时候，一定犹如五雷轰顶。但我仍不知道怎么安慰他。我看见德庆的眼圈已经发红。德庆说，没想到啊，没想到啊！德庆叹着气。但今天我不想和你说这个，我想说，有个新闻你看了吗？我问，什么新闻？德庆掏出手机说，我发给你。

我打开手机看到德庆发来的新闻，是望城那座建于八百年前的寺庙在大雨中倒塌了。寺庙里的佛像东倒西歪的，看上去惨不忍睹，原来所有高高在上端坐着的佛像，现在都躺在那儿，被淹没在泥土和石块之中，看不到神圣和威严。有的佛像眼睛被泥土封住了，有的胳膊断了，有的丢了只脚，有的少了只手，有的只剩下一个佛头……看上去狼藉一片。几个僧人站在旁边，泪流满面。我看完后,心里面有种说不出的滋味,尽管我不是信徒,但心里面仍揣着酸楚。

德庆说,八百多年都过来了,风风雨雨的,我妈说,连唐山大地震那年都没有受损,现在,一场泥石流咋就……我妈说,我高考的时候,她还去许过愿,看到这个新闻,她才想起来没有去还愿……你看了,是不是也很心痛?惨不忍睹啊!我说,嗯。无法想象啊!难道大自然也这样直白,墙倒众人推吗?还是劫数?还是大自然也需要……重生?

德庆闷头喝酒。身边吃饭的南方人吴侬软语的,我感觉到我和德庆在下沉、在坍塌、在碎裂。我也喝了口酒。德庆把啤酒喝了五瓶,喊服务员,再来六瓶。我说,少喝点儿吧。德庆说,喝,面对这一切我们无能为力,只能苟活,来,喝酒。德庆说话大嗓门,引来很多人厌恶的目光。从德庆的表情看,他根本不理那些目光。他说话仍旧大嗓门。喝着喝着,德庆竟然咧嘴哭了。我问,怎么了?你哭什么啊?德庆抽泣着。我拽了张纸巾递给他。德庆接过纸巾擦着眼泪鼻涕,说,我其实已经死了。我蒙了,望着他说,你现在不是好好的吗?德庆说,是刘德庆已经死了。我说,你不就是刘德庆吗?德庆说,我不是。那个叫刘德庆的人已经死了,我只是用了他的名字。我说,什么意思?德庆说,我是我父母收养的。他们给我起的名字是他们意外失去的儿子的名字。我愣了一下,问,那你原来叫什么名字?德庆说,我也不知道,那时候,我还小。从我懂事起,我就叫刘德庆了。可这是一个死者的名字,被我背着,直到最近我才知道。他们是把我当成了他们死去的儿子,所以给我起了跟他们的儿子一样的名字。我说,哦。他们为什么要这样做?德庆说,我一直活在一个死者的阴影中……我就是一个替代品，其实就是替代品……尽管这么多年，他们抚养我成人，也给了我爱，但我总觉得他们这一切都是给那个刘德庆的，而不是我。我喝了口酒，德庆把一杯啤酒都干了。我问，那个刘德庆怎么死的？德庆说，我也不清楚。我又问，你是怎么知道的？我妈生病的时候总是说胡话，不停地喊着，德庆啊，你在那边咋样？我和你爸到上海来了……我坐在我妈身边，愣了，想，我妈这是说什么呢？我妈说，你要是想我们，你就来上海看看我们……几年没回去了，你坟上的草长老高了吧？你喜欢吃的年糕，妈也不能给你做了……我坐在那里听得毛骨悚然，看到母亲在床上双目紧闭，表情痛苦，眼眶里还流出眼泪来。我紧握着我妈的手，想叫醒她，叫了几声，她还没醒过来。她还在说着，德庆啊，你四岁那年……我和你爸在工厂里上班，把你锁在家里，我们下班的时候看到你满脸是血，你的头在门槛上磕破了，额头上的伤口翻着，我和你爸吓坏了，抱起你向医院跑去。大夫说要缝针，你爸没让。那时候，你爷爷奶奶刚去世，家里也没钱。我们就把你抱回来了，你爸往你伤口上抹了些锅底灰，几天后，你的伤口愈合了，你额头上留下一道裹着锅底灰的黑色疤瘌，像胎记似的。你长大后，我劝你去美容院洗了，你说没事儿，但我看你平时都用头发遮挡着，你不敢把头发剪短……我坐在我妈身边，越听越不对劲儿，我的额头上根本没有裹着锅底灰的伤疤。还有一个刘德庆，是的，跟我同名的一个人。那么我呢？我为什么也叫刘德庆？那个刘德庆听起来已经不在这个世界上啦，可我……德庆喝了口酒，眼睛红红的。

我看了眼窗外，又开始下雨了。行人们举着雨伞，像是去赴一场葬礼……一道闪光刺了我的眼睛一下，我看到一个男人没拿伞，腋下夹着一个时钟，在雨中奔跑着。德庆站起来去了趟厕所。窗外雨中那个奔跑的男人竟然停下来，把时钟放在马路边，他坐在时钟旁边，让时钟和他一起淋湿……他和时钟突兀于雨中，偶尔会有行人侧目观望，但很快就离开了。他和时钟就像是雨中的雕像。我甚至幻听到嘀嗒嘀嗒的声音，在雨中扎根、生长，顺着每一条雨丝蔓延到天上去……

德庆从厕所回来，我看到他脸上湿漉漉的，是洗过脸了。他随手拽了几张纸巾擦脸。他竟然喝光了十一瓶啤酒，又大声喊服务员，再来六瓶。旁边的人瞅着他。我想阻拦，但我知道，没用。我说，我出去抽支烟。我来到门口，点了支烟，盯着落下来的雨。潮湿的气息包裹着我和雨中的万物。地面已经有了泥泞，黑色的，夜晚里的泥泞。那个和时钟坐在马路边的男人不见了。我的目光四处望着，也没见到他的踪影。雨让一个世界变得魔幻，还是我过于敏感？

也许是在地铁里的幻象仍停留在我的大脑里。天渐渐黑下来，雨被黑暗遮蔽着，黑暗也遮蔽着雨。雨落下的声音，让黑暗也湿漉漉的。我抽完烟，转身，回到座位。德庆在那儿独自喝酒。他低着头，那一刻，好像酒才是他最亲近的人。

我坐下来，德庆说，我真的觉得我死了，我都不知道现在跟你喝酒的是鬼魂还是活人。我说，别瞎想了，德庆。你现在是一个活生生的人。同名又咋的？全国同名同姓的多了。德庆说，那不一样。现在我觉得我是一个被抛弃的人。虽然被他们抚养，但我只是一个替代品，替代品，你知道吗？你知道吗？我是一个活死人。不，这样说也不准确，是一个死魂灵，也不准确，我找不出一个更好、更准确的词语来形容。连词语都是黑暗的，都欺负我。德庆对着我吼，在上海生活二十多年，但我仍觉得我没有脱离东北人的血脉，我起码算半个上海人，半个东北人……但我的精神上，还是一个东北人，而不是半个。血脉是很神奇的，是一个人一生都无法挣脱的，改变的只能是生活方式。你懂吗？德庆的追问让我感到心痛。是啊！这是否也是一个人身份的焦虑和纠结呢？我虽然只是暂时漂在上海，但我不也有着同样的焦虑和纠结吗？但像德庆这样背着一个逝者的名字活着的，可能不多。我说，德庆，我也不知道怎么安慰你，我只能陪你喝一杯。来，干一杯吧！德庆举起酒杯，我们碰了下杯子。德庆说，让两个不伦不类的东北人干一杯。德庆说到"不伦不类的东北人"，我突然有一种想哭的冲动，哽咽了一下，说，是啊，不伦不类，你说得太准确啦。德庆说，我们都背着一份耻辱活着啊！在单位里，同事们看到什么东北的新闻，都会偷偷地看看我。尽管他们嘴上不说，但从他们的眼神里可以看出他们的鄙视……我虽然户口早就是上海的了，可是他们仍认为我是东北人，是来自东北的……多么荒诞啊！来自身份和地域的歧视，在这个时代还随处可见……德庆的两只眼睛红红的。德庆说，一个人真的能剔除来自出生地的一切吗？我尝试过，但都失败了。我每次听到父母说话的口音，看到他们那张脸孔，我就知道我还是东北人。是不是有一天他们离开这个世界后，我的那种感觉就会消失，我才脱胎换骨了呢？我说，我没有答案，没有。不过，你关于身份的焦虑和纠结倒提醒了我，可以在小说里写写这个事情。很多人挖掘的是东北的那种破败中的人的状态，但这种身在异乡的东北人的焦虑是没人尝试描写的。德庆说，有一段时间，我曾回避各种和东北有关的事物，包括饮食，甚至还有残存的口音。那段时间我几乎抑郁了。直到你出现，你让我有了抱团取暖的感觉，谢谢你的出现。我说，能遇到你，也是我在异乡的一份慰藉啊！德庆伸出手，我也伸出手，我们的手紧紧地握在一起。德庆说，我要不要改个名字？我不能后半辈子都背着一个逝者的名字啊！我……我说，名字只是一个符号，你改叫什么呢？德庆说，还没想好。我说，改了名字，你心里的阴影就不存在了吗？改了名字，你就可以不是东北人了吗？不会的。你在你的同事眼里，永远是来自东北的，来自那个……的东北。德庆问，那……你……说……我……怎么……办……办？德庆的舌头都大了。我说，我也不知道，只有面对吧。在别人烧纸的时候，我们不要再加把火就好。德庆说，那么……那么……我们穿着寿衣吗？我说，也不，我们……你把我逼得也说不好了。以前，我在东北的时候，我说过我是一个守墓人，现在……现在……我是什么？我又是什么？我也不知道啊！德庆，你心里苦，我心里也苦啊！都怪我们是太敏感的人呀！为什么我们如此敏感？我们的敏感只会戕害我们自己，不是吗？我们就不能麻木、沉沦地活着吗？醉生梦死，行尸走肉，我们为什么不能？如果这样，还是我们吗？不是，不是啊！所以，我也相信，在这个世界的每个角落里，都有东北人，即使我们是孤灯独亮，也绝非唯一的未眠之人。说到这里，我心头一阵钝痛，也眼泪汪汪的。我坐在那里，端着酒杯，里面已经空了。我把杯子放到德庆跟前，说，给我倒点儿。德庆早就已经用瓶吹了。他给我倒了一杯。我喝了一口。我们沉默了一会儿。德庆说，你说的还是理想主义了，像鸡汤，是自我麻痹。我哈哈地笑起来，说，也许理想主义是我们心中唯一的火种吧。德庆没吭声，过了一会儿，他突然很严肃地对我说，你有时间的话，也帮我想想名字的事儿，我还是想改。我说，好吧。我们又说了很多，我看了看时间，八点多了，我说，我得回去了，太晚了，你嫂子该着急了，这个时间坐上地铁到家也快十点了。德庆说，再坐一会儿吧，我拿钱给你打车。我说，算啦，你的日子也不好过，你还有两位老人，还有孩子，需要钱的时候还在后面呢。改天再聊。德庆说，好吧。外面还在下雨，到底还是德庆买了单，我争不过。我给妻要了盘酸菜猪肉馅的饺子，打包带回去。

六

　　我们走出东北饺子馆的门，看到雨很大，德庆又折回去和老板借了两把雨伞，递给我一把。雨伞，黑色的。我和德庆走到他家小区门口。他扔掉手中的雨伞，给了我一个狠狠的拥抱。那一刻，我抱着他魁梧、粗壮的身体，能感觉到隐藏在他肉身里的脆弱和孤独。我在他的后背上拍了拍，说，好兄弟，会过去的，一切都会过去。也许身在异乡的这种身份的焦虑每个人都有吧。看到他擎着雨伞，进了小区，我才放心，去赶地铁。
　　雨有些大，像是要把天空从上面拉下来，来一个谢幕似的。雨点落在地上的声音噼里啪啦的，雨水溪流般涌向下水道，好像要投胎似的。我的鞋子都湿了，里面的脚被袜子包裹着，一定已经被雨水泡白了，走起路来呱唧呱唧的，像鞋里面藏着只青蛙。路上的行人很多。在喧嚣的雨声中，我再次听到时钟的声音，是那么清晰、突兀。我仿佛看到人们都赤裸裸地被运送到那面巨大的钟内，被带进那些齿轮里，虚空中的手指按动按钮，齿轮开始转动起来。人们被绞进去……他们没有痛哭，也没有呻吟，他们面目模糊，在齿轮的转动中……我们这些大地上的人类随时都可能漂起来，漂起来，不是站立着，而是横躺着，被漫漶的红色的来自幻觉中的雨水举起来……像一场浩浩荡荡的对宇宙的献祭礼……漂浮的雨伞汇集着，堆砌成一个巨大的十字，屹立于宇宙尽头……

在地铁站入口，我停下来，点了支烟，雨伞把上挂着我给妻带的饺子，透着猪肉的香味。人群拥进地下通道。他们甩着雨伞上的雨水……霓虹灯令黑夜的世界变得五颜六色，那些建筑犹如墓碑竖立着，俯瞰着大地上游走的鬼魂……我把烟头扔进雨水中，它就像一个告密者，汇入对宇宙的献祭礼之中。我把饺子从雨伞上拿下来，收了雨伞，右手拎着饺子。右手。我进入地下通道。大城市的地下也是喧闹的。通道两边是巨幅明星广告。前面一位穿着朴素的妇女，头发扎得很紧，束在脑后。她领着孩子，那孩子睁着亮晶晶的眼睛，如饥似渴的目光落在那些明星脸上，充满了渴望和崇拜，仿佛他们提供了一条通往天堂的道路。我突然觉得身上少了什么，是我的背包和那本《霍乱时期的爱情》。我看了看时间，来不及了，只好给德庆打电话，让他帮忙去找一下。我还是感觉到莫名的失落，那种情绪让我感到我越来越像是一个活在文学里的人物了。这么想着，我不免有些沮丧和悲哀。文学或者其他艺术门类，在这个时代，又是什么呢？是什么呢？是卖火柴的小女孩的火柴吗？其实不是。那火柴是喑哑的，沦为道具。我站在地铁站内等地铁开来。一个女孩搔首弄姿，穿着裸露地在地铁里对着手机直播，不停地对手机里的粉丝喊着，赶快刷礼物啊，刷了礼物，我就……她扯下一边的衣襟。地铁来了，乘客们蜂拥而上。我也被推上去，透过车窗看着那个直播的女孩脱下了上衣。地铁站的保安跑过来，警告她，她还对保安撒娇。地铁行驶起来，窗外已经一晃而过，我什么都看不到了。德庆来电话，说，你的背包和里面的书都还在，我拿回我家了。哪天你过来，或者我们再聚，带给你。我说，好的。你保重。什么时候想找人说话了，就打电话给我。德庆说，谢谢你，你也保重。我说，会的。背包和书找到了，我心安很多。随着晃动的地铁，酒劲儿上涌到头部，我有些昏沉。我闭上眼睛，那个在地铁里直播的女孩的样子还滞留在大脑里。我从来没上过抖音和快手，但我看到新闻说，有的人为了多吸粉丝，什么都干，只为博人眼球。我承认我老了，已经跟不上这个时代了。但我还是不能认同这样的挣钱和博取虚荣的方式。时代是真的太浮躁了，还是魔幻得让人应接不暇？

七

坐了近两个小时的地铁，我到家时快十点了。

我看见妻还在画画，那被捆绑的人让我看了倒吸一口凉气。妻已经在处理舌头被缠绕和捆绑的部分，那扭曲的舌头苍白地伸出来，每一道丝绳都像要勒进肉里似的，令我更加恐惧起来。

我说，给你带回来一盘酸菜猪肉馅的饺子，用微波炉给你热一下，吃几个。妻说，好的，正好感到饿了。你干吗喝得这么晚才回来？我把饺子热好，端给妻，和她说了刘德庆的事儿，她同情地叹息着。妻说，你们啊！都被你们的东北给捆绑了。

我笑了笑，不知道怎么辩驳。妻坐在沙发上，脚搭在茶几上，端着盘子吃饺子。我给她倒了杯水，看她狼吞虎咽地吃着，我说，你晚上没吃啊？妻说，光画画，都忘了吃了。我说，你啊！

我倚靠在沙发上，望着妻的画。我得承认，她画出了人在某种时候的绝境，但这绝境让人窒息。我更喜欢尽管呈现绝境，但还是要有一个呼吸的出口，目前在画面上我看不到，只是紧紧的捆绑和束缚。我在画面上寻找着出口，但是没有，我不知道这种出口意识是不是一种妥协。我承认以前我写作是给自己和小说里的人物留出口的，现在，年龄大了，我还是在小说里给自己和小说人物留个出口的，哪怕是微小的出口，恰恰是这个微小的出口，可以透进来光。

妻把腿放到我腿上，说，看什么呢？我说，出口。妻问，什么出口？我说，画面上的出口。妻转过头去看着画，看了一会儿，说，是的，你说得对，可是从哪个地方给一个被捆绑的人出口呢？我是说从整个画面来看。我沉默了，盯着那每一个被捆绑的器官，它们被线条缠绕着，真的就像缠绕在我身上似的……我看到两只被捆绑着的脚，十个脚指头上缠绕的线条，让那脚指头看上去是愤怒的……我盯着那愤怒的脚指头，犹如子弹一样，随时都会挣脱捆绑，射向每一个观者的身体。这里吗？我想。在被捆绑的左脚旁边有一小块空位，我凝视着，站起来，来到画前面，指着那个位置，说，这里，这里，在这里做文章。

妻嘴里咀嚼着饺子，咽下去，说，怎么做文章？我说，我想想。我们都凝视着那个角落。我突然拍了下大腿说，有了。在这个地方画一个杯子，带耳朵的那种杯子，是倾倒的，里面可以是咖啡或者茶水，在流淌着。杯子可以是红色的，或者局部是红色……我觉得这幅画就完成了。束缚和捆绑都不是灵魂的部分，这微小的部分才是。我有些兴奋。妻沉默了，她用手捏了个饺子，放到嘴里，目光没离开画面上的那个角落。她咀嚼完饺子，吞咽下去说，就像一个人在黑暗中经历了漫长的旅行，最后还是从黑暗中走出来了，是生命与世界的和解，而不是一个都不饶恕，是这个意思吗？我点了点头说，年龄的关系吧，以前我不会这样，以前我就是一个都不饶恕，包括自己，现在，年龄大了，我……一个生命是在世事的磨砺中逐渐通透的过程……活，即使是苟活……否则就会被自我吞噬。妻还在沉默，她慢慢站起来，把剩了几个饺子的盘子放到茶几上，拿起画笔，在我说的那个角落勾勒着线条，很快一个杯子出现了，还有流淌的液体的轮廓。妻说，咖啡。我喜欢咖啡，而不是茶。我说，好。那杯子看上去像一个喇叭，在呼喊，也是在控诉，但对于整个画面却是一个平衡……她把杯子画成红色，有些突兀，但让整个画面有了更深层次的色彩。妻转头看我，问，是这样吗？我说，是，是的。我说话的声音都有些颤抖了。她把画笔放下，回到沙发上蜷缩着，盯着画面，说，这样似乎好很多，似乎可以看到灵魂了，之前的肉身的捆绑只是肉身……这个添上去，就不一样了。累了，不画了，洗洗睡吧。我说，好。

我下到地下室，锁了地下室通向车库的门。在锁门前，我看到车库内一片漆黑。我抽了支烟，明灭的烟头像一只眼睛。抽完烟，我把漆黑关在门外。

妻倒了盆热水，坐在沙发上，边泡脚边盯着画看。她说，越看，这个洒了咖啡的杯子在画面上，越好。恰如其分的好。我傻笑着。妻说，看来你还是有用的。妻说，你去吃饭的时候，我和策展人老 K 说了这个创意，他很感兴趣，也采纳了我的想法，让你在画展上做个行为艺术。我说，好吧，我愿意牺牲一次。妻说，不是牺牲，是为了完成我们共同的画展，这样，这个画展就不是我一个人的，而是我们两个人的。我说，好吧。但我的心里还是有些打怵。一想到身体上的那些器官会被捆绑，我就浑身起鸡皮疙瘩。妻说，把卫生间里擦脚的毛巾给我拿来。我说，好的。我去卫生间把擦脚的毛巾拿来，递给她。她看出我的恐惧，安慰我说，你可以尝试一下跨界啊！你们那些写小说的，都不懂现代艺术，你可以尝试一下啊！说不定可以给你一个新的写作空间呢！再说了，我看书虽少，但在手机上也翻看一些当代的小说，我真的觉得中国的小说，到鲁迅就结束啦！你别生气。鲁迅这座大山是很难翻越的。我说，你说得对。但每个时代还是有每个时代的文学存在，即使可能一代不如一代，直到小说死了。尽管很多人叫嚷了这么多年小说死了，但小说还活着。再说当代艺术又何尝不是呢？各种抄袭。网上的那个新闻，你也看到了吧？妻擦了擦脚说，你用我的水洗脚，我再给你兑点儿热水。我说，我应该去洗个澡的。妻说，好的。

这个时候，我才低头注意看我的脚，它们已经被雨水泡得苍白，像涂了白色丙烯颜料似的，像安装到我脚踝上的两只假脚，看上去有些瘆人。那一刻，我甚至觉得那苍白是会传染的，很快会遍布我的全身，把我变成一个被白色涂抹的人。白色。涂抹。我。生命的痕迹。消失。这涂抹给我的恐惧大于那被捆绑的噩梦，仿佛我随时都可能随着这白色灰飞烟灭。哦，我如此神经质起来。妻修剪脚指甲，然后在上面涂黑色的指甲油，看到我还站在那儿，问，你干什么呢？还不去洗澡？我这才恍惚从那种恐惧中走出来，进了浴室。我沉浸在水流之中。我擦洗着身体。我用一个木锉似的东西磨去脚底的死皮。它们渐渐恢复之前的生机。妻在外面喊着，用浴液洗，好好洗洗，要不要我给你搓背？我大声喊着，不用。那一刻，我好想独处。我关上浴室的门，全身涂满浴液，沉浸在泡沫之中。泡沫人。那些泡沫仿佛随时都能带着我飞离这个世界……我配合着张开双臂，僵持在那儿，等待着。我没有飞起来，反倒听见那些泡沫细小的破碎声淹没了我。我的身体也跟随着那些细小的破碎声而碎裂。我连忙打开淋浴，置身在温热的水流中。野蛮的水流很快就把那些泡沫冲到地漏里……我似乎听到那些泡沫的喊叫和哭泣。我也听到那来自地漏里面污秽的喧嚣。水流开始变成大海，一艘孤舟在海面上。一只乌鸦从孤舟上飞出去，但很快被隐藏在虚无中的子弹射击，可以看到溅落的血滴和飘飞的黑色的羽毛。被击中的乌鸦在惯性下又扇动了几下翅膀，坠落在黑暗的海水中。那孤舟在海面上航行着，失去了方向，山般的巨浪欲吞噬它。它摇摇欲坠，又漂出好远。第二只乌鸦从孤舟上飞出来，再次被射击，复制着之前那只乌鸦的宿命。孤舟在闪电和雷声交织的暴雨中，在黑暗的海面上，桅杆被狂风折断……孤舟倾斜着，海水灌进来。孤舟在下沉，是的，下沉……海水渐渐恢复平静，闪电雷声、狂风暴雨也偃旗息鼓。大海就像什么都没有发生过一样……是的，像什么都没发生过一样。淋浴的水流突然停止了。我看到妻站在我赤裸的身体跟前。妻问，干什么呢？要不要我给你搓搓背？那一刻，我灵魂出窍般战栗着。

　　我被突然闯进来的妻吓坏了。我想发火，但我还是克制住了。我缓了缓神说，那就搓搓吧。妻看出我的恍惚失神，问我，怎么了？是不是有些不适应上海的生活？我说，还好。妻说，你要适应，为了生存，你也要适应，你不能总被你的东北捆绑着。它曾捆绑着你的肉身，现在你离开了，可我觉得它还在捆绑着你的灵魂，还有你的那个老乡，刘德庆……你们到底怎么了？我从来没有故乡和乡愁的概念，比如，我来自安徽，但我从来没像你一样。妻边给我搓着后背边说。我不知道怎么和妻说，我也说不明白。妻说，真脏啊，才几天没洗澡就这样，你看这些泥球。我说，男人本来就是泥做的嘛。妻说，转过来，我再给你搓搓前面。我转过身来，她蹲在那里从下往上给我搓着……她给我搓完，在我的屁股上拍了拍说，冲冲吧，浴巾在门口。妻出去了。

我再次沉浸在水流中，我看到沉没的孤舟如同从海水中复活般飘摇着。那两只被射中而坠落的乌鸦，血滴和羽毛再次回到它们身上，它们又飞回到船上。迷茫的孤舟，在漫无边际的大海上航行着。我的手摸到了下面，我的情绪跟随着那孤舟，被迷茫感染……从浴室出来，我看到妻已经躺在床上。我在沙发上倚靠了一会儿，盯着妻的画。我已经可以适应那种恐惧的侵袭。

妻喊，干什么呢？还不睡觉？我说，来了。我转过身，向卧室走去。我听到身后簌簌的声音，画面上的那些绳子松开了，向我网状地落下来。我没敢回头，进了卧室，连忙把门关上。妻看我惊慌的样子，问，看见鬼啦？我说，没事。下雨天关上点门。她抹的护手霜有一种特殊的香味，是我喜欢的。我翕动着鼻子。躺在床上，我让她把两只手放到我的脸上，吸着那股香味。她笑着说，你啊，怎么看上去有些神经兮兮的呢？像中了邪似的。是那个噩梦影响你了吗？你不要把你的写作和现实生活混淆在一起。我说，好的，可能是写作不顺吧，我总是找不到一种声音和方式来表达我。我希望找到那种模糊的、梦幻的、不可捉摸的、现实与回忆交织的、虚构与真实模糊的方式或者说气息，来构建我个人的文本，而不是局限在小说这个命名之中。一种开放的文本，而不是故事，但可以是反故事的。妻说，找不到就歇歇，看看书。我个人认为你接触了这么多的现代、后现代艺术，你的文字已经走得够远了。我说，我还在尝试，让我的文字在我死后成为我的墓志铭。妻说，瞎说什么啊？你要这么想，你就别写了，给我做做饭，做做家务，我多画些画养活你。我拉过她，把她抱在怀里。她这么说令我感动，但我知道写作已经成了我的生理需要，我是用命来写的。这话我没对妻说，她看上去累了，在我的怀里睡着了。我关了灯。我闭着眼睛感受着黑夜的重量，感受着来自天花板上的异域世界，慢慢进入睡眠。

凌晨两点多钟，我被妻的哭声惊醒，我推了推她问，怎么了？怎么了？她没回答我，我知道她做梦了。她在梦中抽泣着。我把她推醒。我说，你做梦了？睡梦中的抽泣延伸到现实中来。我问，做什么梦了？还哭了，吓我一跳。妻转过身，紧紧抱着我说，我梦见我怀孕了，婴儿在羊水里游泳，被脐带缠绕住脖子，窒息了。我听见他在羊水里呼喊着，救命救命。但我无能为力，我无能为力，我帮不上忙，我帮不上忙，直到看见他溺死在羊水里……随着羊水的干涸，他也慢慢萎缩，成了一具幼小的干尸……

妻边说边抹着眼泪。我安慰她说，做梦而已。我打开床头灯，拽了张纸巾给她。我说，可能最近画画的压力太大了，要不就歇几天吧。妻用纸巾擦了擦眼泪，从床上起来，去了卫生间。过了一会儿，她回到床上。我把她搂在怀里说，睡吧。她安静地蜷缩着，但我知道她没睡，直到我沉沉睡去。她什么时候再次睡着的，我就不知道了。

八

第二天早上，我醒来的时候，她已经不在床上。我在客厅里也没看到她。我到院子里，看见她坐在那儿看花。我说，起这么早啊？她说，再也没睡踏实，还不如起来。我说，吃过早饭你再睡一会儿。我做早饭。她说，我去湖边转转，要不你也一起出去转。我说，你去吧，半个小时后回来吃早饭，妻说，好。她推开院门出去了。我做好早饭，看妻还没回来，便去地下室找来那本刚买的《先王冢》翻了翻。没翻几页，我有些心神不定，就站起来，回到楼上，穿上衣服，去外面找妻。

路过那所幼儿园的时候，我再次想起那个"望城天使"。我稍站了一会儿，早上的幼儿园还是安静的、空荡荡的。一个木马形状的塑料玩具栽倒在地上。栏杆上挂着一幅写有"全民参与 共同打击涉黑涉恶违法犯罪"的条幅。一个腆着大肚子的胖子看我站在那儿，问我，看什么呢？我说，没看什么，学习一下条幅。胖子摇了摇头说，哦，无聊。他说完从我身边用屁股蹭我一下。他的这个动作让我很反感。我想骂他一句，但见他呼哧呼哧喘着粗气，身体摇摇晃晃，身上的肉颤颤的，要从衣服里面淌下来似的，我也就没吭声。是啊，如果那些肉真的淌下来……我不敢去想。

我顺着马路向湖边走去。夜里雨停了，空气湿漉漉的，裹着植物的清新味道。我深吸一口，又吐出来。我在吐故纳新。哈哈。我在寻找着妻的身影。到了湖边，看到有几个人在湖里面游泳。我终于看到妻的身影，她蹲在湖边。我慢慢走过去，站在她身后，没有打扰她。我看见她蹲在湖边对着湖水里面的一个漂浮物用手机拍照。我没敢跟她说话，怕她受到惊吓，掉湖水里去。我沿着湖边向前走了五六米，站在那里，盯着她在那里专注地拍照。她拍什么呢？我看不清湖水里的漂浮物是什么。那几个游泳的人在水里面时而下沉，时而上浮，像是随时会溺水似的。妻终于对着湖水里的漂浮物拍完了，站起来，还在看着手机。她的脚踩到了湖边的水草，脚下一滑，险些摔倒。我吓了一跳，心提到嗓子眼，连忙跑过去。她弯腰很好地平衡了身体，才没有滑倒。我跑过去，拉了她一把。她说，你来啦？我说，找你回去吃早饭。你拍什么呢？妻表情悲戚地说，那只灰猫，就是来家里找食物的那只，掉水里，淹死了。我说，哦。看到妻悲戚的表情，我安慰她说，不会是那一只吧，这湖边野猫很多的。她说，就是那只，我能认出来。我回去找个纸箱子，我们把它打捞上来，让它入土为安吧。我说，好的，我回去找纸箱子。妻说，好的。我小跑回去，找了个收快递用过的纸箱子，我看了看大小，判断着是否能容得下那只猫的尸体。我觉得合适，又拿了一根竹竿和给花松土的小铁锹，回到湖边。我把小铁锹递给妻子。我说，我忘了戴手套。妻说，用手接触一下死亡的身体吧。我说，不会有病菌什么的吧？妻说，那我来。我说，算啦，还是我来吧。妻是有洁癖的人，这个时候却……我有些纳闷。妻说，你把它弄到纸盒子里，我先过去，找棵树，在下面挖个坑。我说，好的。我用竹竿把漂浮在水面上的灰猫扒拉过来，一只手捏住它的一只爪子，湿漉漉的，很沉。我把它放到纸盒子里。我承认我有些厌恶，此刻，面对一只猫的尸体。我用湖水洗了洗手，总觉得有异味。其实，从昨天看到它到现在，还没有到腐烂的程度，但我下意识里觉得它已经腐烂了，虽然外在看不出来，但内在已经……我捧着盒子，离身体很远,我怕猫身上的水落在我衣服上。我看到妻在一棵树下掘着坑,我来到她身边,把纸盒子放到地上。我看到妻才挖了不大的一个坑,我说,我来吧。妻把小铁锹递给我,她打开纸盒子,盯着里面的死猫,说,怎么就落水淹死了呢?要是我们收养了它,是否就不会……我不知道怎么说。继续挖,继续挖,继续挖。我征求妻的意见,说,你看看是否合适了?妻说,再扩一些。我说,好。土有些黏,挖起来很费力气。我额头上都出汗了。妻盯着我挖的坑,说,差不多了。我问,连盒子一起埋了吗?妻说,尽管单薄,这纸盒子也算个棺椁吧,总比死无葬身之地强吧!我嗯了一声。妻说,我来。妻捧着盛着猫的尸体的纸盒子,慢慢把它放到土坑内。她把纸盒子封好,用手抓了土往上面撒,一把一把的土落在纸盒子上。差不多覆盖了一层土,妻才要过我的小铁锹,往坑里填土。看着妻表情悲戚地填土,我站在旁边点了支烟。不远处的湖面上,因为那些野泳的人,水面上波纹荡漾,翻起了浪花。妻填完土,又用手轻轻按了按泥土,站起来,怔怔地站在那里,像默哀。过了一会儿,她说,安息吧!妻的反常让我害怕。我说,回家吧。妻说,好的。妻不时回头凝望,叹息着说,一个生命就这样……

我不知道怎么安慰她。

回到家,我对妻说,洗洗吃早饭吧。妻躲在卫生间里,很长时间都没出来。我打开卫生间的门,看到妻坐在马桶上泪流满面。我说,别哭了,死亡无处不在的……它遇到了你,是它的福气,起码它没有死无葬身之地。妻慢慢从马桶上站起来。我走出卫生间,把做好的早餐端到桌子上。妻两眼红肿地从卫生间走出来,来到窗边,把窗户打开,回到桌前,吃饭。我们都沉默着。过了一会儿,妻说,我要把这些都画下来。我问,什么？妻拿出手机，给我看她早上拍的一些图片。弯曲的管道。树木。小草。鲜花。贝类壳。野泳的人。啊，还有那个用屁股蹭了我一下，令我反感的胖子。汽车。烟头。被啃了一口的梨子。缠绕的水管子。旧沙发。遗弃的马桶。她的影子。干枯的花朵。溺水而亡的猫……我说，怎么？喜欢上街拍了吗？妻说，不是。我要把这些都画下来，呈现在画布上。是你的那个噩梦给我的启发……我说，哦。妻说，以前我的画也充满了视觉冲击力，现在把这些画下来，会更有视觉冲击力的。我没明白，但我没问。妻看出我的疑惑，说，以前我专注的是人，而忽略了他们所处的世界和时代，现在我要画他们所处的世界和时代。这个世界的物质部分，当然，人也在其中。人也是这个世界的物质。人并不是这个世界的主宰……真正主宰人的是那世界之外的东西……

　　从妻拍的照片中，我并没看出什么。我收拾桌子上的碗筷，去洗碗。妻坐在她的画架前，开始涂抹起来。

　　我收拾完厨房，回到地下室，开始阅读、写作，但我的注意力无法集中。我的脑海里总是出现妻拍的那些照片，还有她刚刚说过的话，甚至还有她凌晨的那个梦……那一刻，我觉得我所处的地下室是乱的。书和各种杂志堆得满地都是，桌子上烟灰缸旁边满是烟灰……我拿了摞书，垫在屁股底下当马扎。我开始清理那些乱七八糟地堆放的书和杂志，把它们码成书墙。码好后，我用拖布清理角落里的灰尘和纸屑，用手把它们抓到纸篓里。我去卫生间，洗了拖布和抹布，把地下室拖洗了一遍。我的身体感到有些虚弱，冒汗了。

　　我坐下来，望着洁净的地下室，突然有一种成就感。那些污秽被我打扫干净。我坐在地下室门口，对着车库，点了支烟。

我又望了望地下室里，总觉得缺点儿什么。是什么呢？是一面钟，是的，一面钟，挂在墙上。还需要一些绿色的植物。我去院子里，把几盆多肉植物搬到地下室里。妻看到，问我，你干什么？我说，我把植物放到地下室的书房里。妻说，那里没有阳光，不行的。我说，哦。我只好又把那几盆多肉植物搬回到院子里。妻喊我，你过来看看我画的画。我走过去，看到她画了那只溺水的猫被一根红线捆绑、缠绕着。我生理上有些不舒服了，但我知道它的好。妻说，这次画展的主题就是捆绑吧，我跟策展人老K说说。我说，好的。我预感到，妻这次的变化，也许是她绘画生涯的一个分水岭。我的右手又颤抖、痉挛起来，像是要抓住空气中的什么似的。

回到地下室，整个环境突然变得清爽起来，让我有些不适。我嘲笑自己，你就适合在垃圾堆里生活。又一想，这些书怎么会是垃圾呢？对于我，它们是财富。我傻笑着，对那些整齐码好的书说，你们都给我听好了，对于我来说，你们可能是财富，对于很多人来说，你们可能就是一堆垃圾，垃圾，你们知道吗？是废纸，随时都可能被卖给收破烂的，最后变成纸浆。我站在那些书前面，义正词严的。我对自己的行为感到莫名其妙。突然，我翕动着鼻子，我闻到一股潮湿的臭味，这和我的书房的清爽气味很是不搭。我吸着鼻子，终于找到那气味的来源。是地下室那扇通向车库的门。在门下面有一道缝隙，车库里的潮湿臭味入侵到我的地下室。我找了块大小相当的皮子顶在门下面，这样缓解了很多。还有一个问题，很麻烦，那就是我要抽烟。地下室没有窗户和排气孔，我只能打开门，那么车库里的气味是无法绕过去的。我做了决定，以后抽烟回到楼上的院子里去。

我正发愣的时候,手机响了一下,我拿过来看了一眼,小区保安发给我一个网址。我没有马上点进去,问了句,什么?小区保安说,看看你就知道了。我说,没有病毒吧?保安说,没有,但也跟病毒差不多。我说,你什么意思?保安说,是在车库里那个被杀害的女人的一个视频,我偶然在网上看到的。我说,哦。保安说,真没想到啊!世界之大,无奇不有。我说,好,等我有时间看看。

我放下手机,打开电脑,又看了看长篇小说《东北》,仍没有修改的语感和气场,而且出版合同也还没有寄来。吃过晚饭,我和妻散步回来,她还要画画,我回到地下室,打开手机,点开保安发给我的网址。我不敢相信,那就是"望城天使",她在搞裸体直播……还不时让网上的人送礼物。我删除了网址,打开地下室的门。

九

妻的画展如期在 K 画廊举行。但开幕的时候有个小风波,差点儿没能开幕,经过老 K 和艺术区的领导协调,画展才正式开幕。小风波是这样的,我已经赤身裸体地被妻捆绑好,坐在画廊中央的一把黑色的椅子上,来了很多人,他们开始对我拍照。开幕的时间到了,在老 K 宣布开幕的时候,艺术区来了几个保安,叫停了开幕仪式。很多人,包括老 K 都不知道是怎么个情况。几个保安把来的人都驱赶出画廊。一个保安看到我还在那里,他亲自给我松绑,帮我拿来衣服,让我也出去。老 K 披着一头长发,脸色难看地和保安交涉着。其中一个保安说,有人举报这里有色情行为,必须整改才能开幕,我们也是执行上面的指派，是工作，老K你多担待。老K气愤地去找艺术区的领导。画廊外面已经人声嘈杂。妻看上去很淡定，她怀里还抱着朋友送的鲜花。有家媒体在给妻录像，采访妻。妻说，对于这样的意外，我没有什么好说的，如果要采访的话，一会儿你们采访老K吧。我作为一个艺术家，负责做好我的艺术呈现就好。我不知道这里面有什么色情。如果说裸体算色情的话，那么我们人类的起源，伊甸园里的亚当和夏娃算不算？其他，我拒绝回答。我虽然穿上了来参展之前妻为我准备的那套西装，但此刻，经过开幕式之前的赤裸和捆绑，我觉得我仍是赤裸的，肌肤上仍滞留着被捆绑产生的疼痛。尽管妻捆绑我时没太用力，效果还是出来了。在捆绑下面的时候，我对妻说，你轻点儿，弄废了你就不能用了。妻盯着我，媚笑，说，那样才好，我不用，也不让你将来给别人用。我苦笑着，说，我只是你的。玩笑归玩笑，妻还是爱护我的。在捆绑舌头的时候，妻说，这个还是省略了吧，或者贴个封条意思一下。我说，那样会破坏整体的艺术氛围的，对于艺术，我们都是敬畏和认真的。妻小声在我耳边说，辛苦你啦，晚上回家好好安慰安慰你。我无赖地笑着。现在，整个开始仪式被中断了。妻尽管看上去很淡定，还是向我要了支烟。我递给她，点燃。她的很多朋友过来安慰她。她陪他们聊天。我邀请了刘德庆，他此刻已站在角落里抽烟。我走过去和他聊天。几个艺术区的保安站在门口，画廊的铁门紧闭着。有人在拍照。有人说，这次小风波也许会成为一次不错的行为艺术。

　　刘德庆再次和我说起那个刘德庆——养父养母之前的那个逝去的儿子。刘德庆说，可以说是我哥哥。我妈跟我说，那是八十年代，那个刘德庆从大学里辍学回家，闭门不出，一个人在屋子里一会儿哭一会儿笑的。现在看来，他得的是抑郁症。他们上班，就把他锁在家里，没想到有一天，他还是撬开窗户逃了出去。铁锤巷，你还记得吗？我说，有印象。德庆说，那时候，那个铁锤的雕像还没有被移走，他就用一根电线吊死在那个雕像下面……有邻居发现了，连忙跑去工厂里通知我养父养母……我养母看到他悬挂的尸体，人立马就昏倒在雕像下面。养父领着工友们把刘德庆从雕像上弄下来，草草埋在了铁锤巷后面的荒山上。从那荒山上可以俯瞰远处的厂区高耸的烟囱和厂房。我说，我知道那个地方，那里还有很多战争年代遗留下来的碉堡群。我的一个长篇小说，就是在一个碉堡里完成的。刘德庆看了我一眼，问，出版了吗？我说，还没。编辑说，选题通过了，但要改。来上海这几年，我没有当时写作的气场和语感，我想回望城去改。等忙完你嫂子的画展，我可能会回去住一段时间。德庆眼睛一亮，说，什么时候回去？我也要回去。我养父养母说，他们还是梦见那个刘德庆，我哥哥。他们在我哥哥去世第二年领养了我。我妈说，我是她工厂里的一个女工的孩子，当然是私生子。我被我养父养母领养后，那个女工从工厂消失了，没人知道去了什么地方。我说，哦。德庆说，我也跟养父养母说了我的困扰，我想改名字，他们也同意，但真的没想好改个什么名字。我倒想了几个，刘东升、刘传沪、刘……我瞄了眼妻，她从人群里消失了。我想，可能去卫生间了。德庆说，我妈梦见我哥说，他要一个墓碑，要不他的魂总是飘着。我妈说，这也许就是我一直矛盾和痛苦的根源，也许回去给他竖个碑，我就会解脱。你信吗？我说，你不一定能得到解脱，但起码也可以心安吧。德庆说，你大概什么时候回去？我们一起回去。我妈要照顾孩子，我和我养父回去，要不我也找不到我哥的坟。我说，我回去的时候告诉你，我们一起回去。老K回来了，人们都围了上去。老K的目光在寻找着妻，问我，你爱人去哪儿了？我说，没看见。我给她打电话。老K招呼大家，说，开幕式继续进行，但那个行为艺术不能在画廊大厅里进行，要取消。老K把一个纸条递给门口的一个保安，那个保安看了，说，开门吧。我给妻打电话，问她，在哪儿？她说，在打印店，马上回去。我说，好的，开幕式等你呢。妻说，好。老K招呼着客人们进画廊。我看到德庆站在那幅大画前面，也就是我做行为艺术的那幅画。他表情凝重，能感觉到他生理上不舒服。老K过来问我，打电话没？我说，打了，马上回来。来观看展览的人已经站在那些大大小小的画面前。这时候，妻拎着个袋子回来。她到了现场，把袋子敞开，从里面滚出来二十几个纸团，上面打着英文单词，有她的签名。一个个纸团也被用线缠绕起来。我英文不好，但还是认识几个单词的。老K招呼妻上台，开幕式继续进行。自然，老K说了些现实，也谈了艺术。在艺术上老K有些夸大，说妻是世界上不可多得的艺术家。我注意到妻的表情，她有些羞愧。轮到妻讲话，她除了感谢所有到场的人，还说了艺术的无力……说了对人性和灵魂的寻找……说了艺术家与现实、与心灵的斗争，还说了艺术家与现实的紧张和暧昧。最后，妻说，地上的那些被线捆绑的纸团是她的新作品，每一个单词都是一个名词，上面有她的签名。每个购买画作的人都可以免费拿一个。妻弯腰鞠躬，对大家的到来表示感谢，对突然出现的意外表示歉意。妻站在台上，看上去是那么迷人，尽管已经五十三岁，但丝毫看不出来五十多岁了。我上台拥抱了妻。德庆过来跟我说，单位里有一个紧急会议，让他马上回去。我说，好的。德庆说，定了回望城的日期提前通知我，我好请假。我说，好的。德庆说完匆匆离开了。但他很快又折回来，对我说，那幅小的被缠绕的粉红色香皂的画，我要了，别卖给别人。我说，好的。我把德庆送到画廊门口，德庆说，回去忙吧。德庆说完走了。我在门口站了一会儿，看到一个中年男人抱着一面被绳子捆绑的时钟，从我面前经过，向艺术区的树林里走去。我顿时毛骨悚然。我转身回到画廊内，告诉工作人员给德庆要的那幅画贴上个红色标记。我站在画前，研究了一会儿那幅画，不知道德庆喜欢它什么。

尽管有开幕式上的小风波，但画展很成功，卖了十几幅画。那幅 2m×2.5m 的大画被一个美国人订下了。晚宴的时候，老K喝多了。他说，这是他开画廊以来最好的一次画展，他要力推，把我的妻推向世界。妻腼腆地坐在那里，我和她都不能喝酒。夜里十一点多，我们坐出租车回家。在出租车上，我问妻，那些英文单词都写的什么啊？妻靠近我的耳边，悄悄地说了那些单词的意思。我说，你狠。妻笑了，我也笑了。妻说，他们只能看到表象，却看不到更深入的……我说，是的。妻说，画展还算成功，得歇歇了。你不是说要回东北修改长篇小说吗？什么时候回去？我说，你确定画展这边没事了吗？妻说，你先回吧，我等撤展后再回去。我说，等撤展一起回去吧。回到家，妻烧水，洗澡。是啊，这段时间真的有些累了。妻洗完，让我也去洗。她抚摸着我。我竟然萎蔫了。妻说，是不是开幕式上的捆绑的恐惧造成的？我沮丧地说，可能。等我们洗好，回到床上，妻帮我恢复斗志。我给妻讲了"望城天使"的事情。妻说，让我看看。我说，被我删了。妻说，你一个人偷看。我说，也不算偷看。我的斗志在妻的抚摸下复活了……五十岁的我，还不是废物。

在等待撤展的日子里，老 K 来过一次，说，有一家国外画廊打算给妻办展，但还要多些画。老 K 让妻再画一些，将这次画展的题材延伸下去。时间不急，起码也要到明年这个时候。妻答应下来。撤展的日子到了，卖出去的画都通知买家来拿或者寄存在画廊。没卖出去的，我们搬回家。那幅粉红色的香皂，没人来取。我想起来，这是刘德庆订下的。他那天回去之后，就把钱给我转过来了。我给他打电话，没人接。晚上回家后，我又打了，还是没人接。撤完展第二天，我就回望城了。我把东西放在轧钢厂附近的一家旅馆里，去了铁锤巷，去了铁锤巷后面的荒山，在那里寻找我当年写作的废弃碉堡。那时候，我开病假写作，每天晚上把电脑充足电，然后背着它，来到这座废弃的碉堡里。当时，有我用木板钉的一个简单的台子和一把捡来的椅子。走了四年，那个简陋的台子还在，椅子已经不见了。里面是浓重的灰尘的味道，还有粪便。我花了一上午的时间，把里面清理干净。我在墙上竟然看到——一张六寸黑白照片，泛黄，一个无头人或者说无脸人，背景是轧钢厂的马路，在马路的尽头是丛林般的喷云吐雾的烟囱。那人脸看上去好像被烟头或者其他东西烫过，正好烫在人物的脸上，烫出来一个洞。从衣着和体型上判断是个女性。

我没有把相片从墙上拿下来。我用手擦去上面的灰尘。我去铁锤巷买了把椅子和几块塑料布，回到碉堡内，把一块塑料布蒙在那个台子上。我把剩下的塑料布铺在地上，在上面躺了会儿，抽了支烟。我突然想起什么，爬起来，在荒山上的坟墓之间寻找着。我真的看到了写有"刘德庆之墓"的墓碑，但看上去坟上的土是新土，还有几个已经褪色的花圈。我站在那里冲着墓碑深深地鞠了一躬。鞠过躬后,我给刘德庆打电话,突然觉得有些诡异,坟墓里会不会有一个声音回答,说,我是刘德庆……你找谁?不远处的几棵槐树上站着几只乌鸦。我还是拨通了刘德庆的电话,但是一阵阵的忙音……我只好挂了电话。我不知道发生了什么。我回到碉堡内,坐在椅子上,对着那个唯一的窗口,眺望着远处的轧钢厂。悲欣交集啊!我简单地在碉堡内拍了几张照片,发给妻,说,收拾好了,明天开工。妻说,好,祝你一切顺利,早日从东北的捆绑中解脱出来,用你的文字挽歌结束你的过往。我说,嗯。但真的可以结束吗?那血液里的……妻说,总要新生啊!我说,会的。

回到这里,我的气场和语感很快恢复了。我必须说一下,出版社的合同一直没给我寄过来。但这好像不重要了。不管是否出版,我都要把这部长篇小说修改完。是告别,也是启航。

半个月过去,我的修改已近尾声。那天,我从旅馆里带了午饭往碉堡走,看到人们成群结队地往山上走。我问一人,你们这是干什么?那人说,不知道吗?轧钢厂今天定时爆破……我说,哦。听了那人的话,我的心情有些沉重,我那工作了二十五年的轧钢厂啊!我来到碉堡内,打开电脑,播放着音乐,心神不宁。我的目光不时透过那个窗口,盯着远处的轧钢厂……直到我听到轰轰隆隆的声音,看到高高耸立的烟囱瞬间回到大地……我脚下的大地跟着震颤着……我被从椅子上晃掉在地上。我躺在地上,直到震颤结束才爬起来。我来到碉堡外面。我看到那些或麻木或苦楚的面孔一个个都泪流满面,失声痛哭。我也控制不住,眼泪在眼圈里打转,但我控制着,没有让眼泪流出来。人群慢慢散去,我回到碉堡内,把最后几页文字修改完,合上电脑。我长长地出了口气,终于控制不住自己,眼泪哗哗地从眼眶里滚落。是啊,再见啦!我看了看碉堡内,把那张陌生女人的照片从墙上摘下来,夹在我带在身边的波拉尼奥的那本《智利之夜》里,一起放到我的电脑包里。我拎着电脑,从碉堡出来。我仿佛看到当年那些英烈为了这座城市奋勇抗敌的场面。我绕道去了刘德庆的墓碑前。我再次给刘德庆打电话,那边仍旧是忙音。忙音,犹如一条黑暗的没有尽头的道路,延伸着,延伸着。

我对着墓碑最后鞠了一躬,又对着那消失的工厂的方向深深鞠了一躬。我默默下山,去旅馆取了东西,直奔火车站而去。

荒野诗篇

我忽然想到，有一天我们的孩子惊奇地看到这些照片，一定会认为他们的父母生活在平静、秩序井然的生活中，像照片上的那么安详。

——杰克·凯鲁亚克《在路上》

　　白昼从人的一侧诞生。

——帕斯《复活之夜》

一

　　如今这城空空荡荡，犹如被摘去了内脏。这城空空荡荡，犹如被摘去了内脏。柯雨洛在心里面喃喃着，她凸起的肚子看上去格外显眼，仿佛藏着一个宇宙，让周围的空气局促不安。

　　天气闷热，空气都黏稠了。柯雨洛在路边站了一会儿，只觉得四肢无力，骨头都轻了，像低血糖似的。周围看不到有什么东西可以倚靠。路边的行道树都被伐了，只剩下根部还隐藏在泥土里。露在地面上的树墩，上面的年轮是模糊的，但从树墩的大小判断，这树得有几十年了。她在树墩上坐下来，目光注视着街道的空间。她耳边响着电锯的声音，她感觉到树木被伐倒时的悲壮和呼喊，那呼喊声变成从她身体里发出来的了。她还闻到了树墩下面的尿臊味儿，有些刺鼻，还有些辣眼睛。她确实浑身无力，只好坐了一会儿。这时候，一只黑色的流浪狗闯进她的视线，那狗看上去有些凶猛，张着嘴，两边的獠牙露出来。她连忙站起来，举起挂在脖子上的小相机，对着摇晃的瘦弱的骨骼凸显的目光萎靡的流浪狗，快速拍了一张黑白照片。背景是街道两边纵横交错的电线杆和电线。电线发出呜呜的嗡鸣声。那狗旁若无人地走着，两眼发红，眼圈烂掉。地狱归来的冥犬。她本想再拍几张的，但她害怕那犬会突然变得无常，转过身来咬她一口。她放弃了跟拍。她没敢跟在流浪狗身后，只是目光盯着它，并警惕着。等流浪狗走远了，消失在街道深处，她才继续向前走。她从那流浪狗的身上仿佛闻到了戈伟的气息，心情一下子黯然了许多，再抬眼看去，那流浪狗已不见了踪影。刚刚经历的一切犹如幻觉，她只觉得身上的汗毛簌簌着，起了一层鸡皮疙瘩。她连忙看了看相机里面，那条黑色的流浪狗的影像还保存在相机里，她才确认不是幻觉。那狗在紧张、恐惧、怯弱地注视着街道，被她抓拍下来。这是她按下快门前没有注意到的。

柯雨洛记得前面路口有一家咖啡馆，咖啡馆的名字叫"太阳石"，一楼被租下来，改造成咖啡馆。柯雨洛和戈伟每次街拍累了的时候，都会走进"太阳石"咖啡馆，坐在落地窗边，叫两杯咖啡，偶尔彼此看一眼，喝一口咖啡。戈伟的目光更多注视着街上的人在街上的动作与状态。他不时举起他的小相机，对着窗外符合他审美的某一个人或某些人，按下快门。"太阳石"咖啡馆是他们街拍的起点，有时也是终点。

有时候，戈伟也会把柯雨洛作为他构图中的一部分，用她的背影或身体的局部，但从来不是某一张照片的主体。他几乎没有专门把柯雨洛作为模特拍摄过。他对外部世界和街道的敏感关注令柯雨洛嫉妒。柯雨洛在撒娇的时候和他说过，你去找你的街道做你的女人吧。戈伟就傻笑，轻轻把她搂在怀里，在她的脸上亲吻一下。这一吻，柯雨洛的气全没了，乖得像只小鸟，在戈伟的怀里，任他抚摸。更多的时候，戈伟倒像个孩子，枕着柯雨洛的双腿。戈伟比柯雨洛大三岁。柯雨洛喜欢戈伟像孩子时的样子。戈伟是个孤儿，五岁的时候，父母在一次车祸中丧生，他被送到孤儿院。七岁的时候，他被一对矿工夫妇收养。养父是一个酒鬼。他技校毕业后，被分配到轧钢厂上班，就从养父母家搬出来租房住。工作了五年后，他在二十四岁的时候辞职，从事写作和街拍。刚开始他用手机拍照，直到有一天，照片卖了三千多块钱，他买了一个微单相机。那时候，柯雨洛在一家翻译公司上班。两人是在朋友的一次聚会上认识的。柯雨洛在不上班的时候，就跟着戈伟到处街拍，在大街上闲逛。这期间，戈伟的一组照片在国外获了一个奖，奖金五万块钱，这更让他对街拍充满了信心。戈伟用五万块钱给养父母买了一个单室楼房，他搬回到养父母的平房，将平房改造了一番，把屋子里的墙都打掉了，只剩下四面墙，装了几根实木的立柱，房子内部变得开阔宽敞起来。墙上又刷一边水泥浆，他喜欢水泥的那种灰色。他把喜欢的照片冲洗出来，挂在墙上。这里成了他的工作室。他还添置了书架和音箱、电脑、床、沙发、茶几。更多的时候，他躲在家里写作，每天完成一定的字数后，他就会到街上去。他已经出版《用眼泪做成狮子的纵发》和《秉烛夜》两本小说集。柯雨洛的父母常年在上海的一家公司搞科研，很少回来。柯雨洛常常住到戈伟的工作室。父母说给柯雨洛在上海找了工作，希望她过去，但她犹豫着，一直没答应。除了一次母亲做阑尾炎手术，她去照顾了一段时间，又回来了。母亲问她是不是有男朋友了，她否认。那段时间里，戈伟几乎疯了，天天给她打电话、发微信，拍的片子也格外孤独和颓丧，透着撕裂的痛感。

戈伟说，街拍是我爱这个世界的一种方式，当我还爱这个世界时，我也就是在爱你，你也是我的世界。如果有一天我不爱这个世界，我也就不会街拍了。我的爱也许会从我的心里面消失。残酷点儿说，我也许连你都不爱了。或者说，我是在这座城市的街道上，借助街拍来寻找我。是的，我在荒芜和破败中寻找我，我在拍这座城市里的我，我在拍我。也许你暂时还不会理解，但我相信有一天你会懂我，也会懂我的街拍。街拍和写作对于我的生存来说都是无用的，但是在精神层面上，它们的意义要高于我的生存，我要做一个锐利而醒着的人。

戈伟说这话的时候，柯雨洛愣怔了，眼泪几乎要从眼眶里流出来，但她控制住，强忍着，不让眼圈里转动的眼泪流出来。她从他的怀里挣脱出来，回到床上。戈伟知道他的话让柯雨洛不舒服了，但他没有哄她的意思。他坐在沙发上看书，或者浏览手机上一些纪实摄影公众号上的照片。他沉浸在那些街道的人和故事之中。街道在他眼里是有生命的，让他在近几年里深陷其中，荒凉和破败是他生命的一部分。他的照片呈现出来的是那种来自生命的疼。戈伟说，从来没想过会喜欢上写作和街拍。小时候，他梦想着当一个侠客，背着一把长剑或者弯刀，在这个世界上行侠仗义。他小时候看电影《少林寺》的时候，也梦想着去河南少林寺学武。在孤儿院的时候，他还弄了个白面口袋，装上沙子，天天打沙袋；还做了几个小的沙袋，绑在腿上，绑在前胸和后背上，像炸药包似的，天天跑步，练习轻功。被养父母从孤儿院接出来后，他也没间断练习。直到有一天，他的一个中学同学据说是练功走火入魔，上吊自杀了，他养母害怕了，把他练功的东西都扔了。他刚开始还想不开，但很长时间不练了，也就适应了。他开始借书，看书，沉迷在书籍之中。他养母的弟弟，也就是他舅舅，有很多书。戈伟把养父母的房子改成工作室后，还在房梁上吊上了沙袋，又买了拳击手套,偶尔会运动运动,像个拳击运动员。他说,该锻炼身体了。戈伟从菜场买了很多木头箱子,把它们用胶水黏合在一起,挨着一面墙,堆出一个形状,做了一个大书架,很像一个装置艺术品。他还在木头箱子的侧面挂上他个人的摄影作品。

柯雨洛来到前面的街口,"太阳石"咖啡馆不见了,取代"太阳石"的是一家烧烤店,牌子上写着"大玲子烧烤店"几个字。傍晚的大玲子烧烤店门口已经摆满了桌椅,有几桌客人在屋子外面的空地上。草坪上的草已经干枯,被他们踩在脚下。他们吃烧烤喝啤酒,看上去异常嘈杂、喧闹。柯雨洛头疼了一下,两个太阳穴突突直跳,就像里面有把小锤子在敲打着。她站在门口,用相机拍了一张烧烤店的店面。店面的整体装修风格没变,换了个牌子,多了几根白铁皮的排烟管道,给她一种诡异的感觉,仿佛这栋房子已经病入膏肓,随时都需要进行抢救似的。她的身体耸了一下,有一种窒息感。抽油烟机从炙热的炭火炉子上把那些食材在烧烤过程中形成的浓浓烟雾和异味排到屋子外面,那些裹着异味的烟雾上升到半空中,成为天空的一部分;也可能在没有成为天空一部分的时候,就已经变成空气中的某种物质,坠落下来或被风吹到街道上。各种肉类、海鲜,还有豆制品、蔬菜,它们被烧烤出来的气味,令柯雨洛有些头晕,她不能适应这种污秽的空气,随时都要呕吐。她咳嗽了几下,转过头去。那些气味蛮横地扑向她,落在她的衣服上、皮肤上、头发上。尤其是落在脸部的皮肤上,让她的皮肤很不舒服,紧绷绷的,让她的脸部皮肤火烧火燎的,像炙烤过似的疼。

柯雨洛怕被人发现,偷偷对着那些排烟管道按了几下快门,想转身离开。但为了找回原来咖啡馆的记忆,她和戈伟的记忆，她硬着头皮，忍着污浊的空气，揭开一道纱帘，走进屋子。里面的各种烧烤气味，动荡着闯进鼻孔，在鼻毛间横冲直撞的，破坏着嗅觉，令她的嗅觉近乎失灵。但柯雨洛还是找了个靠窗的位置坐下来。服务员拿着菜谱过来，问她，女士您好，几位？要烤点什么？他把菜谱放到柯雨洛面前。她没有拿起来，那上面的油腻令她反感。她无意间脱口而出，来两杯咖啡。年轻的男服务员怔了一下，说，女士，这里是烧烤店，不是以前的咖啡馆了。柯雨洛看了他一眼，恍惚觉得他以前就在咖啡馆里当服务员。她问，你以前是咖啡馆里的服务员吧？男孩说，是的呀，我也记得你，你以前总和一位先生过来，现在你坐的位置就是你们之前喜欢的。那位先生喜欢照相，老是喜欢拿着相机对着窗外拍来拍去的。柯雨洛说，是的呀，你还记得。柯雨洛说，我可以不吃烧烤，在这个位置坐一会儿吗？男孩看了看她，又看了看吧台里面低头的胖女人，说，你先坐一会儿吧，有人问你，你就说在等人来。一会儿客人多了，我就不好让你在这儿坐着了。柯雨洛说，谢谢你，客人多了，我就走。男孩笑了笑，过去给她倒了杯水。柯雨洛再次说，哦，谢谢。男孩说，如果你想一直坐在这里，可以把这个座位包下来。柯雨洛说，不用，我坐一会儿就走，走累了，歇歇。男孩说，好的。柯雨洛问，问一下，那个咖啡馆老板呢？那个叫"夜神"的人，去哪儿了？男孩转过头来，说，这里出兑后，他好像去了南方的农村，开发民宿去了。柯雨洛说，哦，有他的联系方式吗？男孩说，"夜神"临走的时候给我留了个电话号码，我找给你。柯雨洛说，谢谢。男孩拿出手机，找出"夜神"的电话号码，念给她听。她在手机上保存了下来。之前，也许是戈伟出事后，"夜神"给她打过电话，问她是否回望城看戈伟最后一面，她拒绝了。男孩念完"夜神"的电话号码，去忙了。柯雨洛看了看那个号码，没有拨打。她左手虎口的位置，恍惚有文过的痕迹。原来那里是文过一个摩羯座的图案，后来，她和戈伟分开后，她去文身店里清洗了，但仍能看见那里是文过的。听说，戈伟的后事都是"夜神"操办的。柯雨洛拒绝了回望城见戈伟最后一面。"夜神"多次给她打电话，她都没接。

柯雨洛望了眼窗外，心情黯然，如被霾笼罩着。如今，她又回到这城，却是孑然一人。她眼中闪着晶莹的泪光，窗外的世界变得模糊。耳边的嘈杂仍不绝于耳，昏暗的灯光里，那些吃客，面色苍白，在贪婪地进食着，吃相丑陋，像一群鬼魂。

柯雨洛仿佛置身在另一个空间之中。她把拍下的那张流浪狗的照片发到手机上，发了微信朋友圈。没过一分钟，青青就打来电话，问，雨洛，你回来了吗？尽管离开望城，但柯雨洛的手机号码一直没换。柯雨洛说，是的。青青说，一起吃个饭吧。柯雨洛说，我想一个人走走。青青说，节哀吧。柯雨洛说，谢谢。青青说，那你什么时候有时间，我找几个人，我们聚聚。能在望城待几天？柯雨洛说，还没确定。青青说，很多朋友都想你的。你去墓地了吗？要保重身体。我们听到消息的时候，也都很难过。柯雨洛说，还没去，谢谢你们。青青说，不是我说你，是他自己作的，好好的工作不干了，偏偏要写什么狗屁小说，摘什么街拍，说什么要自由，这个世界上有真正的自由吗？这样的男人不值得你当初那样爱他，他是就一个自私的人，心里面只有他自己，根本没你。我知道我不该说死人的坏话，但我还是要说，你们好了那么多年，他也没给你婚姻，你和他不是白白浪费了那么多年？……

柯雨洛有些激动地说，你给我闭嘴，闭嘴！青青不说话了，撂了电话。她发现周围那些吃烧烤的人的目光在看着她，她直视过去，目光里带着敌意。那些人转过头去，继续吃他们的。柯雨洛把目光收回来，继续盯着窗外。

这次，柯雨洛从上海回来，并不想见任何人，戈伟不在了，这只是一座空城。她只是想把之前和戈伟一起街拍过的地方再走一遍，用照片记录一下，保存下来。尽管很多东西回不去了，但也是对她和他之间的一个纪念，是一次异常的灵魂之旅。

下了飞机，从机场出来，柯雨洛叫网约车回到望城那一刻，她突然觉得望城是那么小，那么小，小得透着一股县城的灰尘暴土味儿。道路两旁的建筑，有的正在拆迁，有的正在建造。城市就这样在拆和建中，处于一种未完成状态。柯雨洛的想法有些幼稚，甚至是天真的。她从公司请了年假，在网上订了机票，就飞回望城，连肖江河都没告诉。她觉得她有点儿疯，但她告诫自己，这是最后一次回望城。她也希望从戈伟的阴影中走出来，或者说继承他身上的某种东西，继续在望城以外的世界战斗。

二

没喝到咖啡，算是一种缺失，肉体和精神都空了。柯雨洛记得有一次咖啡馆关门，戈伟没喝到咖啡，整个人的情绪都很不好，没心情拍照了。这些年，被咖啡控制的她，终于体会到戈伟当年的心情，是烦躁的、不安的、六神无主的。

柯雨洛还记得，后来，她还准备了一个保温杯，在工作室冲好咖啡，带在身边。两人拍累了，随便找个地方，坐下来，喝几口保温杯里还热乎的咖啡。如果路过"太阳石"咖啡馆，他们还是会进去坐坐。戈伟喜欢以透过橱窗向外看的那个角度拍的人物。因为咖啡馆所处的位置给人一种居高临下的俯瞰的感觉。坡路。街道两边的电线。坡路下面的楼房。拍出来的画面，给人一种偷窥的视角。咖啡馆老板是一个叫"夜神"的中年男人，至于他的真实姓名，没人知道。他是一个瘦高瘦高的男人，弱不禁风似的。每次来，"夜神"都躲在角落里看书。据说，"夜神"是从北京回来的，因为什么回到望城这个地处辽东的偏僻小城来，没人知道。其实，那时候整个东北的经济已经不行了，陷入低谷。很多年轻人已经从东北逃离。"夜神"还是回来了。有一次，柯雨洛和戈伟街拍回来，到这里坐着喝咖啡的时候，"夜神"走过来，他拿着手机，指着上面一个公众号发布的关于戈伟的街拍《一个自由写作者的街拍》，问戈伟，这个人是你吗？——在文章后面有戈伟的照片。戈伟点了点头，有些害羞地说，拍着玩儿的。"夜神"拉了把椅子坐在他们旁边，这让戈伟有些紧张。"夜神"不时盯着柯雨洛，让她想随时从咖啡馆里逃走，但"夜神"坐在那里，她又不好意思。戈伟是一个不善交际的人，除了有饭吃以外，他更多沉浸在他的精神世界之中。街拍像是他与这个世界唯一的联系似的。"夜神"说，我是这家咖啡馆的老板，叫我"夜神"吧，我没想到在望城还有这么拍片子的人。我喜欢你的照片，你在记录，你也在呈现，你把你生命力的东西融入了你的照片里……我有个想法，如果你不介意的话，我想在我这个咖啡馆里给你举办一次影展。"夜神"说着，看了眼柯雨洛。柯雨洛低下了头。"夜神"竟然是一只独眼——左眼格外明亮，仿佛可以洞悉人的灵魂；右眼是空洞的眼窝，让人恐怖。她看到戈伟的手，在放到桌子上的相机上时轻轻按了一下快门。戈伟问，费用方面呢？"夜神"说，费用我包了，你只管提供你处理好的原片，冲洗和装框都由我来。我当你的策展人。戈伟看了看柯雨洛，对"夜神"说，我回去想想，过两天给你答复。"夜神"说，好的。我没有任何功利目的，我只是喜欢你的照片，就像我喜欢咖啡馆，就回来开了这么一家。戈伟说，谢谢你喜欢。

那天他们从咖啡馆出来，"夜神"送到门口。"夜神"还说，考虑一下，给我回复。戈伟说，谢谢。离开咖啡馆后，戈伟很激动，很兴奋。柯雨洛支持他办这个影展，也是一次肯定。尽管柯雨洛提到了"夜神"的右眼让她恐惧，但那恐惧过后，又让她产生了一丝怜悯。柯雨洛问戈伟，你拍了"夜神"的眼睛吗？戈伟说，嗯，那个空洞的眼窝，像一个宇宙。他拿出相机给柯雨洛看。那眼窝的宇宙带着一种莫名的引力，她连忙把相机还给了戈伟。戈伟说，如果真的可以办影展的话，我一定要把这幅照片放到足够大，挂在墙上。从"夜神"的身上，我感觉到我们有一种相同的内心气质……我们的内心里装着这座城市……衰败和荣辱。我们希望这座城市，好……比如说，我企图用文字和街拍来自我救赎，同时也是一种启蒙……柯雨洛笑，说，你每次谈起你的写作和街拍都会滔滔不绝……戈伟也笑，说，这是我生命里最重要的部分。他看了一眼柯雨洛，说，还有你。柯雨洛说，我不稀罕。你把我排在了写作和街拍后面……我生气。戈伟说，如果我是一个说假话的人，我会把你排在第一位，但我说的就是我内心的真实想法，我不想对我爱的女人谎话连篇……你理解更好，不理解，我也没有办法。在一个谎言遍地的时代，我要做一个真实的人。柯雨洛撇了撇嘴，好吧，我理解你。戈伟在街上把柯雨洛抱了起来，差点儿把挂在手腕上的相机甩到地上。他把她放下来，探过头去，亲吻着她，旁若无人。柯雨洛承认戈伟在某些时候是粗鲁的，像个孩子，但她喜欢他的粗鲁，或者说那不是粗鲁，是真实，是作为人的真实。他们平静下来，在街上走着。戈伟时刻注视着街道上的人和事物，像一个猎人，目光犀利地注视着，把他需要的拍下来，是的，拍下来……

外面吃烧烤的人突然都站起来，变得骚动，屋子里也有人往外跑。柯雨洛坐在那儿没动，她看到人群站在外面仰望着烧烤店对面的黄房子。那黄房子是平顶的，上面站着一个人，赤裸着上身，挥舞着衣服。只听门外的人喊着，疯子、精神病。跳啊，跳啊……咋还不跳呢？她掏出相机对准屋顶上的人拍了一下，不是很清晰，但可以看到屋顶上恍惚的人影。她盯着屋顶看着，直到那人消失不见了。外面人们的情绪一下子低落下来，嘴里骂着，真没劲，咋不跳呢？熊货一个。人们又坐下来，吃着烧烤，从屋子里出去看热闹的人又回到屋子里。如果戈伟在这里，他也许会跑到这群人的对面，拍下他们的脸孔。那些人坐下来，仍旧愤怒地叫嚷着，谩骂那个屋顶上出现的疯子、精神病，就好像一场戏的主角没有演完，就从舞台上逃离了似的。

这时候，城管的车开过来，来了一个急刹车，停稳后，从车上跳下来一个协勤的人，他气冲冲地喊着，告诉你们多少次了，晚上八点之前不许在街上摆摊，是不是非要把你们的东西拉走才好？赶快收了。又有几个人从车内下来。一个胖女人从屋里走出去，喊服务员收拾。胖女人对吃客们道歉，说，到屋里，每桌送两瓶啤酒。现在做什么都不容易，吃客们听了胖女人的话，也都理解，帮忙往屋子里撤桌椅和餐具什么的。屋外再次乱作一团。柯雨洛坐在那里没动。胖女人嘟囔着，这做点儿生意，像打游击似的。柯雨洛看着胖女人腰间露出来的白色赘肉，闪电般一亮，随时都要从身上淌下来似的。她想，这也许是大玲子吧？她圆滚滚的身体在人群中移动着，喊着服务员搬这个搬那个，餐具别弄打了。她这样叮嘱，还是有服务员把一个喝啤酒的杯子掉在了地上，摔碎了。胖女人瞪了服务员一眼，没说什么。店内一下子变得拥挤起来，连空气都燥热了。胖女人看了眼坐在窗边的柯雨洛，问，那个客人没点东西咋还坐那里占着位置呢？那个男服务员在她耳边说了几句，她盯着柯雨洛，没吭声。柯雨洛腆着大肚子坐在那里，她是一个孕妇。她能感觉到肚子里阵阵的胎动。胎动总是让她想起在做B超的时候那怦怦的声音，犹如一列火车呼啸而来。

屋外的东西都搬完了，地面一片狼藉，吃过的烧烤钎子和用过的餐巾纸扔得满地都是。城管人员喊着，把这些都打扫干净了。胖女人出来笑着给城管人员递烟，但那城管人员没接，把她拿着烟的手推到一边，说，玲姐，跟你说多少次了，我知道你们不容易，我们就容易吗？都理解吧。胖女人笑着说，理解，理解，下次不了，绝不给你们上眼药。胖女人自己把烟叼在嘴里，掏出打火机，点着了。她站在那里抽着烟。只见那几个人气呼呼地上车，开走了。柯雨洛注视了一下对面的屋顶，空荡荡的，在空荡荡之上是天空。有几朵白色的云，无忧无虑地飘浮在那里，就好像这个世界上发生的一切，包括刚刚那个在屋顶上挥舞着衣服的疯人都和它们无关。云朵高高在上，不响。

柯雨洛有些受不了屋子里的气味和嘈杂。她看会儿朋友圈，关了微信，站起来，走出去。那个服务员看到她，说，欢迎再来。她说，谢谢。她来到外面，对着她刚刚坐的地方，按动一下快门。那张桌子空着,是的,空着。恍惚中,戈伟好像又坐在那里,她看了眼相机的屏幕,除了空空的桌椅,什么都没有。她的心里面也跟着空落落,空落落的。但很快,那桌子就被几个吃客占据了,上面摆上了餐具、啤酒。她突然感到有些累了,看了看时间,快晚上七点了。她的手在凸起的肚子上摸了一把,向她在网上订的酒店走去。她的身体看上去是那么笨拙、臃肿、沉重。

柯雨洛走得有些累了,身子沉。她在路上拦了辆出租车,十几分钟后到了酒店楼下。那是一个塔形的建筑,也是望城唯一的一家五星级酒店。她从出租车里缓慢地下来,电话再次响起,她看了一眼,犹豫了一下,走到花坛旁边,坐下来,接了电话。花坛里的花在秋天还没有来临时就枯死了。从酒店里出来的一对男女看了她一眼,那女的说,你看,一个孕妇。男人说,不会是来找肚子里孩子的爹吧?女人说,你以为都像你呢!男人搂着女人猥琐地笑了笑,两人缠绵着离开。

电话是肖江河打来的。肖江河是柯雨洛的丈夫。他声音急促,问,我刚到家,地铁出事了,有人跳地铁了。我到家没看到你,以为你去你爸妈那儿了,我打电话过去,说你没去。你到哪儿去了?肖江河大柯雨洛五岁。肖江河问,你不会回望城了吧?你的身子可以吗?你是不是……你可以不为我和你自己着想,但起码要为你肚子里的孩子想想吧?我知道你回去一定有你的理由,尤其在你身子这么重的时候,我不想追问,也不想知道你的理由,但是希望你也考虑一下我的感受。柯雨洛说,对不起,江河。这也许是我最后一次回来,谢谢你不问我为什么回来,我也不想说。给我三天时间,三天后我就回去。我在为我自己做一件事情,否则我也不会安生的,相信你不会希望我活在一种怀念和悼亡的悲伤情绪之中吧。你也要相信我，回去之后，我将新生。肖江河说，好吧，雨洛，也请你相信，我是爱你的，你肚子里的是我们两个人的孩子。柯雨洛说，放心吧，三天后，我将完完全全属于你和即将出生的孩子。回望城之前，我曾咨询过医生，没问题的，请你放心，等我回去。肖江河说，好吧，你自己注意了，你是属于我和未出生的孩子的。柯雨洛说，我知道。你说你回来晚了是地铁出事了吗？肖江河说，这只是一个原因，我还在学校里替一个同事上了一节课，那个同事由于某种原因，不能忍受学院对他尊严的践踏，辞职了。柯雨洛说，哦。肖江河说，你放心吧，为了你和孩子，我会苟活，甚至自保的。柯雨洛说，如果你的尊严也受到践踏的话，我也不会让你在那个学院干了。苟活，真的只是很多人唯一的道路吗？你也说过，你越来越感到无力，如果你不愿忍受学院的那种氛围，我们可以考虑别的谋生方式，只要你好好的，只要我们好好的。肖江河说，我爱你。等孩子出生后，看看吧。柯雨洛说，好的。我累了，我在酒店外面的花坛上坐着接电话，我要去登记房间。不要担心我和肚子里的孩子，一切安好。三天，三天后我就回去。肖江河说，好的。你保重身体。柯雨洛说，会的。那我搁了。肖江河说，好。

柯雨洛搁了电话，一只手挂着花坛慢慢站起来，走进酒店内，登记完，坐电梯去房间。电梯里只有她一个人，她看到镜子里自己的身形，真是丑，丑啊！她不禁说出了口。她掏出相机，对着镜子里的自己拍了一张。她单手拿着那个微单相机，已经能做到很稳了。她还记得刚开始的时候总是拿不稳，戈伟还用绳子绑了块砖头，让她抓在手里练习。其实，很多时候，柯雨洛更喜欢那种晃动的相对模糊的照片，朦胧中透着诗意。

但戈伟不喜欢，他更喜欢那种稳重的影像中呈现出来的个人情绪。那种稳重让柯雨洛觉得禁锢了他的情绪。但戈伟是一个固执的人。柯雨洛再次对着电梯镜子里的自己，手晃了一下，整个人形变得恍惚，但人形还在……只是看不出是她了。电梯停了，电梯门开了，她走出去，在迷宫般的走廊里寻找着自己的房间，开门，关门，把门锁上。将门卡插进墙上送电的小盒子里，她开灯……坐在床上，费劲地把鞋脱掉，躺在床上。这样躺了一会儿，她起来，走到窗边。十七楼。从这里，望城的一部分尽收眼底，那些还在建设中的建筑，脚手架和塔吊，那条静静流淌的衍水河。那年冬天，她和戈伟曾经住在这个房间里，1786房间，为了拍封冻的衍水河……戈伟横幅拍的，把相机竖起来，说，像不像一座城市的墓碑？只差在上面刻上"××之墓"的字样了。他骨子里的悲观再次漾动。又拍了几张，他们开始做爱。她感受着他身体里的愤怒和杀气，慢慢地消耗着它们，直到他筋疲力尽。那时候，他刚刚辞职。他说，他的文字是掘墓之锹，他的照片，每一张都可以当作墓碑的。他的悲观时常令柯雨洛感到恐惧和寒冷。柯雨洛用她的身体来温暖着这个桀骜孤独的冰冷的灵魂。

　　柯雨洛用相机拍了几张，找出充电器，给相机充电。她在沙发上坐了一会儿，去浴室冲了个澡。她能感觉到肚子里的孩子在踢她，望着镜子里的自己，她笑了笑。她突然矛盾起来，自己这次归来，真的有意义吗？仅仅是一次对过往记忆的留存吗，用摄影的方式？这样的记录之后，自己真的可以新生吗，就像坐在花坛那儿和肖江河打电话说的那样？这么想的时候，柯雨洛控制不住自己，眼泪流了出来，挂在脸上。她移动着身子，让自己置身于淋浴的哭泣之中。在淋浴的哭泣中，戈伟的灵魂仿佛出现，抱着她。她在淋浴的水流中哭得更厉害了。水流犹如一个时空隧道，让她置身在过去的时间里。她伸开双手，仿佛在拥抱……

被泪水灼烧的眼睛疼痛着，柯雨洛停止哭泣。她伸手拿过浴液倒在手心里，闻了闻，一股异味。她用水把手心里的浴液冲洗掉，没用。她害怕那异味对肚子里的孩子有伤害。她简单冲洗了一下自己，关了淋浴，拿过浴巾擦干身上的水，用浴巾围着下身回到房间内。凸起的肚子是明亮的……那里面羊水的世界中，有一个胎儿……即将来到这个……世界上……柯雨洛从包里拿出护肤品，一寸一寸，在肌肤上涂抹着，是那么精细、精致。她的身体在灯光中，犹如一件玉雕。她能感觉到胎儿在身体里游动。她涂抹完身体，拿了纸和笔，在上面写下几个要去的地方。她的笔在纸面上勾勾画画的，好像是在选择，又像是在回忆。她嘴里喃喃着，戈伟，我再把我们曾经拍过的地方，用我的方式拍一次，你也可以安息了，我也要重新成为我，成为我。她喃喃着，眼泪汪汪的了。她放下手里的纸和笔，躺在床上，拿出一本看上去已经被翻过很多次的小说，书的封面都皱巴巴的了。那是戈伟送给她的，库切的小说《耻》。

柯雨洛读了几页，合上书，睡了。

巨石从山上滚落下来。他连忙又跑到山下把巨石推上去。他的世界，只有他和巨石。他是他自己。他不屑众神的嘲笑。他开始喜欢那反复被推上去又落下来的巨石。在推着巨石的过程中，他逐渐感觉到快乐。重复的动作中，他看到了来自黑夜荒野中的光巨石犹如一堆火焰在他的两手之间燃烧。燃烧，时间，空间，对于他来说是不存在的。他只有他自己和巨石。他因此而产生了游戏心态……他置身在肉身和精神的自我囚禁之中。那巨石渐渐成了他身体的一部分……他还是没有战胜自己，在某一天……成为巨石下面的肉糜，被那些碎石子和草木嘲笑。

柯雨洛醒了，从沉沉的梦的悬崖上坠落下来。她睁开眼睛，身子更沉了，仿佛被巨石碾压过，从内到外都充满疼痛。她从床上起来，喝了口水，来到窗边，拉开窗帘。窗外，黑，凝滞的，给她的身体一种重量，像要从窗外冲进来，覆盖她，碾压她。那衍水河也看不见了，被黑夜藏起来了。河流是否也在隐藏着这个世界的秘密？当年，戈伟和她在这个房间做爱的时候，能听到冰河裂开的声音，令大地颤动，仿佛整个世界都要跟着裂开似的。戈伟说过，那冰河如果炸裂开来，出来的也许是各种妖孽。想到这些，柯雨洛毛骨悚然，连忙拉上窗帘，又喝了口水，看到茶几上有一棵绿萝顶着四片叶子，插在瓶子里，生机盎然。柯雨洛看了看，嘴角挂着笑，心里面喃喃着，这绿萝咋能懂得黑夜之黑呢？她回到床上，一只手轻轻抚摸着肚子，能感觉到里面是安静的。她又看了几页《耻》，放下书，在床上辗转反侧了很长时间，她又想到傍晚在烧烤店里看到的对面屋顶上赤裸着上身挥舞衣服的疯人。她很想抽一支烟，但从知道怀孕那天，她就戒了。之前，和戈伟在一起的时候，他狮子般的欲望让她做过两次人流。她想留下，但戈伟态度坚决。她哭，眼窝都被泪水烫疼了。戈伟冲着她咆哮，要孩子干什么？难道让他跟我们一样来这个世界上受罪吗？难道让他跟我们一样面对这无处不在的荒诞吗？戈伟说完会哭。是的，他是一个常常哭泣的男人。看到戈伟哭泣，柯雨洛的心就软了，才同意把肚子里的孩子做掉。戈伟说，我宁愿让他们的鬼魂缠着我，也比让他们来面对这个世界要好……我承受我的罪……我会选择我的方式背离这个世界……无论别人怎么看我，说我堕落，说我颓废，说我自私……随他们嚼舌头去吧，我要做那个特立独行的我……戈伟每次发作的时候都会滔滔不绝……只有在写作和拍照的时候，他才会安静下来。但柯雨洛知道，他平静的外表下面藏着涤荡无尽污秽的心……他仍在战斗……每次看到戈伟这样，柯雨洛都会心疼他。是啊，他就是个孩子，可柯雨洛也是个平常的女人……很多时候，她都要崩溃了。但看着脆弱得随时都可能被情绪击败的戈伟，她坚持留下来，陪伴着他……她同样是一个矛盾的女人。矛盾。矛盾。矛盾。

柯雨洛回想起来，整个身体还能感觉到那时候躺在医院的床上那器械的冰冷和带给她的疼……

和肖江河结婚两年，也没有怀孕，他们都以为不能有了，突然某一天，竟然怀上了。肖江河高兴得把她抱起来，她像只树懒，两条细长的大腿夹在他的腰部。肖江河的脸色突然变了，说，下来吧，别把我们的宝宝折腾没了。两人笑着，坐在沙发上，亲吻。肖江河的身子竟然馋了，想要，又不敢要。柯雨洛安慰着他，说，应该没事儿。肖江河憨憨地说，好不容易怀上了，不行，我还是忍忍吧。你现在可金贵啦……现在我们的一切，都以你肚子里的宝宝为中心……他就是世界。柯雨洛说，好。从那以后，家里的家务活肖江河都包了。偶尔，柯雨洛的父母会过来帮忙，他们也把柯雨洛肚子里的孩子当成了大事儿。

柯雨洛熄灯，淹没在一个房间那么大的黑暗中，过了好久，她才睡着。

三

柯雨洛七点多醒了，起来洗漱，没有在酒店吃早餐，她去了河边的早市。那曾是戈伟长期拍照的地方，那些在早市上卖东西的人的面孔，柯雨洛还能回忆起来。她出了酒店，走了十几分钟就到了早市。那种菜场的气息扑面而来，但那些脸孔对于她来说，竟然是陌生的，是的，陌生。同样，也没有一个人认识她。置身在这种陌生中，柯雨洛举起挂在手腕上的相机，按下快门，拍下他们的面孔。拍下那些卖菜和买菜的人……在走动的人群中，一对肢体残疾的男女在地上爬着，乞讨。那女人仰面朝天地躺在一个装着四个滚珠轴承的木板上，两条断腿，膝盖以下没了。女人的两条胳膊从肘部没的，也是断肢，她肩膀上绑着绳子，肘部绑着轮胎皮子，在地上拽着木板上的男人……女人嘴里喃喃着，帮帮我们吧……帮帮我们吧……男人躺在木板上，像一具尸体，一动不动，两只眼睛圆睁着，向着天空。以前，她和戈伟遇见过这两个人，没想到他们还在。没有人知道他们的身世和来历。有一次，戈伟在鹤岗的朋友发朋友圈，戈伟看出来上面的照片是他曾经拍下的这两个人。柯雨洛没有按下快门，扔了一个一块钱的硬币给他们。他们对拿相机的人很抵触，不知道为什么。是他们的心里面隐藏着什么吗？如果是真实的苦难，那么坦然地呈现出来不好吗？戈伟就曾被这个男人骂过，语言恶毒。要不是柯雨洛当时在戈伟身边的话，戈伟真想踹他们一脚。他不能理解为什么两个身体如此残疾的人竟然那么恶毒。戈伟跟踪他们，偷听到他们说，前一天在另一个市场，他们讨要了四百多块钱。残疾是他们生存的资本？！戈伟对他们丝毫也不怜悯，但他不关心幕后，他更多是用相机记录下来，那苦难对于他来说，是虚假的苦难。是残疾本身给人们带来本能的怜悯，是对正常人的欺骗……很多时候，戈伟也幻想他们的苦难是真实的，是现实生活的残酷给他们造成的，但真实的情况是这样的吗？虽然拍下来的画面看着让人感觉到疼痛，但那是没有灵魂的疼痛。刚开始拍照的时候，戈伟很关注这些人，他甚至觉得是慈悲，是悲悯，但慢慢就失去了兴趣，他觉得悲悯和慈悲不是建立在这些乞讨者身上。柯雨洛扔完硬币，从他们身边走过去。她更愿意关注那些卖菜人的没有表情的面孔，那才是真实的……在菜场里转了一圈，她在一家小吃摊坐下来，吃了一碗筋饼豆腐脑。她有些累了，坐在那里休息，看着那些为了吃食儿在市场上忙忙碌碌的人，犹如蚂蚁。是啊，这才是真实的人间，柯雨洛想。戈伟也曾经发出同样的感叹。那对乞讨的人又爬回来，那"帮帮我们吧……帮帮我们吧"的声音在地面上回荡，她还是动了恻隐之心，但她不想去看他们。一个抱着一大筐土豆的老头为了躲避在地上爬行的他们，身子倾斜，一筐土豆让他身体失衡，土豆都撒到地上了，像一群欢快的孩子。有几个土豆掉落在他们身上，只听他们的嘴里传出来恶毒的刀子般的谩骂……那老头没吭声，佝偻着身子，把一个个土豆从地上捡回到筐里。在那两个残疾人身边的，他没去捡。他们刀子般的恶毒语言带着毒汁。老头抱着一筐土豆回到他的摊位……柯雨洛终于体会到戈伟当年对那些乞讨的人的厌恶心情了。柯雨洛在老头弯腰捡土豆的时候，从椅子上站起来，正好可以看到那躺在木板上的男人残缺的身体和愤怒的脸，她按下快门……土豆、老人皲裂的手、男人愤怒的脸，形成一个构图。她不知道如果戈伟在的话会怎么拍，会拍下那只捡土豆的手和土豆吗？那是一部分真实，但此刻那身体残缺的男人愤怒的脸，呈现着另一种真实……影像有时候很奇妙，不同的组合呈现出不同的意义。柯雨洛吃完早餐，又去市场里面转了一圈。黑色的遮阳网，犹如黑色的幕布举在半空中。路过卖鱼摊的时候，她想起戈伟拍过的一张照片，画面上是一个卖鱼的女人在摊子后面生下的一个胎儿……在鱼头、鱼尾、鱼鳍和鱼的内脏的腥臭中降生下来的胎儿，以及女人因为疼痛满脸的汗珠。一把收拾鱼的大剪刀剪断胎儿的脐带……闻着卖鱼摊子的腥臭味，柯雨洛拍了猩红的内脏和剪刀、鱼头，还有一副红色的橡胶手套。她还对着一只僵死的鱼眼按了一下快门……那鱼眼在盯着她，死不瞑目似的。她浑身的汗毛都簌簌着，起了鸡皮疙瘩。她齾𬺈着，连忙转身离开。台子上那把沾着血的剪刀闪着光……她想象着戈伟当年拍摄照片时，在鱼的腥臭味中那个女人是不是用这把剪刀剪掉脐带的……想想也许不可思议，但那是真实的，有照片为证。戈伟说过，他拍照的同时，也是在为我们生存的这个时代取证。

天渐渐热起来。柯雨洛从每一个摊子前经过，仿佛戈伟也在她的身边，不时举起相机，按下快门。一些小贩坐在市场红色的围墙下面，墙上写着"有人"。围墙有个地方出现了一个豁口，可以看到外面的草坪，草坪下面是马路。柯雨洛还记得那条马路的不远处是这座城市的殡仪馆，每天都有出殡的队伍从这条马路通过，抵达火葬场。后来，殡仪馆搬走了，这条马路寂寥了很多。在墙根的摊子那儿，当年有个女孩帮她母亲卖菜，女孩跟柯雨洛年龄差不多，头发染成红色，涂着黑色指甲油，喜欢穿一双白色高跟鞋。戈伟每次来都要寻找她的身影，并偷偷拍下来。柯雨洛看到照片的时候，会心怀嫉妒。他把那个女孩拍得那么美,尤其是她坐在红色的围墙前面,细长的手指夹着一支细烟,一缕烟雾从鼻孔喷出来,缭绕在面前……今天,她没看到那个女孩的身影。柯雨洛还记得那时候,有一天她经过一家舞厅,看到女孩喝醉了,被一个中年男人搂抱着,从舞厅里面走出来,上了一辆出租车,离开。她当时还把这件事告诉了戈伟。戈伟叹息着,说,谁活着都不容易啊!

柯雨洛从菜场出来,站在一个高压线电塔下面,站了一会儿,对着拥挤的人群拍了几张。不远处一个铁道口,这时候正好有火车通过,堵了很多车和人。她找不到一个好的角度拍,便放弃了,往酒店的方向走去。从桥上经过的时候,她看到水面上有一艘船,上面坐着两个人,一人在划桨,另一人在打捞河水中漂浮的垃圾。船只在浓密的水草间行驶着,很慢。柯雨洛连忙按动快门……给人一种地狱中行船的幻觉……只是不知道谁是但丁,谁是维吉尔。船只行走在水中,浓密的水草被荡动的水流冲撞着,犹如被狂风摇曳……那水在柯雨洛的眼中变成了陆地……那水草变成了人……抑或鬼魂……

柯雨洛为遇见并拍下这样的画面而感到兴奋,她可以想到戈伟还活着的时候,每次拍到满意的照片都滔滔不绝地说着,让她觉得那几乎成了他生命的一部分,他找到了他自己的一部分。此刻的柯雨洛又何尝没有那种找到了一部分自己的喜悦呢?那么她是水草还是那船上的其中一人?是划船的?还是那个举着长长的竹竿打捞垃圾的人?抑或是冥冥中那个逝去的戈伟?低头看着自己的肚子,她笑了,又觉得是荒诞的,一个孕妇……在临产前,竟然要回来用摄影的方式寻找和前男友一起拍过的地方……是对过去那份爱情的祭奠,还是悼亡?她并没有想清楚。她也不想想清楚,她认定的事情,就要去完成……

人活在这个世上，哪来的那么多意义呢？这么想着，她把手放到肚子上抚摸着，体验着内部的胎动……她又想，难道是为了将来的孩子，为他保留一份关于她生命经历的图景或者说时代的真相吗？

这么想的时候，她觉得戈伟在某些方面，甚至是对这个世界的怀疑都曾对她产生过影响……让她也时刻保持着警惕和清醒……

戈伟曾给她说过鲁迅《呐喊》自序里的一段话：假如一间铁屋子，是绝无窗户而万难破毁的，里面有许多熟睡的人们，不久都要闷死了，然而是从昏睡入死灭，并不感到就死的悲哀。现在你大嚷起来，惊起了较为清醒的几个人，使这不幸的少数者来受无可挽救的临终的苦楚，你倒以为对得起他们么？

四

"夜神"要给戈伟举办影展，戈伟准备了很长时间，和"夜神"研究、探讨。戈伟挑出一百张照片，并将这次影展命名为"欲路荒生"，那些照片被编辑、组合后，呈现出戈伟所拍的现实世界。影展开幕第二天，就被人举报了，有几张照片被要求撤下来。是什么照片，柯雨洛已经忘记了，记得的是当时"夜神"和戈伟都很生气。来要求撤下那几张照片的人说，这几张照片给望城抹黑了，必须撤掉，否则，整个影展将被禁止。戈伟和他们争吵，差点儿打起来。最后，戈伟还真的撤展了。"夜神"劝戈伟妥协一下，但他拒绝了。他认为那几张照片如果撤下的话，整个影展的灵魂就不存在了，血离开血，将不再燃烧。他不需要一个没有灵魂的影展。两人还吵起来，但戈伟坚持着。

柯雨洛也劝戈伟，但都没用，他就是这样一个倔强的人。戈伟找了辆汽车，把影展上的照片都装上去，拉到之前他拍照的一大片荒野，把所有的照片摆放在那里……那片荒野之前是一片棚户区，在棚户区改造的时候，很多人都迁走了，剩下一些断壁残垣，也有一两户没走。他就把那些照片挂在那些断壁残垣上……仿佛在用他的照片招魂……竟然有一条金黄的蛇出现在那些残破的墙壁上，像一根粗线，在缝补着残破的墙壁。它在晒太阳。他们在傍晚昏黄的光线中做爱。他还把相机架在身边，连拍下他们做爱的过程。那条金黄色的蛇也被收入画面，就像在他们镶嵌的身体上方盘着。后来戈伟告诉她，这组片子被删除了。那可是他少有的一组彩色照片。为什么删除？柯雨洛没问。她在电脑里看过，甚至对两人的身体有了膜拜的幻觉。尤其那蛇，昂着头，在张望，光线落在他们的身体上，也是金黄的……在旁边的墙上挂着那幅近两米大小的照片，是一扇柴门上贴的对联的横幅，上面写着"欲路荒生"。那次他们在荒野上待了三天三夜，就像守灵似的。戈伟去附近买些吃的喝的，两人就在荒野里，守着那些照片待了三天三夜。那条蛇也守在那里，直到他们把画都装到雇来的车上。司机看到那条蛇，要把它杀死烤了吃，被戈伟阻拦了。他们临离开的时候，那蛇爬到断壁的上方，张望着他们，让柯雨洛有种依依不舍的感觉。她对戈伟说，要不我们把它带回家吧？戈伟说，它属于这里，就让它留在这里吧。车子开动的时候，柯雨洛眼泪汪汪的了。她紧紧地倚靠在戈伟怀里，眼睛望着窗外的荒野。

戈伟还把"夜神"办影展所花的费用退给了"夜神"。两人很长时间不再往来。再次往来是"夜神"在北京798找了一家艺术空间，给戈伟办展。那次展览很成功，主题仍旧是"欲路荒生",很多照片也被收藏了。戈伟带着柯雨洛在北京住了几天,在胡同里拍了些片子,还去了一些著名的建筑,把随身携带的一个玩具娃娃的头作为道具,以那些著名的建筑为背景,拍摄了一些片子。最后到了一座建筑前面,说是前面有保安,只能远距离拍。他问柯雨洛带没带唇膏和眉笔。柯雨洛说,唇膏带了,其他都放房间了。戈伟笑了笑说,拿来。柯雨洛掏出红色的唇膏,递给戈伟。戈伟用唇膏在玩具娃娃的嘴上画了一个圈,让柯雨洛举在手心上,隔着络绎不绝的人群,把玩具娃娃的头和后面的建筑一起收入镜头,拍下来。

  那期间,"夜神"带着戈伟认识了一个出版社的老总,一起吃了个饭,打算给戈伟出版摄影集,但最终没出。戈伟刚开始有些沮丧,但很快就调整过来了。拍才是重要的。那次之后,他们去"太阳石"咖啡馆里喝咖啡都是免费的。这是"夜神"给戈伟和她的特权。戈伟坚持要给钱,"夜神"都拒绝了。后来,戈伟洗了一张大幅的照片送给"夜神",被"夜神"挂在戈伟和柯雨洛常坐的座位旁边的墙上。那是一幅荒野中残缺的佛头,只剩下半边脸。那半边脸上的眼睛格外醒目地注视着世界……本来戈伟想送另一幅的,还和柯雨洛商量。另一幅是荒野地上有一个人形的十字,是被火烧出来的,不知道什么人用石子摆出来的。他们拍过后才听人说,那曾经是一个杀人焚尸的现场。那用石子围成的十字看上去像荒野的疤痕……柯雨洛说,总觉得这幅有些瘆人,挂在咖啡馆里不合适。戈伟说,是恐惧,在恐惧中才可能得到救赎,我们庸常的生活需要这样的恐惧。你不认为现在的人都处于一种麻木和沉默的状态吗?如果长期这样下去的话……柯雨洛还是不建议送。后来,戈伟才找出那张残缺的佛头,说,这张吧,尽管残缺,但透着慈悲……

柯雨洛同意了。给"夜神"送完照片的那天晚上,柯雨洛梦见荒野里的那个十字,梦见两个人在荒野中走着,突然一个人掏出一把锤子,从另一个人的身后对着他的头部袭击,血溅到行凶者的脸上,行凶者用手抹了一下,又使劲敲了几锤子在被害者的头上,直到被害者摔倒在荒野的草丛中。行凶者盯着草丛里的死者,远处的灯光照过来,他脸上的血,在夜色中也能看出是鲜红的。那是死者的血,在他脸上燃烧着。行凶者消失了一会儿,回来的时候,手里拎着一个沉甸甸的桶,他往死者身上倒着液体,然后点了根火柴,扔到死者身上……火焰腾地一下舞蹈起来,舔舐着死者和死者身边的野草……行凶者盯着火焰的舞蹈,直到火烟熄灭。死者周围的野草也跟着燃烧起来,被行凶者用脚踏灭。火星四溅。这样才不会让整个荒野都燃烧起来。灰冷,夜复归于夜,黑。黑夜是对夜最准确的形容。黑让柯雨洛的梦终止,但恐惧火一样蔓延着,炙烤着她的梦境。梦境也变得灼烫,让她醒来,心脏跟着怦怦直跳。她听着戈伟的呼噜声,把头贴在戈伟的胸脯上,感受着那颗跳动的心脏。戈伟也醒了,问,你怎么了?柯雨洛说,做梦了,都是你那张照片。戈伟问,哪张?柯雨洛说,就是那个荒野里的人形十字呗……戈伟说,哦。你梦见什么了?柯雨洛说,杀人呗!她说着,颤抖着蜷缩在戈伟怀里。戈伟抚摸着她,用身体驱赶噩梦带给她的恐惧……她竟然在黑暗中流下眼泪。但她轻轻抹去脸上的泪水,和戈伟继续……他们彼此塑化在彼此的身体里。在颠簸中,彼此的身体犹如飞船,随时都可能被发射到宇宙之中,成为天体的一部分。在曼妙的宇宙中,成为星球,成为诗……结束天体运动后的他们瘫软在床上。柯雨洛还紧紧地抱着戈伟,两人又像是丢盔卸甲败下阵来的士兵……陷入狂欢之后的虚无。

虚无是一口深井，随时都可能吞噬他们，是的，他们。他们的那颗敏感之心，让他们时常悬浮于现实生活之上，又常常会坠落下来，摔得鼻青脸肿的……甚至……尤其是戈伟，他喜欢的写作和街拍是他灾难的起源，也波及了柯雨洛。是啊，在一起三年多了，但他们并没有像其他人那样，结婚、生子，过着跟别人一样的生活。这也让柯雨洛陷入痛苦之中，她没有安全感。尤其是戈伟本身就是一个让人没有安全感的人。他给人一种岌岌可危的时刻都站在悬崖边缘的幻觉……随时都可能……越是这样，柯雨洛越想帮他离开悬崖边缘……直到有一天，她筋疲力尽。戈伟是一个在现实生活中梦游的人，在地狱和人间徘徊的人。是"梦游者"。是制造痛苦的人。在梦和现实之间，柯雨洛最后回到了现实中，但那梦又时时刻刻令她魂牵梦绕着，犹如滞留在身体里的闪电，碎裂成锋利而微小的光，仍在照耀着她。这也是她此次回望城的缘由。

五

柯雨洛回到酒店楼下，在花坛边怔怔地看着那些干枯了的花，像一群干枯的生命。她拍了一下。这时候，她的手机响了一下，是肖江河的短信：你不在，家空了。"空"字扎了柯雨洛的心一下，她回说，很快就回去。肖江河说，吻，想你。柯雨洛说，吻，也想你。肖江河说，你的飘忽感让我总觉得抓不住你。柯雨洛说，马上就落地了。你就是我的陆地。我是一颗饱经沧桑的种子，是你接纳了我，我会在你的陆地上重新生长……肖江河说，希望我这陆地可以陪你天荒地老、海枯石烂。柯雨洛看到肖江河的话，说，你咋会甜言蜜语了呢？这不像你啊！

肖江河说，我隐藏得很深。柯雨洛说，我刚去了菜场，感慨良多。我回酒店歇息一会儿。肖江河问，我们的宝贝儿，还好吗？柯雨洛说，好着呢，劲儿可大了，老是踢我，不信，你听听。柯雨洛拨打肖江河的号码，给他听肚子里胎儿强劲有力的心跳声。肖江河说，这家伙劲儿真大……拳打脚踢的了……柯雨洛笑着说，像你。肖江河说，像骨子里的那个我。不说了，我得去上班了。保重，老婆。早点回来，你这样挺着个大肚子，我不放心，如果感觉不对劲儿，就打120吧。柯雨洛说，好。其实，柯雨洛曾想过像过去的女人那样自然生育，自己咬断脐带……但她没敢跟肖江河说，她怕肖江河不让。

　　置身在酒店的电梯里，柯雨洛再次看到自己的身影在那个空间，表情上带着一丝孤独和凛冽了。她突然对自己感到陌生。她按下快门……她能感受到体内轻轻的颤动。她的手下意识抚摸了一下。回到房间，她躺了一会儿，看了看窗外的光线。那光线是野蛮的、肆无忌惮的。热是一种暴力。这个时候去荒野的话，拍出来的片子会发白，曝光过度，会丧失一些细节。过度发白总给人丧的感觉。她躺着，拿起《耻》，找到之前折页的地方，继续看。屋子里突然暗下来。柯雨洛看到窗外刚刚还响晴的天被乌云覆盖。紧接着，黑天一般，闪电撕裂着棉絮般的黑暗，雷声在乌云里面炸裂着，滚滚而来。在黑暗中，在雷声中，在闪电中，雨被催生似的，急促地来到凡尘，来到这个惶惶的世界。闪电开路，雷声犹如战车，带着雨来了。柯雨洛从床上起来，身子有些沉。她两手扶着后腰，来到窗前。那些白色的精灵般的雨滴让外面的世界变得喧嚣。雨滴撞到玻璃上，要闯进来，仿佛它们和她是相熟的，想来一次久违的拥抱。窗玻璃上碎的雨滴漫漶成水，外面的世界开始变得模糊，天和地被雨丝缝补到了一起，处于一种混沌状态，仿佛需要一把斧头才可以把它们分开。柯雨洛就那么注视着窗外的混沌……混沌中，那些落地的雨滴站立成人，瞬间变得高大，从跌落的地上开始生长，有的从地面直到她的窗前……她把手放到玻璃上，感受着它们的欢乐和痛楚，想融入它们之中，站在它们自我耗散的边界上。她真想找个东西把窗玻璃敲碎。是的，敲碎。她转身回到床边，拿过相机，对着窗外按下快门……雨水漫漶的玻璃上，悬浮着一个个湿漉漉的鬼魂。它们在时间里迷了路，它们为失去了的世界哭泣。柯雨洛并不害怕它们，它们给她一种无处可逃的幻觉。她继续拍着玻璃上的它们……她转身的时候看到白色床单上的那本《耻》，她再次按下快门……柯雨洛把相机放回到茶几上，再次来到窗前。她的长发披在肩上，这次回去之后，她要剪掉了。她下意识张开双手，仿佛要给那些湿漉漉的灵魂一个拥抱，又像是赐福给它们……雨滴更加急促，砸在玻璃上，它们哭泣……急于投入她的怀里似的……蒙受她的慈恩……数亿的雨滴跪伏在那里，她的羊群，但那只迷羊还是走失了……她肚子里的胎儿咚咚敲打着她的肚皮……那些雨滴听到了，它们看到了天使……它们呜咽的叫声停止，它们看到了光……它们在落地的瞬间成人……成为人……城市在退去，荒野出现……荒野停滞了一会儿，荡漾起来，变成了大海。卡尔里海。

那年柯雨洛和戈伟去卡尔里海拍照，当时，也是这样的一场大雨，把他们阻隔在房间里。那是一个可以看到大海的房间……海面上那飘荡的轮船，随时都可能被风浪击沉似的。望着海面上的轮船，柯雨洛的心跟着紧张起来。戈伟拿着相机站在窗边……一些污秽被海水冲到岸边。海天相连，变成了混沌一体。那轮船在黑暗的夹缝里……戈伟说，像不像产道里的胎儿？柯雨洛沉默。她想起因戈伟不同意而流产的胎儿，婴灵。她控制不住，眼泪从眼眶里滑落在脸颊上。戈伟愣了，问，你怎么了？柯雨洛仍旧沉默，她在心里面有些恨戈伟。戈伟看到窗玻璃上映出她哭泣的脸孔，他把两张哭泣的脸孔和窗外的大海收进镜头里。一只手搭在她的肩膀上，问，怎么了？柯雨洛还是没吭声。戈伟说，你在怨恨我，对吧？可我又有什么办法？你看看外面的海和海面……我们的存在已经够艰难的了……如果真的……我不敢去想。柯雨洛用手胡乱地抹着脸上的泪水，把之前睫毛上刷上去的颜色都抹下来了，变成了花脸。她心里想，也许，我已经不爱他了。巨浪撞击的声音响彻黑暗的半空中。戈伟也哭了。柯雨洛的心再次变软。她像哄孩子似的，把他抱在怀里，用嘴把他脸上的眼泪一点点儿吃掉。窗外的黑暗是镜子的水银，让玻璃上再次出现他们的映像，重叠着，犹如灵魂出窍。卡尔里海在不远处咆哮着……那海成了黑暗的一部分。小时候，柯雨洛认为天空就是大海，没想到后来看到大海的时候，才觉得天空要比大海大很多。戈伟抱起柯雨洛，把她扔到床上……房间里的床成为另一片海，波澜壮阔起来……慢慢沉入黑暗，抵达另一个宇宙。两人醒来时已经是傍晚，窗外的雨停了。海水也变得温驯，在傍晚的光线下，像一头金色毛皮的巨兽。戈伟有些兴奋地喊叫起来，说，去海边。他们穿好衣服出去。柯雨洛的身体像被拆了似的，尤其是胯部，但她还是陪着戈伟来到海边。很多游人已经在海边嬉戏着。儿童们在那里用沙子建筑着他们心里的城堡……密密麻麻的人在海水中游泳，像下饺子似的。戈伟对着那些陌生人裸露的肢体局部拍了一些，还拍了几个把自己埋在沙子里的人……两人沿着海边走着，离游人远了。游人的嘈杂和喧嚣消失了，只剩下身边的大海在那里隐藏着海底的狂啸。海边满是冲上来的贝壳、海带、海蜇……他们继续走着，突然看到一个从海水里冲上来的腐烂的马头……柯雨洛看到马头心里不适，连忙转过头去。戈伟却像看到了宝贝似的，拿着相机开始疯狂地按动快门。柯雨洛两腿软软的，她找了一片沙滩，用手捋了一下裙子，坐在沙滩上，望着对着腐烂马头疯狂拍摄的戈伟……他是一个迷恋死亡事物的拍摄者，仿佛他在按下快门的瞬间，让那些事物在画面上复活似的。戈伟说，对那些死亡事物按下快门的瞬间，他仿佛在告诉那些死亡事物，醒来。他像一个用相机招魂的巫师……涌动的海水站立起来，犹如马群，在哀悼那现实主义的马头……后来，戈伟在电脑上给她看其中的一张腐烂马头的照片。柯雨洛确实被震撼了，灵魂出窍般。一只突兀出来的眼睛对着天空，背景是站起来的海浪……海浪在寻找着失落的马头，组合到一起，随时都要站起来，奔跑……那只眼睛很复杂地盯着天空……几朵云在天空中，犹如马群。柯雨洛慢慢躺在沙滩上，望着天空中的云彩。戈伟喊她，雨洛，过来，给我和马头来一张……我抱着马头，你给我们拍一张……柯雨洛说，多脏啊！戈伟说，脏什么？你看到的只是死亡表象，来吧，帮我按一下快门。柯雨洛无奈地站起来，来到戈伟身边，接过相机。她的嗅觉完全被马头腐烂的气味侵袭。她在戈伟的指挥下，按了几下快门。戈伟抱着马头，在一棵树下，把它埋了。他的行为让柯雨洛可气又可笑，但他是那么投入，柯雨洛不好说什么。两人又沿着海边走了一会儿，路过一座寺庙，两人进去。柯雨洛跪在神像前……戈伟在寺庙里又拍了些。两人在寺庙门前的夜市吃了些东西，才回宾馆。那晚，柯雨洛再次被噩梦惊醒，她梦见戈伟的头变成了那个马头……海水和天空都是红色的……天空也变成了液态的，随时都要流淌下来似的……

柯雨洛悄悄爬起来，坐在卫生间的马桶上，抽了两支烟。望着镜子里的自己，她泪流满面。

是时候了，她想。

从马桶上起来，她冲马桶的时候，看到水是红色的。她打开水箱看了一下，那里的水还是清澈的。那红是来自她身体里的血……

那次，从卡尔里海回来，柯雨洛和戈伟说，我爸妈已经在上海给我联系了工作单位，你和我一起去吗？你以前不也说过要离开望城吗？现在，你辞职了，我想，你还是去上海闯闯，大城市的机会毕竟比你窝的这个东北小城要多很多。柯雨洛在吃晚饭的时候和戈伟说的，没想到戈伟急了，吼叫着，说，要走你走，我要留在这里……柯雨洛说，留在这里干什么呢？戈伟说，你还记得我的那篇小说《迷冬》吗？那里面有一个掘墓之人，我就要做那个掘墓之人。柯雨洛说，有意义吗？戈伟说，有。我要引领那些鬼魂去天堂……柯雨洛笑了，说，你以为你是谁？戈伟说，我是我，就够了。柯雨洛说，你也要考虑我的感受啊。我是什么，对于你？再说，我父母的年龄也越来越大了，需要人照顾。再说，你在望城，除了"夜神"，再就是我，其他还有谁和你玩呢？他们都用什么样的目光看你呢？望城对于你有意义吗？也许真的像你说的，其实，你是在自掘坟墓而已。你没有身份，没有地位，更别说话语权了。你除了沉浸在你的虚构世界里，除了拍你的照片，你还有什么？是的，你还有我，可你爱过我吗？你……你这些年把我当什么呢？我就是你的保姆。我受够了。我是女人，我需要一个家，你懂吗？你是有才华，可那些才华不如你的人都风生水起了，这望城还有你留恋的吗？每次跟你去拍照的时候，我觉得我们不是人，而是游荡在这座城市里的鬼魂，你知道吗？经济的衰败让望城……死了……死了……你知道吗？其实，你比我清楚。戈伟说，你说得对，我是清楚的，是清醒的，这也是我还留在这里的原因，总要有人去记录这份存在吧，哪怕是……我承认我是一个自私的人，自我、自恋、主观……情绪化，神经质……你可以离开，去寻找你的幸福生活……我不能给你婚姻，因为我也不知道我……其实，你说得很对，我也反思过，我所做的其实毫无意义，我只是那个可笑的堂吉诃德而已……可是，对于没有信仰的我们，也许艺术就是我的信仰……我们总要给内心一块纯洁之地吧……在很多人眼里，我们这样说话就像傻子，像疯子……但这就是我们真实的生活……你走吧，离开东北，离开望城，说不定你会是那只挪亚方舟上飞出去报信的乌鸦……

两人语无伦次地说着、吵着。柯雨洛的话严重扎到了戈伟。戈伟把饭桌推翻，用脚踹一下，说，你可以去你的上海，你走你的！不要找这么多借口，走，你走！柯雨洛拿起东西，哭着离开戈伟的工作室，回家了。她联系了车，去沈阳桃仙机场，晚上九点多钟的飞机，飞往上海。坐在飞机的窗边，望着窗外无尽的黑暗，那种上不着天下不着地的状态很像她的生活。她哭成了泪人，坐在她旁边的乘客用怪怪的恐惧的目光看着她，但什么也没说，仿佛她的泪水会让飞机坠落似的……

柯雨洛没想到这次离开竟然是永别。差不多半年后，"夜神"打来电话说，戈伟不行了，他在荒野里拍照，坐在一堵墙下面避雨，没想到那墙竟然倒了，把他砸在下面，他头部受了重伤。他不让我告诉你，但我还是告诉你，我希望你能回来看看他。柯雨洛在电话里没吭声。"夜神"说完就把电话撂了。柯雨洛没回望城。"夜神"再次打来电话的时候，只说了四个字，戈伟走了。那一刻，柯雨洛的大脑一片空白，整个身体都没了力气，她从办公室来到卫生间，抽了支烟，坐在马桶上，号啕大哭……

又过了半年，柯雨洛和肖江河结婚了。

六

酒店窗外的混沌开始变得清晰、光亮了，不那么暴烈，柔和许多。有一种世界原初的样子。

柯雨洛收拾了一下东西，离开房间，到酒店前台办理了续住手续，从酒店里走出来。雨后的潮热迎面冲击着她。她拦了辆出租车，上车……出租车向她和戈伟命名"无主之地"的那片荒野驶去。司机透过后视镜看见她挺着大肚子，问，去那片做什么？那片早就没人了，除了捡垃圾的……成一片荒野了……柯雨洛说，对，就是去那片荒野。司机哦了一声，说，那片自从动迁后，房子都扒了，荒废了几年，据说有人要把那里承包下来，建成公墓，但不知道什么原因，公墓没建成……你不是本地人吧？柯雨洛说，是，但离开几年了。司机问，去南方了吗？柯雨洛说，嗯。司机说，我要是再年轻几岁，我也出去了。这望城没法待了，经济越来越不行了。你知道吗？一个城市经济行不行，出租车司机是最知道的。中年是一座坟墓。柯雨洛没吭声，但听到司机最后一句话的时候，她怔住了。那句"中年是一座坟墓"是那么突兀，莫名其妙地从司机嘴里蹦出来，好像是无意识地蹦出来，并不符合刚刚说话的语境，像是另一个人存在于司机的体内似的。司机仍在自言自语着，充满了抱怨和诅咒，仿佛心里面藏着一把刀子。柯雨洛觉得车内闷热，透不过气来。她把车窗摇下来，但外面的热还是苍蝇般扑过来，令人猝不及防。她挺着大肚子在出租车狭小的空间里，很不舒服，但胎动还是让她的幸福洋溢在脸上。是啊，他将在不久后来到这个世界上。母亲认识一家医院的医生。母亲重男轻女，问柯雨洛要不要问问是男是女。她和肖江河说起，肖江河说，是什么性别并不重要，重要的是那是我们的。所以，他们也没有问医生。但她心里更希望是女孩。路况越来越不好，出租车颠簸得厉害。司机在谩骂着，这鬼地方。柯雨洛望着窗外灰色的建筑，已经到了矿区。现在这个当年亚洲最大的矿井已经被另一座城市的煤炭集团收购了。在高高的竖井上写着那座城市的名字。柯雨洛没离开望城时，就知道望城的很多企业被卖给了个人或别的城市。出租车颠簸得更厉害了，像是浪尖上的舢板。柯雨洛说，师傅，停下来吧，我下车。司机说，还没到呢。柯雨洛说，我走过去。柯雨洛给了二十块钱车费，下车了。她能感觉到胎儿变得平静下来。她沿着原来是菜市场的路走着。现在这里也变得没有几个人卖菜，很多店面都是关闭的，变成了住家。寥落的街道让柯雨洛感觉到凄惶，她随手拍了一下。她看着屏幕上的照片的时候，发现一家门前的网内养着几只鹅，其中一只鹅，在她按动快门的瞬间，头从网眼里伸出来……柯雨洛向前走着，看到那几只鹅浑身肮脏地被囚禁在丝网内。她又拍了一张。门开了，从里面出来一个男侏儒。看到柯雨洛举着相机，他问，你拍什么？柯雨洛快速按了快门，把侏儒和圈着鹅的丝网收进画面。男侏儒很生气地问，你拍什么？柯雨洛说，拍这几只鹅，你们卖鹅蛋吗？男侏儒看了眼她的大肚子，说，没鹅蛋卖，这些都是留着杀了吃肉的，不下蛋。你要买鹅，倒可以卖你，管杀管煺毛。柯雨洛说，哦。你看我这样子，拿着不方便。男侏儒抓了把饲料扔进去，那些饥饿的鹅疯抢着饲料，挤作一团。有一只鹅，看上去病怏怏的，趴在角落里，张望着什么，仿佛在等待死亡的临近。男侏儒用一根长棍子扫了一下那病怏怏的鹅的脖子，用力很大，如果是刀子的话，那鹅头就被削下来了。只见鹅细长的脖子折了般晃了晃，才勉强站起来，但它仍没有去和同伴抢饲料。男侏儒再次用棍子横着抽了一下那鹅的脖子。那鹅摇摇晃晃瘫在地上。男侏儒嘴里叽里哇啦骂着什么，柯雨洛没听清。男侏儒转身回屋，在他开门的时候，他转头看了眼柯雨洛。柯雨洛连忙按下快门，拍下他在半开的门中间蓦然回首的样子。那张脸上皱纹堆垒，目光无神、无助……让柯雨洛心疼了一下。那目光和眼神，像戈伟的某些时候。

　　柯雨洛在一家小卖店买了瓶无糖的可口可乐，莫名想起出租车司机的那句"中年是一座坟墓"。她拧开盖子，可乐溢出来她才发现，连忙喝了一口。店主是一个五十多岁、长着一张马脸的女人，她问，姑娘，挺着大肚子，这是要去哪儿啊？看你还拿着个相机，你是记者吗？你给我们报道报道……我们苦啊！在熬命呢。柯雨洛说，我不是记者，我就是以前来过，回来看看。女人问，看你的样子是大城市的，从哪儿来的呀？柯雨洛说，上海。女人说，没去过，但在电视里看到过。很大很大吧？柯雨洛说，还行。女人说，还记得以前看电视剧《上海滩》，许文强、丁力、冯程程什么的，是那个上海吧？柯雨洛笑了，说，是那个，但又不是，现在已经完全不是那个年代了……女人笑了笑，说，什么时代像我们这些人活人都难嘞！柯雨洛没吭声。在女人说"活人都难嘞"这几个字的时候，柯雨洛看到女人的眼里闪着泪光，她才突然领悟了那个出租车司机的话，是啊，每个人的中年不都是被时间和生存埋葬的吗？

柯雨洛离开小卖店，继续走着，她看到荒野在远处，看到满目疮痍……她的身子为之颤抖了一下，拿起相机，拍。迷茫的破败的荒野，看不到一丝生命痕迹，但却给人一种莫名的自由感。她的心变得沉重。关于自由感，戈伟也说过。他说，艺术就是自由的，犹如荒野……是挽歌，是阴郁里透着一丝光的……是从零开始……是诞生……是对现实的背叛……肢解……再糅合……变成一个新现实……是否创造一个新的世界？这也许仅仅属于艺术的范畴，是艺术的世界……回到原初，回到荒野……婴儿的一声啼哭才是这个世界上最美的音乐……为什么？因为它是纯净的，是没被束缚的……是对母腹告别的哭……

想到戈伟说的这些，柯雨洛只觉得腹部阵痛起来。她在长满野草的路上停下来，抚摸着肚子。那阵痛一跳一跳的……让她感觉整个荒野，这片她和戈伟命名"无主之地"的荒野也跟着颤动起来……那些半人高的野草也发出籁籁的声音，仿佛来自地底……仿佛是鬼魂附体……

柯雨洛蹲下来，这样让她舒服很多。她整个人淹没在野草丛中，仿佛是其中的一根野草……倔强地生长着。她似乎感觉到戈伟的灵魂还在这里……他对那些涌出地面的鬼魂构成启蒙……他对她不也构成启蒙吗？但那是什么？柯雨洛还处于一种模糊的状态……

柯雨洛看到脚边有一个蚂蚁窝，那些黑色的精灵在忙碌着，四五只蚂蚁推着一具甲虫的尸体。那甲虫的壳是那么艳丽……但那已经是一具尸体……内部的汁液和肉都将被蚂蚁吞噬而尽，变成一具空壳，在风霜雨雪中，变成齑粉，成为尘土。柯雨洛陷入悲观中，但肚子里面的阵痛又让她警醒……死是容易的，恰恰生才是艰难的……也正是这生之艰难让人这个物种有了存在的意义……

阵痛得到缓解，柯雨洛从地上站起来。身边的野草抚摸了一下她的脸。她继续蹚着野草向前走。置身在这荒野之中，她是渺小的。那些残墙破壁映入眼帘，她按下快门……那些长满野草的房基里被主人遗弃的一些日常物品已经褪色……有一个孤零零的布娃娃不知道被什么人悬挂在一个树杈上，她按了一下快门……她辨认出这个地方来了。残墙上不知道被什么人涂鸦，看上去很像蒙克的画，透着阴郁的鬼魂的气息，很适合荒野这个氛围……在那些涂鸦的画面上，隐藏着她当年的一个秘密。她来到涂鸦跟前，在画面上寻找着，这么多年过去了，她不抱任何找到的希望，但她突然眼睛一亮，她看到了。在那个画面的角落里，有她当年用钉子写上的"我爱你"。看到那三个字的时候，柯雨洛的眼泪瞬间流了出来，那是当年她写给戈伟的。现在物是人非……她的离开，他的意外去世……她用手指肚在那三个字上面抚摸着，钉子的划痕仍在。她看着墙上，有一枚钉子钉在上面，她捡了块砖头，把钉子敲下来，在"我爱你"旁边写下"我回来了"。她紧紧握着那枚钉子，铁锈如血。她把钉子收进背包里，对着"我爱你"和"我回来了"，按了一下快门，又对着整体的涂鸦按了快门。离开这里，她继续走着，看到一栋没有被扒掉的房子，但窗户和门都没了。那次，戈伟钻进去，在里面找到一个遗像，还有一个破旧的笔记本，上面写着"罪人录"，上面的字迹都看不清了，模糊一片，但"罪人录"几个字还隐约可见。戈伟对她说，你说如果这个笔记本里面的内容是清晰的,我是否能写进我的小说里?那可能是一部惊骇之作。柯雨洛说,可是里面都模糊了,根本看不清楚。戈伟叹息着说,这就是命啊!一部伟大的作品就这样没了,但也许它存在于另一个世界。戈伟把笔记本拍了下来,后来,他打算用这个图片做自己小说集的封面,被编辑给否定了。那个遗像被他放到窗台上拍了一张,然后,他点燃了,又拍了几张。他说,这也许才是它最好的归宿……归于火……那次的火差点儿就蔓延了,但还是被柯雨洛阻止了。按戈伟的想法就是让它蔓延到整个荒野,直到重生……但柯雨洛没有让戈伟任性。在思想或艺术上你可以是纵火犯,但在现实中,你不能……现实中的纵火犯是会受到惩罚的……不能任性和冲动……任性和一时冲动是会害了自己的……你可能不会在乎你纵火被判几年,出来后,你还是你……但那也会伤害你……甚至会伤害我……

戈伟接受了柯雨洛的劝说,两人连忙灭火,脱下衣服扑打着野草燃烧的火苗儿,直到两人筋疲力尽地坐在地上,盯着地上的灰烬。戈伟哭了,野兽般号叫着。柯雨洛把他抱在怀里,安慰着他……傍晚降临,像一个钟罩。他们在另一处,在傍晚的光线中彼此饕餮着……还有那蛇的出现……

柯雨洛感到肚子再次阵痛起来,她忍着阵痛继续走着。多年前傍晚的环境再次出现在面前……那条蛇盘在墙头……

柯雨洛的眼前出现当年的幻觉场景。

阵痛加剧,她找个地方坐下来,然后躺下来……整个天空覆盖着她。她感觉着肚子在膨胀,下面一阵阵地扩张……她脱下裤子和内裤……垫在身体下面……躺在那里等待着。整个身体在那一刻成了荒野的一部分……

荒野在那一刻陷入了寂静,是的,寂静。万物在那一刻都长了眼睛,在看着……而柯雨洛沉浸在疼痛中,让她身体的世界向荒野敞开着……敞开……直到胎儿……诞生……

柯雨洛没敢看,用牙齿咬断脐带的时候,荒野还是寂静的。她在等待,等待……那丑陋的脸孔,是恶魔还是天使?透明的胎衣闪闪发光……

直到婴儿的一声啼哭在荒野上炸裂开来……这一声啼哭犹如荒野的心脏,再次开始怦怦地跳动起来。那些消失的事物纷纷回来,回到荒野中,荒野像一个伊甸园了。她把婴儿放到臂弯内,举起来,拿起身边的相机,按了一下快门……

七

柯雨洛坐在幼儿园对面的树荫下面,翻看一本书来消磨时间。她是来接女儿的。看到女儿蹦跳着从里面走出来,光线落在女儿的身上……她想起几年前在望城荒野中……

"日光在荒野中弥漫,在草丛中,在废墟中间,女人产下了胎儿。"

柯雨洛在手机便签上写下这句话,站起来。

女儿已经在喊她了,妈妈……妈妈……妈……妈……

柯雨洛张开双臂把跑过来的女儿抱在怀里,紧紧地抱着。

女儿说,妈,你弄疼我了。

天边外

在这个世界做一名作家，就和做一名侦探一样危险，须得行过坟场，对视鬼魂。

——摘自波拉尼奥《最后的访谈》

一

柯雨洛是近年我小说里常常用到的一个女性名字，如果你们读过我的小说，你们会知道她的。至于她是一个什么样的女性人物，你们应该有所了解。但这个人物是我虚构的。这个人物的命名权不属于我。它是属于韦宁的。

有一天，我在写作，突然想给小说里的一位女性起个名字。写作这么多年，给人物起名字对于我是一件头疼的事情。我给韦宁发私信说，你来给我的人物起个名字吧。女的，三十到四十岁左右。过了一会儿，韦宁给了我"柯雨洛"这三个字。就这样，柯雨洛在我的小说里生活了三年多，我的虚构让她有着不同的生活。我会把各种女人的碎片堆积到柯雨洛身上，当然时常也会有韦宁的影子在里面。

韦宁和我分手了。有一天，她发私信给我说，拜托你不要再把"柯雨洛"这个名字写进你的小说了。我说，为什么？她说，既然我们分手了，我想那个名字已经死了。如果你非要写的话，那么就写一篇小说来祭奠我们情感的夭折吧。我说，哦，挽歌吗？韦宁说，随你。韦宁说完，就把我的微信拉黑了。我对她说不出话了。我犹豫是否给她打电话，但我没有。那一刻，我承认我是落寞的，仿佛从现实主义的悬崖坠落到地狱里。韦宁的身影在我脑海中偶尔闪现出来，令我潸然泪下。

为此，我离开望城一段时间，去了沈阳，在北陵公园附近租了房子，住了三个多月。那段时间，我什么都没写，早上和晚上都会到北陵公园内转一圈。这里曾有过我和韦宁的身影。有一次，我去沈阳开会，韦宁开车送我来的，我们在北陵公园旁边的宾馆里住了一宿。那天，我们到得比较早，就去北陵公园里走了一圈，并没有什么事情发生。其实，来沈阳北陵公园附近租房子，并不是因为我和韦宁曾经在这里有过一次游园，而是我喜欢这座公园。公园在那段时间里，像我生活中的一个隐喻。我喜欢夜晚的公园。在那些暴走队呼啸着从公园里消失后，公园变得沉寂下来。夜色慢慢有了重量，公园里的人也渐渐稀少，空气都清凉了似的。我享受着沉寂和夜色赋予这座公园的重量。我呼吸着公园里那些植物的气息，仿佛我也成了这公园里的一株植物，树木或者草什么的，我成了这公园的一部分，成了隐喻的一部分。就这样，每天早上从公园回到出租屋后，我看会儿书，吃过午饭后睡一觉，起来再看一会儿书，或者就躺在沙发上什么也不干，直到晚上，去一家面馆里吃碗面，吃完后直接进入北陵公园内。晚上，九点半左右，从公园里出来，回出租屋。我漫无目的，不知道这样的生活还要持续多久。我看了看手机上的银行卡余额，对于我这样一个衣食节俭的人来说，还可以维持一段时间。我在心里估摸着，未来几个月里，是否还会有小说在杂志上发表，是否会有稿费进项。未来不是我能左右的，投出去的小说是否能发表也不是我能左右的。我能左右自己的，只有写，保持耐心，写。至于我"生产"出来的文字是否适合杂志的风格，我也不太清楚。这样忐忑焦虑的职业写作生活，是我自己选择的，我必须去面对。我给自己定的计划是，写五年。五年之后积攒的稿费如果不够生存的话，我再去找我力所能及的工作糊口，并因此放弃一颗炙热的文学之心，重新回到日常生活之中。

和韦宁分手的这段时间里，我情绪低落，一直没调节好，写作也因此停了下来。这让我变得焦虑。焦虑。焦虑症。有一天，我在公园里遇到一只流浪猫，把它抱回出租屋。它让我庸常的生活多了一丝乐趣。我尝试着恢复写作。

一天，我拿了本波拉尼奥的访谈，躺在公园的椅子上，从早上八点多钟开始，直到快中午，一本薄薄的小书就要看完了。我躺在那里，把书遮挡在脸上，差点儿睡着了。我的脑子里出现了那个身患肝病的人，那个2003年7月15日死于巴塞罗那一家医院的人。死亡对于众生是平等的，但对于某些人又是残酷的。比如，对于波拉尼奥就是。如果他能活到现在的话……我当然知道，这个世界上没有"如果"，就仿佛如果我没有辞职，从事职业写作的话……这些都是屁话了。一个人或者世界要面对此刻，是的，此刻，我信奉此刻主义。我的此刻主义是我在享受着北陵公园午后的日光，享受躺在长椅上，享受躺在长椅上的阅读带给我的莫名悲伤，享受阅读文字中那个波拉尼奥带给我的世界的动荡和对靠写小说谋生的担忧……他做到了，而我还没有，我时刻处于一种生存的恐惧中。这恐惧来自我，也来自我所处的世界……

这时候，一阵风吹得身边的树木发出哗啦哗啦的声音，像一群喧哗的鬼魂在摇晃着那些树木，树叶纷纷落下来。我意识到秋天的戏剧即将开幕。而这公园像一个舞台，我不是唯一的角色。这个舞台上真正的主角是多年前埋葬在地下的人。而我们所有这些在地面上的人都是配角。有片树叶落下来，打在我身上，吓了我一跳，就好像鬼魂从地下伸出的小手在我身上抚摸了一下。我把树叶抓在手里，看了看，把它夹在书里。我从椅子上起来,去了一家宠物店,买了袋猫粮,回出租屋。我一直都没给那只流浪猫起名字,我想它之前一定是被人起过名字的。回到出租屋,它跑过来,冲着我喵喵地叫着。我弯腰把它抱在怀里,那一刻,我决定叫它"波拉尼奥"。

二

在冬天来临的时候,因为和女房东在取暖费的问题上起了争议,我决定带着"波拉尼奥"回望城。对"波拉尼奥",我犹豫过,是再把它放回到北陵公园内,还是送人?在沈阳我没有认识的人,我和它已经有了感情,我不舍。离开前,我和"波拉尼奥"最后一次去了北陵公园,很晚才回出租屋。那个晚上我失眠了,倒是"波拉尼奥"在我身边睡得香甜。它也许还不知道,我要带着它离开沈阳,回望城。出租屋里还有一盆前一位房客留下来的绿萝,被我侍弄得格外茂盛,我没有带走。我把我的电脑和几本书装到拉杆箱里,把"波拉尼奥"装在从宠物店买来的背包里,我们坐上回望城的火车。三个多月的沈阳生活,几乎可以说把韦宁在我的心里面消耗掉了。我得重新开始我的生活。

回到望城后,我渐渐平静下来,虽然有时候会遇到一些我和韦宁在一起的时候曾经路过的地方,但那些都是回忆。回忆是坟墓,我这么想。我时常会在现实和坟墓中间徘徊……我很少上街,也是因为怕和韦宁偶然相遇。她没有任何缘由就给我发信息说,我们分手吧。是决绝的。我当然也没有纠缠……但作为一个写作者,我会陷入某种内心的纠结和深渊之中。我记得在波拉尼奥的访谈里,他提到了萨瓦托的小说《隧道》,那部小说的主人公是个画家,他杀害了他喜欢的女人玛丽亚而进入监狱……那么我是否会杀死韦宁?我觉得不会。韦宁配我把她杀了吗?我承认在她提出分手的时候,我虽然痛苦,但也释然,甚至有了一种肉体上的解脱感。我清醒的时候反思过我们之间的关系,我们不是那种灵魂的伙伴。她是一个欲望强烈、极其敏感又多疑的女人,神经质,又擅长冷战。

从沈阳回来后,我告诉自己,必须开始写作,因为我是一个靠稿费活着的人。这也是我喜欢作家波拉尼奥的原因,我们都是靠稿费活着的人。不同的是,他会靠参加各种小说比赛来获取更多的奖金,而我……这是不可能的。我只能把写好的小说投给杂志,如果能发表的话,我就会得到稿费,如果被退稿的话……为什么我总是一个对生存充满忧患的人呢?

一个雨天,我下楼买吃的,没想到"波拉尼奥"从门缝蹿了出来,我追赶着它,直到它消失在雨中。无论我怎么喊叫,都没有把它喊回来。那一刻,仿佛我对它的命名失效了。我的"波拉尼奥"在那个雨天丢失了。我打着雨伞在雨中的灌木丛中呼喊着它,"波拉尼奥","波拉尼奥"。它已不见了踪影。它为什么也离开了我?我没有答案。即使举着雨伞,我身上差不多也被雨淋得湿透了。小区里有路过的人问我,找什么?我说,我的猫。那人说,哦。这大雨天的,跑不了多远,你好好找找。我说,已经找过了,我是眼瞅着它逃跑了。那人说,要不要我给你提供一个懂《周易》的女人的电话?我家上次走丢的狗,就是那个女人帮我掐算的,在我几乎要绝望,放弃寻找的时候,那个女人给我指点方向,我找到了我家的狗。我说,算啦,既然它想逃跑,那么自有它逃跑的理由吧,算啦。我听见那人叹息了一声,从我身边走开。我转身来到小区的凉亭,把雨伞放到一边，点了支烟。那在裤兜里的烟有些湿，我费了很长时间才点燃。我犹如一个溺水的人被拉到岸上，连连抽了几口。凉亭上垂落下来的雨帘，把我封闭在了凉亭内部。逃走的"波拉尼奥"还是让我伤心了，它就像韦宁一样决绝，令我对外在的事物深感失望。雨裹着凉凉的气息。已经入冬，真不知道"波拉尼奥"会怎样度过这个漫长的冬天。天气预报说，今年会是一个凛冬。雨没有停下来的意思，我只好拿起地上的雨伞，去超市买了吃的，回到楼上。

我站在窗前望着下面的小区，眼前仿佛出现了冬日图景。白茫茫的，所有的事物被白雪覆盖了。那凉亭虽然高出地面两米多，但上面同样覆盖着雪，像一场祭悼中头顶着白色孝帽的人……像一个服丧的人。为什么我的大脑中会出现这样的冬日图景？我的生活变得魔幻。一个小时前，我的"波拉尼奥"，我的那只从沈阳带回来的黑猫，从我家逃走了。它的逃走是否预示着什么呢？还是……我的敏感，让我的心跳加速。我的胃不舒服起来，饿了。我给自己下了包方便面，竟然吃得满头大汗。我在吃方便面的时候时刻竖起耳朵，心里面在想，"波拉尼奥"会不会回来？我承认我还没有放弃"波拉尼奥"。吃过饭后，我坐到电脑前，写了一会儿。门外仍旧没有"波拉尼奥"的声音。我起身去窗边抽烟，雨还没有停下来。小区里的植物和凉亭都湿漉漉的，像是随时都可能因为雨水的重量，下坠到地狱中似的。我犹豫是否要下楼，继续寻找"波拉尼奥"。它此刻在什么地方？是已经被雨淋湿，还是躲在什么地方避雨？我拿着雨伞又下楼了，在小区里呼喊着它，目光在角落里寻找着。我在小区里转了一圈，还在小区公园的草木之间寻找，仍旧没有它的踪影。它就像从这个世界上蒸发了似的。我再次置身在凉亭中，雨水从凉亭的四周落下来，囚禁着我。我像置身在水帘洞中的孙悟空，但我没有火眼金睛，也没有七十二变。我目前只是一个靠写作谋生的中年男人。中年是我人生的旷野。一只流浪猫从雨中跑过，我追赶过去，不是我的"波拉尼奥"，不是。我失落地望着它逃走的身影。如果此刻那个要告诉我懂《周易》的女人的电话的人出现，我会接受。可是，我没有看到那个人。辞职后，我深居简出，在这个小区里，对于我来说他们都是陌生人。是的，陌生人。我为在这雨天逃走的"波拉尼奥"担心着、焦虑着，内心有一种说不出的空落。我后悔把它从沈阳带回来，早知道这样的话，我当初就不该……窗外的雨淋湿了我的心情。心境进入灰色的迷蒙，透着幽暗。我狠下心来，对自己说，让它自生自灭去吧。既然你想逃走，那么……这个世界上的万物都有它们自己的宿命吧。我望着屋内墙角"波拉尼奥"的一些东西，恨不得马上从窗户扔下去。是的，把它的东西都清除出去，从我的生活中消失吧……我还是没忍心那么去做。我想，万一哪天它在外面受够了苦难和饥饿，突然跑回来了呢？这不是没有可能。好吧，不要再为"波拉尼奥"的逃走纠结了，纠结只会让我陷入痛苦。

三

我站在窗前望着外面的雨，望着外面湿漉漉的小区，望着那个凉亭……一个夏天的夜晚，韦宁来找我，天突然下起了大雨，闪电雷鸣让凉亭和那些植物变得清晰起来。我们都没有雨伞，只好躲进凉亭之中。凉亭在那一刻像一个异域似的，我们抱在一起，为了减少雨滴的侵袭。那雨是急吼吼的，从天而降。

韦宁说，急雨不会长久的，下一会儿就会停下来。我们在这里避一会儿吧。我说，好。

　　闪电和雷声引领着雨的队伍浩荡而至，把我们逼进小区的凉亭内。小区的花园的甬道上已看不到别人。是的，别人。那些住户的灯在雨后纷纷亮起来。灯光并没有让凉亭内变得明亮起来，而是更黑。那黑是带着重量的，再加上雨的重量、闪电的重量、雷声的重量……我和韦宁被囚禁在凉亭里面。我承认我是焦躁的，我说，我们上楼吧，顶多淋湿，冲个热水澡就没事儿了。韦宁说，为什么不体验一下这种……任何人生体验对于你的写作都可能是重要的。我不想拗着韦宁，我说，好吧，那么我们就享受一下这被囚禁在雨中凉亭内的体验吧。韦宁笑了笑。雨水不时冲进来，即使在黑暗中，我们也能感觉到雨水敌人般要把我们淋湿……其实，凉亭内大部分都湿漉漉的，我们没有坐着的可能，只能站着。当风裹着雨进到凉亭内的时候，我们又挪动着到凉亭的另一边。为了躲避雨水的攻击，我们只好抱在一起，减少雨水的袭击和黑夜的重量。韦宁亲吻着我。也许是由于环境的压抑，我们觉得在那一刻凉亭是这个世界上唯一存在的孤岛，一种末日的情绪笼罩着我们。我的手搂在她的背后，已经感觉到她的裙子被雨水打湿了，我搂着她，移动着。我能感觉到那裙子里面的身体是火热的，火热的……我把她搂得更紧了。我的手从她的后背开始往下移动，抚摸着她的臀部……闪电和雷声仿佛要把整座凉亭击倒在这场雨水的战役之中。我们两个绝望的人依偎在一起，做最后的挣扎。我能听到韦宁急促的呼吸，我们亲吻的舌头已经纠缠到一起……身体四周除了雨、闪电、雷声，还有夜晚的黑。夜晚的黑让我们变得大胆起来，即使四周的灯光像一只只眼睛在注视着我们，但我们有凉亭作为掩体。我轻转过韦宁的身体……在那一刻，我们是唯一的世界。身边的一切都消失了。我把对雨夜的抵抗情绪完全倾注到了韦宁身上。我变成了一颗硕大的雨滴进入韦宁的身体里，开始变成雨水同谋，我不知道这场战役是否会因为我而变得失败……或者说，因为我和韦宁的存在，凉亭外面这场浩大的雨水的战争会被我们从内部给瓦解……我相信我们可以的。韦宁配合着我。我们已经不再顾及雨水从凉亭外面倾泻进来。我们就是这雨夜中唯一的存在。我们就是世界。必须得说，凉亭外面的雨在我和韦宁的动作中，开始被瓦解，变得小起来。闪电和雷声也开始退去，雨淅淅沥沥的。我也在最后的猛攻中停下来……韦宁整理了一下裙子说，两腿都要站不住了。我笑了笑，把她搂在怀里，又吻了吻她的脸和脑门。她明亮的脑门像白昼的太阳……韦宁说，好像这场大雨就是为我们下的似的。我憨笑着，说，宿命中的一场雨。韦宁说，哪有什么宿命啊？我说，有，我相信。就像我们所做的这一切，不会被什么看到吗？我想，一定有什么会把我们刚刚发生的都记录下来的，或者……韦宁说，你信有神吗？我说，某些时刻，我信，在冥冥之中，神是存在的……韦宁说，你别吓我啊！神在什么地方呢？在刚才的闪电里吗？在刚才的雷声中吗？在刚才的雨中吗？在刚才我们的彼此镶嵌之中吗？我说，也许都在。韦宁的情绪看上去有些烦躁了。那天，她没有和我上楼，直接出了小区，回去了。

  韦宁走后，我在凉亭内又待了一会儿，之前发生的一切还历历在目，我翕动着鼻子，仿佛还能闻到我们彼此的气味。雨后，一切变得清爽起来。我呼吸着雨后的清新空气，整个人仿佛异化成了那些植物中的一株。韦宁的离开还是让我失落，她总是这样神经质，但又让我欲罢不能。我站在凉亭内抽了支烟，才往家走。

在上楼梯的时候，六楼，我感觉到小腿肚子是酸软的。爬到三楼的楼梯拐角处，我歇了一会儿。楼道内的管道纵横交错，我看到两只苍蝇的尸体粘在一起，悬挂在蛛丝上。我伸手碰了碰，没有感觉到任何重量，那是两具空空的苍蝇尸体，随时都可能遇风成尘。我回到了屋内，在网上看了部今村昌平导演的电影《楢山节考》。我躺在沙发上，身体疲惫。我必须承认，在刚刚结束的雨中，我和韦宁躲在凉亭内完成的仪式，让我很累，仿佛消耗我的不仅仅是韦宁，还有那雨、那凉亭、那凉亭周围的植物……韦宁离开后，没有任何信息。我能感觉到她生气了。她时常会把我扔进她的"冷战"之中，让我成为俘虏。我累了，没有主动给她发信息，看完电影后，我洗洗睡了。

雨后的夜，隐约可见一些星辰，在天空中闪烁。

窗外的雨和那年夏天的雨是不是同一场雨的延续呢？即使是又能怎样呢？那个凉亭也是被漆了又漆，分外地红。望城和沈阳的某些角落里都有过我和韦宁留下的记忆。看来，要逃离韦宁的影响，我必须去一个陌生的地方，我和韦宁没有去过的地方。我从窗前转回到沙发上，再次把《楢山节考》从网上找出来，这次，我没有看完，起身去卫生间冲了个热水澡。我看到窗外的雨停了。我想，这可能是最后一场雨了，之后，冬天就真正地开始了，屋内也要供暖了。我问自己是否要再次下楼，去找找"波拉尼奥"，我没去。我觉得我对一只捡回来的流浪猫做得已经够了，我没有愧对它。

我回房间睡了。辞职后，靠写作谋生，我开始自律起来，睡觉也很规律，每天都把写作当成工作来完成。

四

第二天早上起来的时候，窗外竟然白茫茫的，小区里的植物都变得臃肿了——下雪了。我做了点粥，吃过后下楼，在小区里转了一圈，企图找到"波拉尼奥"在雪地上的痕迹。没有。我瑟瑟地回来，冲了杯速溶咖啡，开始写作。九点多钟，我完成了一天的写作任务，整个人也轻松了很多。

我躺在床上看了会儿书，手机响了，是一个陌生号码。我说，你好，谁？有事吗？对方说，我是韦宇，韦宁的弟弟。我说，哦。我这时候才想起韦宁还有一个弟弟，在轧钢厂上班，是一个钳工。在一次事故中，他的左手被机器吃掉了。我还记得，有一次我和韦宁吃饭，他也参加了，他手套里藏着一只假手。他也喜欢文学，那次吃饭后，我们常有来往。他会把他从网上下载的一些文艺的、小众的电影拷给我。我们会在我的房子里看他带来的电影，我们偶尔也会喝点儿酒，我做菜的手艺还可以。我们边看电影，边闲聊一些文学的话题。他说，他也想写作，但不是小说，是戏剧。他迷恋西方的戏剧。我说，当然好了，我也喜欢那些戏剧，戏剧是一种高级的文学形式。他跃跃欲试的。但后来，我们再见面，我问他，写了吗？他说，太难了，写不了。我叹息着。我相信写作是需要天赋的。那时候，他就会把他的左手假肢卸下来，放到一边，露出一个光秃秃的腕部，上面结了痂，都带着血丝了。我再没追问过他写作的事情。失去左手并没有太多影响他的生活，他还有右手呢。装上假肢的左手，再戴上手套，根本看不出来他和常人有什么区别。但我看出来他的自卑和阴郁，韦宁之前和我在一起的时候，让我劝韦宇想开一些。我也劝了，但没有什么作用。一个人的内心只有他自己可以改变，别人说什么都是废话。

我语调冷漠地问韦宇，有事吗？自从韦宁和我提出分手后，我把和韦宁有关系的一切都删除了，自然也包括韦宇的电话号码。我和韦宁结束那段感情之后，韦宇也没给我打过电话。偶尔我还会想起他，想他给我下载的那些电影资源。我记得他之前还借过我一本品特的戏剧《归于尘土》，我没向他要，我在网上又买了一本。

韦宇说，韦宁不在了。她在住院的时候，就不让我和你说，说怕让你看到她最丑的那一面。那时候，她形销骨立的，几乎没了人形。现在……我想还是要让你知道。

我怔住了，整个人近乎瘫软在沙发上。我不敢相信自己的耳朵，我又问了一句，你说什么？韦宇说，韦宁去世了。我问，什么时候的事情？韦宇说，昨天凌晨走的，走得还算安详。我说，几个月前，她不还是……我哽咽了。韦宇说，乳腺癌，都扩散了。我的身体颤抖着，坐在沙发上。我能感觉到整个身体包括体内的五脏六腑都在碎裂。碎裂。碎裂。那一刻我被悲伤物化了。韦宇说，我没有别的意思，只是觉得你们相爱一场，我有必要告诉你。我并不想给你增加悲恸，我只是想，韦宁的去世应该是你人生经历中的一个重要体验……这么说，好像有些残酷，但我想，你需要这样的经历和体验。你不是韦宁的第一个男朋友，你之前，她还处过一个对象，但那人抛弃了她。她当时怀了那人的孩子，已经六个月了……那男人抛弃她后，她消失了一段时间。我问我妈，我姐哪儿去了？我妈说，去亲戚家了。我想，她当时可能是要留着那个孩子，但我妈不让，她就逃跑了。她消失了三个多月，回来后，什么都没说。我也懒得问。这些你也许知道。你是在她最脆弱的时候出现的……至于你是不是填补她失恋的空缺,我不清楚。我看出来,韦宁是爱你的。所以,原谅我冒昧给你打这个电话。至于你来不来见韦宁最后一面,随你。

我顿了一会儿,没吭声,站起来,走到窗边。窗外白茫茫的雪,像一场及时的哀悼。韦宁让我写的那篇小说,我一直都没写,是时候了,也许。韦宇说的,和韦宁相爱一场,相爱一场吗?韦宇说的关于韦宁过去的那段情感,我一点儿都不知道。韦宁从来没跟我提起过。或者说她隐藏得很深。此刻,我丝毫没有埋怨她的意思。再说,人现在已经……

我的眼泪还是止不住流了下来。我抽泣着。我问,现在韦宁在哪儿?韦宇说,殡仪馆,403房间。我说,我马上过去。韦宇说,我想你应该见韦宁最后一面的。我说,嗯。即使我们已经……但这最后一面,我还是要……我…… 我一会儿过去。韦宇说,好的。我从电话里听出韦宇还有话要说,但他支支吾吾,没说。我承认,那一刻,我已陷入悲伤的黑暗深渊之中。窗外的光线落在沙发上,那沙发曾经是我们的欢爱之地。我从沈阳回来后想换掉那个沙发的,但因为经济拮据,就没有换。

我想起,韦宇在电话里说,只是觉得你们相爱一场……

我和韦宁是否"相爱一场"?韦宁提出来的分手,难道仅仅因为她得了绝症吗?这多么像小说里面烂俗的故事情节。她在分手的时候,伤我不浅,现在又当头来一棒子……现实生活中的很多事情是难逃虚构的。那么韦宁是不是我的虚构呢?我坐在沙发上,一阵恍惚。如果是虚构的话,我不会让她生病致死,我可能会让她自杀……至于为什么是自杀,我还没有想好。自杀是否会让小说走向另一个脉络呢?我想,会的。我抚摸着脸上的泪水，醒过来，刚刚来的电话传递的信息都不是虚构，而是真实的。韦宁死了。韦宇给我打电话告诉我韦宁死亡的噩耗。现在，我要去殡仪馆见韦宁一面，从此天人永隔。啊，仿若再一次分手。之前那次分手已经让我心碎裂，但那时候毕竟还知道彼此都还在这个世界上，现在的这次分手，是永别。我去卫生间洗了把脸，刮了胡子，从衣柜里翻出一套黑色西装和一件白色衬衫，我穿戴好，仿佛去赴一个约会。对着镜子里的自己，我的脑海里竟然蹦出韦宇的那只左手，令我恐惧了一下。我觉得我的装束不适合出现在殡仪馆，尤其是逝者韦宁的面前。

入冬十几天，昨夜还下雨了，早上变成了雪，我能感觉到气温的下降。我只要穿羽绒服出去就好。

我在小区附近的花店买了一束鲜花，拦了辆出租车去殡仪馆。殡仪馆在城内，据说要搬迁到郊外去，沸沸扬扬传了几年。据说，是某种利益关系没有得到平衡，所以迟迟没有搬迁。我还记得有一次韦宁开车载着我闲逛，路过殡仪馆的时候，她尿急，想去厕所，可是马路两侧根本没有。后来，她去了殡仪馆里面的厕所。我坐在车内等她，直到她从殡仪馆里出来。我承认，对于殡仪馆这样的地方我是打怵的，每次从殡仪馆回家都会大病一场似的，要不是直系亲属去世，我都会找借口不去的。现在，韦宁躺在殡仪馆的房间里，我必须去。

捧着一束鲜花的我，根本不像是去殡仪馆，而像是去约会。马路四周的雪还没有融化。出租车司机在听一首外国歌曲，我没听懂一个歌词，但那旋律是我喜欢的。那旋律里面有一种莫名的忧伤，吸引着我。怀里的鲜花散发着浓郁的香味，让我的鼻子很不舒服。从和韦宁相处到现在，这竟然是我第一次给她买鲜花，而且是在她……出租车内的音乐，在忧伤中变成了我个人的挽歌。我是孤独的。在我的意识中，那司机已经不存在了，我仿佛坐在一辆无人驾驶的车上，怀抱着鲜花，行驶在茫茫的雪地上……我不知道终点在哪里，我不知道那白色延伸到什么地方……我不知道我怀里的鲜花是否会有一个器皿盛装……还是在白色之中冷冻，直到萎蔫，失去水分，干枯……我想象着一束鲜花插在白色的雪地上……色彩诡异。它的色彩都将被白色吸尽，异化成白，是的，白。

司机自言自语，咋又下雪了呢？

我从恍惚中回过神来，望着窗外。雪花纷纷扬扬落下来，看上去很轻。落在窗玻璃上，就粘住了，化了，变成水滴样了。哭泣的玻璃。如果没有之前韦宁和我分手的铺垫，我真不知道我现在会是什么样子，我突然很感谢她给我的铺垫，要不我整个人都可能坠入悲恸之中，体无完肤。现在，我还保存了部分的我，在这个世界上。都说疼过之后就不疼了。但对于我，还是疼，只是不同于之前那种分手后的疼。分手后的那种疼像是一个春天突然被关在玻璃瓶子里，而白色的死带给我的疼是那个春天被禁锢在瓶子里，现在瓶子外面被涂抹上了黑色的油漆，我什么都看不到了。那个瓶子里的春天将沉入黑暗的地下……韦宁让我相信一个黑色的春天是存在的。我怀抱着鲜花，可是那些鲜花只是大棚里培育出来的，丧失了部分植物的灵魂。怀中的花束里竟然出现了韦宁苍白的脸孔……我毛骨悚然，把花束放到身边的座位上。那一刻，望着窗外，我感觉到大地上的白都飘浮起来，悬于半空，从半空又回到天上……

司机说，天气预报说今冬将是一个凛冬，比往年要冷。我接了句，是吗？司机说，相信天气预报是准确的。可是天气预报又有几次是准的呢？什么样的天不都得活着吗？我没有再接司机的话。我沉默着。身边的花束，有几片花瓣晃动着，掉落了。我甚至有一种想把它扔出窗外的冲动，但我克制住了。那盛装在死亡寂静里的韦宁是什么样子的呢？在分手的时候我是否有过对她的死亡诅咒？我记不得了。我想，我没有那样诅咒过。两人既然不爱了，分开了，诅咒只会生恨，没必要的。我爱了，我来承受那份痛苦，自我消耗。我相信，对于我这样一个写作者来说，我有这个能力。联想到司机刚刚说过的"凛冬"，这又何尝不是我人生的凛冬呢？韦宁的死，又会让我很长时间不能自拔。我想，我也许真的要写一篇小说来纪念或者说悼念我们的过往。我不知道从何处入手，柯雨洛那个名字从脑海里蹦了出来……柯雨洛和韦宁，哪个是曾经存在过的呢？还是她们都来自我的虚构？如果是来自虚构的话，那么我此刻去殡仪馆吊唁的又是谁？我座位旁边的鲜花又是献给谁的呢？这一切让我陷入了迷惑。我是谁？我是谁？我是谁？

五

出租车停在殡仪馆的门口，司机说，到了。殡仪馆墙外那些修剪成蘑菇形状的灌木顶着白雪。我付了钱给司机，拉开车门下车。一股寒风迎面吹来，我连忙转过身去。我怀抱着鲜花，茫然地看着院内停满的车辆，走了进去。殡仪馆内的阴暗潮湿，还有那股说不好的气味，让我的胃很不舒服。那迷宫般的建筑，让我转了几圈才看到 403 房间，上面有韦宁的名字。这些年，我奇怪的是为什么殡仪馆房间都没有门，只有门框，难道是为了逝去的灵魂更自由地出入吗？这个疑惑，我一直没有解开，也没找人问过。

我怀抱着鲜花走了进去，透过第二道门，看到墙上挂着韦宁的遗像。她在墙上面带微笑地望着我。我的双腿顿时没了力气，不听使唤，过往的千丝万缕都浮现出来。我定了定神，望着墙上的韦宁，仿佛她在恶作剧地命令我，跪倒在她面前……我没有那样做，而是把鲜花放到了她的身边，望着水晶棺里躺着的她……是那么瘦小，脸部和照片上比，和我印象中的韦宁比，都不是一个人。她的身体几乎要缩小到婴儿似的。躺在里面的她看上去更像是一个陌生人。要不是韦宇这时候迎上来，我差点儿转身离开房间。韦宇的出现让我必须走一些必要的程序，我给韦宁鞠了三个躬，韦宇在一边还礼。我眼睛的余光盯了一下他左手的假肢，还藏在黑色的手套内。韦宇的眼睛是红肿的，他哭过。我站在那里望着躺在死亡寂静中的韦宁，不知道说什么。我的耳朵出现了耳鸣。韦宇站在我对面，注视着我。我整个人感到很不舒服，我不喜欢被人注视着，尤其是在一个死者面前，在一个曾和我相爱的女人面前，我不想因此而失态，成为别人眼中的笑话。我再次确认着，这躺在里面的是否就是曾经和我相爱的韦宁。如果是的话，她已经被病魔折腾得没了人样，整个人都脱相了。死亡真的就是让人回到原初，回到来的地方去吗？我在她的脸上、身上、双手上，寻找着韦宁的样子。我还是不能接受她就是韦宁，就是……我从灵堂出来，站在走廊里，点了支烟。韦宇跟了出来，说，抽我的。我说，不用。我看了眼他的烟，是软玉溪，比我的好。他发现了我的目光，说，为了办我姐的事儿，才买了两条招待来吊唁的人。我没吭声。灵堂内有几个女人，我都不认识。应该是韦宁的亲属或者同学什么的。她们的脸上都挂着悲伤的表情，我扫了一眼，只有一个女的，三十多岁，眼睛是红的，是哭过的。她穿了件黑色的羊绒大衣，里面是黑色的毛衫，有着一对硕大无朋的乳房。相对于韦宁的乳房，她的要大几倍。韦宁是平胸。我收回目光，我知道我的关注是那么不合时宜。韦宇说，她们在商量给韦宁穿什么衣服上路呢。你的建议呢？她们说要给韦宁穿白色的裙子，像婚纱似的。这大冬天的，我觉得韦宁会感到冷的。可是她们还在坚持着，说，到了那个世界就是春天了，穿裙子像个新娘一样……我说，我能有建议吗？韦宇说，可以有，毕竟你们……我说，穿什么，最后都将归于尘土。我这么说可能有报复韦宁和我分手的嫌疑，但我真的就是这样认为的……一个即将成尘的人，穿什么真的重要吗？韦宇说，我也这么想，可是，毕竟我们都是活在现实中的人，尤其是她们，她们认为真的存在另一个世界……她有个同学信教，认为我姐是天使。我说，哦。这时候，我听见隔壁的房间里发出吵架的声音，之后是一阵号哭声。相对于隔壁的喧嚣，韦宁的房间是那么寂静，寂静得就像什么都没有发生过似的。我承认我喜欢这样的寂静。我还记得那次我和韦宁路过殡仪馆的时候，她去厕所方便回来后和我说，如果将来她有那么一天的话，我能陪在她身边她就知足了。现在看来，这是不现实的。我们已经分手了，我不会陪着她，不会。或者说，我从心里面拒绝她说的那种陪伴。她当时说陪伴的时候，还在我脸上亲了一口，我当然知道她说的陪伴的暧昧意味。我当时就拒绝了，说，不可能的。她鼻子里哼了一声，我们开车离开了。殡仪馆里的司仪喊韦宇过去，他们在商量着什么。我还站在走廊里，污秽的走廊，气味异常。我想进去陪一会儿韦宁，但看到那几个女人在里面，我没有进去。我站在那里望着韦宁的遗像，内心一阵抽搐，我控制着，不让自己哭出来。我哭是哭我自己，哭死亡带来的恐惧。那恐惧感让我觉得人是多么渺小，又是多么脆弱，随时都会离开我们所处的世界……污秽的走廊内的那种冷也异于外面的那种冷，不知是因为死亡，还是别的什么。我叼着烟，突然发现走廊的墙上挂着"禁止吸烟"的牌子，可是我看到的是烟雾缭绕的污秽的走廊……那些晃动的人影犹如鬼魂。我想离开，离开。我恐惧那些晃动的"鬼魂"走进我的身体里。

　　我回到灵堂外面的房间内。韦宇和司仪谈完话过来，说，韦宁的遗愿是海葬，司仪帮忙联系一家殡葬公司，我觉得价位和服务都还可以。我怔了一下，不知道说什么。海葬？归于大海？韦宁的遗愿倒超出了我的想象，我们在一起的时候，她从来没有提起过。我们也谈论过生死，但没有谈论过归宿。我的眼前仿佛出现一片浩瀚的大海……在混合着花瓣的骨灰扔下去的时候，海水纷纷退让，出现了一条道路……

　　韦宇问，你会陪我一起去吗？你就当一次经历和体验，我觉得也不错。再说，结束后，我们可以在海边玩一两天，我也好久没去卡尔里海了。如果你有事儿的话，那就算了。以前，你们在一起的时候，我就认定你是我的姐夫了，没想到后来你们……但我还是把你当成我最亲近的朋友。我想问一句，你们在一起是真爱吗？

　　我说，不同的人对爱的理解是不一样的，就像每个人都有不一样的人生，所以，你的问题，我无法回答。我认为我们是爱了，但对于你，可能那不是爱……

　　韦宇说，你说得对，我不问了。那么，你答应陪我一起去送韦宁最后一程吗？

　　我犹豫了一下，说，即使没有韦宁和我曾经的那层关系，作为朋友的话，我也接受你的邀请。我需要这样一次体验……

这么说，也许只有你会理解我，更多的人可能认为我不近人情，是冷漠的、残酷的。其实，我的柔软只有我，还有相近的人才可能看到……

韦宇说，那好，你可以回去休息一下，今天……明天或后天中午我取了骨灰后和你联系。

我说，我再待一会儿。

韦宇说，那你待着，我不能单独陪你，还有很多事儿要办。没想到一个人死了，还这么多麻烦。

我说，有什么需要我的地方，你吱一声。

韦宇说，你能来，我就替我姐感谢你了，相信她在天之灵会看到的，虽然这对于你已经不重要了。

我说，是否重要，我自己知道。

韦宇竟然摇晃了一下他的"左手"，这个动作是突兀的，让我有些不舒服。他转身去忙了。我又到充满污秽的走廊内抽了支烟，窗外的雪是那么白，落在树木上、草地上。殡仪馆外面的雪，给人一种素白和肃杀的感觉，其实与别处的雪没什么不同，都是从天上落下来的。只是这个环境，让本来平常的雪有了隐喻。这时候，我听到玻璃窗外面有滴答的声音，我探身向窗外望着，看到从上面滴下来的雨滴，是屋顶的雪融化了。屋檐滴水。走廊内的人熙来攘往的，我没看到一个人是来吊唁韦宁的，都是去别的房间。有几个人抬着花圈，有的搬着桌椅，有的还买来了盒饭……我看到距离我不远处的房间门口，已经有人开始打麻将。我看到那掷起来的骰子，在烟雾缭绕的桌子上方翻滚着，被烟雾和空气悬置起来似的，缓慢落到桌面上。那是上帝在掷骰子吗？

缭绕的烟雾和坐在那里的几个人遮挡着，我看不到骰子落在桌面上的结果。只见骰子落下后,他们开始抓牌。我又点了支烟。那个穿黑色羊绒大衣的女人从里面走出来,从兜里掏出一盒细杆的香烟,细长的手指从里面捏出来一支,对我说,借一下火可以吗?我掏出打火机递给她。我没有殷勤地凑过去给她点上,我是害怕她硕大无朋的乳房的杀伤力波及我。她点着了烟,把打火机递给我,说,你就是那个作家吗?我愣了一下,说,什么作家?女人说,就是曾经和韦宁在一起的那个男人。我说,哦。也许是我。我不清楚韦宁和你说的是不是我。女人眉毛高挑着说,你把韦宁想成什么人了?我说,我没把她想成什么人,我只是在回答你的问题。女人说,我叫何雨丽,韦宁的闺密,我们从小是一个幼儿园的。她什么都和我说了,包括你。我说,哦,但她好像从来没有说起过你。何雨丽说,她就那样,她是怕我把你抢走了。好的东西,她都护着的。我说,哦。何雨丽说,没想到她就这样离开……看来,人的命真是脆啊,说折就折了……我没吭声。我不想安慰她,更不想回复她对生命的感叹。何雨丽说,我知道你们分手了,是韦宁提出来的。你还爱她吗?这个问题难住我了,我去沈阳躲了三个月就是为了把韦宁遗忘,现在这突如其来的死亡让我再次陷入她的旋涡之中。爱,真的是那么简单吗?是轻易就说出口的吗?不是。我说,我不知道怎么回答你。你的问题对我来说,是一个难题。何雨丽说,哦,这有什么难的呢?爱就是爱,不爱就是不爱。是你难为情吗?还是……我说,对一个逝者说不爱,有些残酷,但如果说爱,那么我在分手这段时间里内心所受到的打击刚刚平复下来,我几乎要遗忘她了,她却……你让我怎么回答?何雨丽说,我知道了。其实,现在说这个问题,对于韦宁来说已经不重要了。我说,不说出来的才是重要的。何雨丽又点了支烟，问我，抽细杆的吗？我说，我不习惯你这种细杆的。何雨丽说，哦。她瞟了我一眼，我也看着她，那硕大无朋的乳房气球般要把她悬浮起来似的。何雨丽说，留个联系方式吧？我们互加了微信。她抽完烟又回到灵堂。我回到灵堂外面的沙发上坐下来。韦宇在忙，我一个男的，又不好和那几个女的守在韦宁身边，很无聊。我突然想起"波拉尼奥"，不知道它在什么地方，这雪地里，它连食儿都找不到……

我站起来，向灵堂里看着。韦宁静静地躺在那里，其他几个女人坐在她旁边。何雨丽下坠的乳房几乎要贴到膝盖上。我顿时惊醒般，心里面喃喃着，何雨丽和柯雨洛是否有什么联系？韦宁当初给我小说中的人物起名字的时候，是不是从何雨丽这里来的？当然这只是我的猜测，韦宁已去，是没有答案的。墙上韦宁的遗像在注视着我，她仿佛在谴责我对何雨丽的窥伺，她脸上还挂着嫉妒和愤怒。我在心里面笑了笑，说，你又能把我怎样呢？有能耐你活过来啊！你从墙上下来打我啊！掐我啊！我感觉到眼窝一热，我扭过头去，不再与墙上的韦宁对视，我用手在眼角擦了擦。可以说，女人的任性、撒娇、无理取闹，韦宁都有。她最擅长的是冷战。如果我哪一句话不对了，她可能几天都不吭声，像把我关在一个黑屋子里似的。这样，我就要好言好语地去哄、去讨好，她才会逐渐好转。我有时候想，女人到底是什么动物？如此……闹过之后，我们还是会如胶似漆的。唉！我为此常常感叹，我为什么如此下贱呢？又不是没有别的女人了……这样的想法和表情偶尔会被韦宁看出来，她就像一个独裁者，审判我……你是不是又想别的女人了？你是不是烦我了？你是不是嫌弃我了？你是不是想把我甩了？……她一连串的审判，最后以我的搂抱和亲吻，甚至是做爱来结束。

冰释前嫌。阳光灿烂。再比如，我喜欢她穿高跟鞋的样子，她会偶尔穿一次给我看，然后抱怨穿高跟鞋太累了，脚脖子都要折了。回忆起这些，我的眼泪控制不住了，默默地从眼角流下来。我希望灵堂内的何雨丽们快点儿离开，好让我和韦宁单独在一起。

辞职在家写作后，我养成了午睡的习惯。韦宇打来电话的时候，我没有午睡就过来了。现在，我有些困了，大脑缺氧似的，身体感到一阵疲乏。我在沙发上坐下来，用手指刮了下眼角的泪珠，闭上眼睛。被泪水浸泡过的眼球阵阵灼痛，像两团火在眼眶里燃烧着。我面对着一面墙，过了一会儿，才睁开眼睛。我注意到白色的墙上有夏天苍蝇们留下的秽物，斑斑点点的。从殡仪馆建成开始，到底有过多少人在这房间里停留，并离开这个世界呢？我相信一定有一个确切的数字，只是没人关注罢了。每三天都是一个人的终点，是另一个死者的起点……就这样循环往复着死，是的，死。韦宁之前的那位是什么样的人？再之前的人……再再之前……他们是否会回到这个房间内？如果是，那么一定挤不开……他们慌乱、茫然，在等待着引领，把他们从殡仪馆引领到火葬场，再从火葬场到墓地和荒野……引领他们的是谁？是谁？这些突然想起的问题，让我好奇了，但也仅仅是我的无聊想法而已。这样的好奇没有任何意义，就像某些时候，我会感觉到空无，会感觉到生和死都是无意义的。那种空无出现后，一小部分会滞留在身体里，另外的部分会麻木掉并瞬间消失，这让我得以在这个世界上苟活。我不禁想到那只逃走的猫"波拉尼奥"，它为什么要如此？难道它已经意识到了被人豢养的空无，而选择之前的那种流浪状态，那种自由状态？

韦宇回来对我说，你如果忙，就先回去休息吧。

我说，不忙。要不晚上我留在这里。

韦宇说，晚上我姐的那些同学陪她。

我说，哦。那我先回去了。

我望着灵堂内韦宁的同学们，觉得我是多余的。这么想着，我不禁有些失落。

我说，那后天出殡的时候我过来。你要是忙不过来，给我打电话，我也是个闲人。

韦宇说，你能来，我已经感谢了。如果你想单独和韦宁待一会儿，我可以去和那些人说一声。

我说，不用。那我回去了。

我看了眼灵堂内挂在墙上的韦宁遗像，还有那个何雨丽，她从里面走出来，问我，要走吗？我说，有你们在这儿，我先回去休息一下。何雨丽说，什么时候还来？我说，出殡那天吧。何雨丽说，是啊，你在这儿也帮不上什么忙，除了悲伤难过，还是回去吧……我没吭声。何雨丽说，把你的打火机留下来吧，如果烟瘾犯了，我不用找别人借火了。我从兜里把那个打火机掏出来，递给何雨丽。我的手触到了她的手，她的手是那么柔软、那么热乎。我像被电了一下，连忙缩回来。何雨丽瞅着我，笑了笑。她的笑仿佛牵动了她胸前那硕大无朋的乳房，乳房跟着颤动起来。我目光闪开，对着墙上的韦宁，在心里说，我先回去了。我还想再说些什么，但一时想不起来了。

出了殡仪馆，我顺着河边走着。河两岸都落着雪，在未来的日子里，这河水也将封冻，冰面如镜。河面上会出现一些滑冰的人。我知道这样的日子不会太久。我是走回家的，浑身都出汗了。在楼下，我望着小区花园，希冀"波拉尼奥"突然出现。但没有。我站了一会儿，觉得冷了，就上楼了。屋子里的供暖很好，我一进屋，就有股热气扑面并拥抱我的感觉。我脱了羽绒服，从冰箱里找出一盒泡面，吃了。打开电脑，听了会儿爵士乐，整个人困顿了，我爬进被窝里。如果不是韦宇的电话，此刻我可能正在午睡。午睡对于我是重要的，是一天中的一次休憩，而且，我的身体已经适应了这样的状态，不午睡的话，就像缺点儿什么似的。

这个午睡并不安生，我总是听见"波拉尼奥"在一个幽暗的角落里喵喵地叫着，叫得让人心疼。那是一个我陌生的角落，我在梦中把自己喊醒了。吃了泡面有些口渴，我喝了杯水，又回到床上。这个地热房间的冬日午后，让人变得慵懒。我听到楼下有人在清扫甬道上的雪，铁锹刮在地砖上发出刺耳的声音。我又睡着了，梦见了韦宇和我赤裸着身体飘浮在半空中，亲吻着，很像夏加尔的一幅画。她亲吻着我，然后飞走了，我坠落在地上。只见何雨丽从树林的小径上走出来，看到我赤身裸体的，她没有尖叫，而是抱起我，向树林深处走去。在树荫中，我们镶嵌在一起。我们置身的树林，变成了一座孤岛，悬浮起来。在悬浮的过程中，我们的身体像立体主义的绘画，分裂成一个个色块，模糊了人形。何雨丽问我，我们在飘浮吗？要到什么地方去呢？我说，不知道。也许是到宇宙中去。何雨丽问，宇宙有尽头吗？我说，有，也许。何雨丽说，好吧，那就让我们到宇宙的尽头去。

我们很快飘浮到大海上。何雨丽指着海面上的白色漂浮物问，那是什么？我看了一眼说，是海浪吧？何雨丽说，不像，你再看看，我们降落一些……我们降落到几乎贴着海面了，我们看到那白色的漂浮物……何雨丽喊着，是韦宇，是韦宇。只见韦宁白色的形体在海面上绝望地扩大着。我说，把她打捞上来吧！何雨丽决绝地说，不。她曾经抢走过我的男朋友，我不想她再把你抢走。我们离开吧！她拉着我，不让我降落到海面上……只见韦宁绝望的形体变成了海浪的一部分……

荒凉的海滩上，奔跑着"波拉尼奥"，它变成了老虎的模样，在奔跑着，追赶着半空中的我们——我、何雨丽。我在半空中听到"波拉尼奥"愤怒的吼叫声在海滩上回荡。它的愤怒是我不能理解的。何雨丽问我，那是什么动物？我说，我的猫。何雨丽说，咋那么大呢？我说，我也不知道，好像变异了。何雨丽说，哦。我们要不要把它接上来？我说，别。你没看到它是愤怒的吗？它的愤怒会把我们撕裂的。何雨丽问，你对它做了什么吗？我说，没啊，我和韦宁分手后，我去沈阳住了一段时间，它是我在沈阳的北陵公园里捡的流浪猫。我把它带回望城，没想到有一天它在我下楼的时候从门缝跑了，我找了几天都没找到……何雨丽说，哦。它不会已经死了吧，变成了猫灵？我说，可能。何雨丽说，那还是不要把它接上来了。我嗯了一声，向海滩上看着，只见"波拉尼奥"停下来，蹲在海边，仿佛嗅到了什么。它怔怔地望着涌动的白色海浪……那海浪变化成一个背着十字架的男人，从海水中走出来。他身后跟随的海浪变成一群鞭打他的人，但他仍背着十字架向海滩上走去。"波拉尼奥"冲进海水中，保护背着十字架的男人，驱赶那些鞭打的人……这时候，背着十字架的男人掉头，向大海深处走去。"波拉尼奥"跟随着他，变成了白色的海浪，消失不见了。

荒凉的海滩陷入一片幽暗之中。

我和何雨丽被各种形状的乌云包围着，我们感到窒息。何雨丽说，我们回到地面吧。我说，现在我们可能回到地面吗？

你看那些乌云仿佛要把我们变成它们的一部分。我说，可以的，只要我们敢于下坠，它们一定无法阻拦我们的。何雨丽说，我们不去宇宙的尽头了吗？我说，如果你现在想回到地面的话，我们就不去宇宙的尽头了。何雨丽望着我，说，你来决定吧。我说，那么我们回到地面的世界吧，我们继续在那些千疮百孔中……何雨丽说，无论你想做什么，无论你遇到什么，我都陪着你。我说，谢谢。我们拉着手开始在滚动的云团中下坠。我们赤裸的身体感觉到了云团的摩擦，肌肤都鲜血淋漓的……我们在下坠，下坠到下面的世界，像一次艰难的诞生。我们回到了地面，我们的地面。卡尔里海凝固成一片柔软的黑色。我看到"波拉尼奥"在柔软的黑色海水中挣扎着，要从里面爬出来。我拉着何雨丽的手奔跑……

梦醒了。我筋疲力尽地躺在床上，望着天花板。梦境仿佛从天花板上逃遁而去。至于为什么会出现这样的梦境，我也不清楚。是否有我潜意识里的渴望和逃离呢？

我在床上又躺了一会儿，起来，下楼，在小区里转了一圈。我在手机上下载了一个唤猫的音频。那猫叫声一声声从手机里传出来，在小区里回响着，引得那些流浪猫和狗都发出叫声。我企图用这种方法把"波拉尼奥"引出来。小区的每个角落我都转遍了，那阵阵的猫叫声音频也没起作用。我看到凉亭旁边不知道什么人堆了个雪人。我到凉亭内待了一会儿。充满寒气的凉亭内犹如一个立起来的棺椁，阴冷。我抽了支烟就回家了。

韦宇没有给我打电话。我想，他可能觉得我去过一次，可以了，所以不想麻烦我。我也不好再去，在韦宁出殡之前。我整个人都变得烦躁起来，随手拿起身边的小说集《诗人继续沉默》，翻看里面的一篇小说。因为烦躁，那些文字在纸页上都是模糊的，我只好放下书，闭着眼睛，躺着。耳朵里隐隐听到一个女人的声音，我是柯雨洛，我是柯雨洛……为什么会有这个声音出现呢？我是在现实中，还是在自我的虚构中呢？就像这篇小说的开头说的，柯雨洛只是一个虚构的人名，是韦宁为我小说里的女性起的一个名字而已。我竖起耳朵企图听清柯雨洛在说什么，但那个声音消失了。我怀疑是我的耳朵出现了幻听，一定是。

那声音来自水底，来自天空，来自火，来自雨，来自风……

六

我躺在被窝里竟然莫名地哭了，心情难过。韦宁即将变成灰烬……这么想着，我的眼泪涌出眼眶。我不想控制，就那么呜呜地哭着，在我的屋子里。随着韦宁的逝去，柯雨洛这个名字我也不会再用。我怕每次在键盘上敲出这几个字的时候，会想起韦宁。我没想到的是，我一个靠虚构为生的人，竟然会被虚构所伤。好吧，那就继续下去，我同样是我虚构的人，我们都置身于小说世界之中。好吧，你们所看到的这篇小说的每一个人物都来自虚构。

我哭了一会儿，从被窝里出来，冲了个热水澡，又给自己冲了杯速溶咖啡，坐在电脑前，打开之前的文档。那是一篇没有柯雨洛的小说，我从头看了一遍，那柯雨洛只是"韦宁"的替代，柯雨洛在小说里的言谈举止都是韦宁的。或者说，我是在用一个柯雨洛的面具，把真实的韦宁写进小说中。小说中的某些细节都在韦宁身上发生过。我不忍心看下去，我犹豫是把这篇小说继续下去，或者毁掉它。其实，每一个敲出来的字都是我的心血，我不忍心舍弃的。我心想，先放一放吧，等我的情绪稳定下来，再决定删还是不删吧。我把这个文档隐藏起来，关了电脑。当初韦宁和我分手，让我丧失了近三个月的写字感觉，现在韦宁的死又……我不知道这样的情况还要持续多长时间，如果很长时间的话，我银行卡里的余额可能就花没了。我在屋子里待着，无所事事。我看着窗外，决定下楼再找找"波拉尼奥"。对于"波拉尼奥"，我还没有死心。或者说，我尽力去找了，即使真的找不到，我也不会后悔。我来到楼下，又在小区里转了一大圈，仍旧是失望。我在凉亭里抽烟的时候，看到那天那个要给我介绍懂《周易》的女人的男人，我从凉亭里跑出来，喊他，哥，你好，你还记得你说过要给我介绍个懂《周易》的女人吗？那人看了我一眼说，你说什么？我不懂。我说，我的猫丢了，那天你跟我说要给我介绍一个能掐会算的女人，我想找那女人给我掐算掐算。那人说，你的猫还没找到啊？我说，嗯。那人拿出手机，翻找着，他把一个微信号推荐给我，说，你加一下，和她说说。我说，怎么付钱？那人说，你们互加一下，你到时候和她说吧。我说，谢谢。我说，如果找到了，我请你喝酒。那人说，都在一个小区里住着，客气啥？我能理解你的心情，我的狗当年也是……我都要急疯了。就不该养啊，养了就放不下。我说，是啊。那人离开我，我加上了那个微信号，等待验证。我焦急地看着手机，没有立刻被验证。我怀疑那人给我的号码是不是错误的啊！傍黑了，楼下有些冷，我回到楼上。那个懂《周易》的女人通过了我的请求。我和她说了我的猫丢了的事情。女人问大概什么时间丢的、几号丢的，我一一回答。女人说，等我帮你看看，到时候回答你。我说，谢谢。女人再没吭声。

第二天上午的时候，女人发来一条私信说，不用找，某某日午时会出现。我将信将疑地问了句，是活的还是……？女人没回答我。我问，多少钱？女人说，随便给。我犹豫了一下，给女人发了五十块钱的红包。这时候，我才看到女人微信的名字叫"布拉格女巫"。我心里面笑了笑，并不相信她的话，想把她拉黑，想想还是没拉黑。我在心里面记下她说的时间。某某日，不就是大后天吗？我还是无法相信她的掐算。我干脆不去想了，甚至觉得我这种死马当活马医的心态是荒诞的。

　　中午的时候，韦宇来电话说，你下午有时间吗？能来陪陪韦宁吗？我还有一些手续没办完，她的同学们都回去上班了，总不能让韦宁一个人在这里。我说，好的，我收拾一下马上过去。韦宇说，你过来吃饭吧，我订了盒饭。我说，我还可以帮其他的忙吗？韦宇说，你能来陪着韦宁就行，还差几道手续。没想到一个人从死到火化还需要这么多道手续，要各种签字和盖章，看上去好像很重视一个人的死似的，其实，狗屁……我听出韦宇的愤怒。我说，死也是在这个世界的规则之中的。韦宇没再吭声，说，你快来吧，你到了，我就去办事，约好下午一点半的。我说，我马上下楼，打车过去。

　　去殡仪馆的路上堵车，有一段路暖气管道跑水了，出租车堵了一会儿，只能绕道。韦宇又来了一个电话。我说，我在路上，堵车，马上。韦宇说，好的，办事儿的单位打电话催我，问我咋还没到，所以我才……

　　我到了，灵堂里只有韦宇坐在那里抽烟，脸上还残存着愤怒。灵堂内冷清了很多。我对韦宇说，你去吧，我在这里陪着韦宁。韦宇说，辛苦你啦！实在是没人……总不能让我姐一个人，如果那样的话，还不如直接放冰柜里，直到明天火化……

我觉得韦宇的话有些多了。是啊，韦宁的事儿都是他一个人前前后后地忙活，抱怨也正常。韦宇把两盒软玉溪塞给我说，你抽这个。我没有拒绝。韦宇急急忙忙离开了。他左手的假肢不知道什么时候摘下去了，手腕上空荡荡的，看上去给人不舒服感。韦宇走后，灵堂里彻底安静了，只有我和躺在那里的韦宁。我总觉得墙上的韦宁更真实，而躺在那里的那个韦宁让我不能相信那是真的韦宁。或者说，我在内心还不能接受韦宁已经死亡的事实，但她确确实实安静地躺在水晶棺里……

你沉默着，你不知道说什么？你在盯着那个几乎变形的韦宁看着，你泪流满面。她变成了物体，是的，物体。失去了生命迹象的物体。也许，她在另一个空间里复活。你擦拭着泪水。你不知道她是否可以看见。你从椅子上起来，靠近她，靠近她，脸几乎碰到水晶棺，你倾斜的身体停下来。那种近乎冰色的白令你不寒而栗。你在意识中拥抱着她，拥抱。那些曾经在这个房间里和她同样的人，再次出现在你身边。你听到他们在合唱着：

  那时我默念：兔子跑吧！
  在冬季空空的田间，
  便真的有兔子跑过：
  久远的时代。
  时间尚存在。
  那时我哽咽难言，
  在不幸中，也在幸福中：
  久远的时代。
  时间尚存在。

那时你降临到我生命中。

你迎接我：

久远的时代。

时间尚存在。

梦曾唤醒。

梦曾发现。

梦曾澄清。

梦曾预兆。

梦曾解释。

久远的时代。

时间尚存在……①

你附和着唱，我们都是兔子，但我们无处可逃。我们都是兔子啊，我们无处可逃啊！

他们开始渐渐隐退，声音消失。只剩下韦宁还躺在那里，安静，一动不动。你没听到她加入那合唱的队伍。灵堂内灯光昏暗，几盏灯是白昼的星辰吗？你盯着韦宁，你曾熟悉的每一个部位……它们曾是热的，烧灼着你，令你神魂颠倒过。那曾是你的宇宙，燃烧的宇宙。你沉溺于她的火，也沉溺于她的冰……她给你天堂，也给你地狱……如今你的情感因为失去而处于她给你的地狱……明天，她的肉身将从这个世界消失，这个人间，这个……分手的那段时间，你曾经不能自拔，在你自拔后，又遭遇了她的死，她是那么决绝……冷漠、无情……但同时又给你太多的不舍。你再次落泪。你只能隔着水晶棺望着

---

① 引用自彼得·汉德克《迷失者的踪迹》。

她……一个你曾经爱过的人……你的手还是扶在了水晶棺上，你告诉自己，不能失控，不能。你的极端想法让你想把她从水晶棺内抱出来，盗走，抱回到你的房间，置于一个冰柜内……或者可以置于一个冰柜内，带着她躲藏到隐秘的世界角落……你的耳朵听到墙上的韦宁在说，不能，你不能那么做，你不能，那是自私的，让她回到属于她的空间里去吧，让她离开这荒诞的世界……你扭头望着墙上的韦宁，她微笑着，面容甜美。你想，到时候你会和韦宇说，看看能不能把墙上的这张照片留下来，送给你。你的脑子里在瞬间蹦出来一句"斧头落下，斧柄于冻土中萌生新木"，这句子来得那么突兀，你想着这个句子后面的理想主义者的画面，你好久没有这样的灵感了。你神经质地呵呵笑了两声。已经成为物态肉身的韦宁静静地在那里……在那里……你竟然把大脑里突然蹦出来的句子念给她听，你知道她也许能听到。你看着墙上韦宁的照片，你知道墙上的韦宁听到了你念这个句子的声音。无限的寂静已经遮蔽了走廊里的喧嚣，你们，是的，那个房间变成了你们——你和韦宁的世界。你在生的一边，韦宁在死的一边。你将继续忍受来自生这边的喧嚣、嘈杂和无尽的荒诞。你突然羡慕韦宁，但同时，你也觉得那是一种逃避，即使是来自疾病。你苟活着，继续在这个世界上挣扎……那种寂静是渗透进骨髓里似的，你是寂静的，韦宁是寂静的，你们所处的房子里是寂静的……寂静开始有了力量。你想起夜里的梦，飞升起来的韦宁在半空中亲吻着你……你们仿佛置身在天堂里。寂静同时让你感到疲惫，你点了支烟，从椅子上站起来。你绕着水晶棺走了一圈，你要从不同的角度记住这个女人。你在心里承认你们彼此沉溺于彼此的肉身，但很多时候，你并不真正了解这个女人。这么想着，你是茫然的。

辞职后，你更多忙于生存，多少忽略了韦宁的情感。你从一些细小的事情上能看出来韦宁在忍受着你的蛮横、无理，还有神经质，甚至还有冷漠。是的，这些让你不好的情绪在很多时候变得歇斯底里，你几乎要被压垮。说压垮是有些文学上的夸张了，但那心理压力真的只有你自己知道。韦宁在那段时间里包容着你……安慰着你……你正对着她的双脚站住了，你纵向地望着韦宁……是的，纵向。你感觉到自己的勃起……同时你也感觉到自己像是被生出来似的……你身体的微妙变化让你觉得羞耻，你又绕回到韦宁的侧面，坐在椅子上，静静地守着她，仿佛她会活过来似的。一个陌生男人走进来，看到墙上的遗像，才知道走错了房间，他带着歉意说，对不起。他向死者敬了三个礼，离开。陌生男人离开后，房间里再次变得安静。想到韦宁的肉身即将灰飞烟灭，即将被撒入波涛汹涌的大海……你的眼泪从眼角涌出来。你的胃里有了饥饿感。你才想起韦宇说的盒饭，在外屋的桌子上。米饭。蒜薹炒肉。蒜薹炒得过火，发黄了，吃在嘴里还有些老，你把嚼不动的粗纤维吐出来，把木屑般的肉和米饭都吃了。你的嘴里感觉到的除了咸，好像再没什么味道。吃，仅仅是吃，把胃填满而已。你从墙角的箱子里拿了瓶矿泉水，拧开，喝了一口，凉，是的，凉，都冰到牙了。你连忙吐到地上，又喝了一口，没有咽下去，而是把水含在口腔里，变温乎了，你才咽下去。你勉强喝了两口，把剩下的盒饭扔到垃圾袋里，又回到灵堂……你在那一刻觉得灵堂里格外冰凉，这才发现墙角的一个"小太阳"电暖气被关掉了。你扯过来，放到脚边，拧开开关。过了一会儿，电暖气热了，变成火红色，你用它烤着你的腿，你的身体慢慢热起来。寂静在那一刻变成了你和韦宁之间的刑罚，犹如你们当年的冷战……每一次都犹如我人生的暗夜,是的,暗夜。而这次,这个暗夜将永远地延续下去……你对自己说,你要承受和接受这突如其来的你们两人之间的永恒的暗夜……即使荆棘丛生……

七

韦宇回来的时候,已经快下午五点了。他的情绪很暴躁,骂骂咧咧的,但事情还算顺利,总算可以送韦宁上路了,明天。他回来的时候,还拎了箱啤酒和一些熟食。他对我说,辛苦你了。我没吭声。韦宇说,来,我们喝点儿酒吧。我没喝。在冬天来临的时候,我在饮食上都很注意的。因为我的胃总是会在这个季节犯病,令我恐惧。韦宇用牙齿咬开瓶盖,咕咚咕咚喝了半瓶下去。他撕了只鸡腿给我,我说,你吃,我吃了你留下的盒饭,还不饿。韦宇看了看我,低头吃着。一瓶啤酒两下就喝光了。韦宇说,明天我们就送韦宁上路了……他说着,哭了。没想到我姐是这个命……我不知道怎么安慰他,我站起来到走廊内抽烟。是啊,送一个人上路总是令人悲伤的,即使我和韦宁不是之前的那种关系,我也会黯然神伤的。何况我们还……

何雨丽又来了,还拎着盒饭。她问我,你啥时候来的?你吃了吗?我说,午饭吃过了,还不饿。何雨丽说,那就再吃点儿,省得晚上饿了。我说,等一会儿看看吧。何雨丽进入灵堂看了一下韦宁,又出来,和韦宇坐在一起喝着啤酒。她对韦宇说,你吃过后睡一会儿吧,这两天你忙前跑后的,眼都没合一下,明天还……韦宇说,没事儿,还挺得住。何雨丽说,你睡会儿吧,有我呢。韦宇说,谢谢。何雨丽说,韦宁不在了,我就是你姐。

我抽烟的时候,一个男人从我面前经过,他又折回来,问,你是鬼金吧?我看着他,不认识。我说,你是……那男人说,你不认识我,但我认识你,你辞职在家写作,对吧?我说,是的,可我想不起来你是……男人说,我叫李天华,二十七中学的老师,我以前在作协的会上看到过你。后来,听说你辞职了。我说,哦。李天华说,你真应该有个闲职,好好写作。望城的人都瞎眼了。我不知道说什么。我勉强说,这些挺好的,够吃饭就行。李天华问,你这是……我说,一个朋友刚刚过世。你呢?李天华说,也是一个朋友,用一根铁丝上吊了。对了,我也写诗。我说,哦。必须承认,我脑子里真的没有丝毫对李天华的印象。我是一个不喜欢交际的人。我也知道在望城能写几句诗的人多如牛毛。此刻,我更感兴趣的是他说的朋友,为什么会用一根铁丝上吊?那是一个什么样的人呢?经历了什么,才能如此决绝地这样对自己呢?我问,你的朋友是做什么的?李天华说,轧钢厂里的工人。我说,哦。李天华,你也许认识,也写东西,叫鬼畜。我惊讶地睁大眼睛,问,你说什么?你朋友叫什么?李天华说,鬼畜啊!我说,他啊,我知道,但从来没见过。我听说他跟人去北京写过电视剧,好像被人骗了,又回厂里上班了。李天华说,是的。本来以为能写剧本挣些钱,也辞了职,没想到被骗了……前不久他五岁的儿子和小伙伴在铁路旁边玩,被火车给……他可能是因为他儿子的事情才……我说,哦。李天华说,鬼畜生前很羡慕你的。我说,我有什么好羡慕的?不也是一个失败者吗?李天华说,你不是,你谦虚了,你的文字我看过,虽然看不懂,但我知道那是好东西,是文学的……李天华说话时候那种自信满满和摇头晃脑,让我很不喜欢。但他提到了鬼畜,我心想,既然我也在殡仪馆,还是应该去悼念一下。如果我不知道，也不恰好在这里的话，也就算了。我说，你带我去看一眼鬼畜吧，我去……我进屋和韦宇轻声说了句，就出来，让李天华领着我去另一个房间。对于横死的人，我确实没好感，但我还是给鬼畜鞠了三个躬。遗像上的鬼畜三十岁左右，面色苍白，神情阴郁，两只眼睛黯淡无光。李天华把我介绍给鬼畜的家人，我很不适应，他还说鬼畜在文学上自称是我的弟弟，他才取了这个笔名的。你说你们起啥笔名不好，偏偏叫"鬼什么"的……让人以为你们是从地狱里来的呢……

我没吭声，看到灵堂里的人目光都怪怪的，仿佛我真的是一个怪物或者是……我连忙从里面逃出来。李天华也跟了出来，说，一会儿望城的××还会来，你不等一会儿吗？我说，不了。我那边还忙。离开鬼畜的房间，我心情很不好。我回到韦宁的房间外面，没直接进去，而是站在门口，不停地抽烟。我想到鬼畜，他也许是被文学所累或者是被其他什么所累，才走出这一步的。我感伤着，又想到了自己……

没想到李天华跑过来，说，××来了，你要不要过去见一下？我说，算了。李天华说，见见吧，毕竟……以后在望城给你说说话什么的，对你以后的前途也好……我说，不用了。我这样的还有前途吗？李天华白了我一眼，离开了。我看着他的背影，笑了，心里面蹦出来一个词语：小丑。

我抽完烟，从走廊回到灵堂。肃穆的灵堂，遗像高悬，尸体横陈。我曾经爱过的女人就躺在那里……犹如梦境，在我眼前悬浮起来。屋顶敞开，整个灵堂开始悬浮到半空……我的身体也变得轻盈，要跟随着悬浮起来。何雨丽过来喊我，吓了我一跳，幻觉中悬浮物噼里啪啦地从半空中落下来。何雨丽说，你过去吃点儿吧。我失神地站在那里。何雨丽问,你咋啦?我厌恶地说,没事儿。何雨丽问,你看到了什么吗?我说,没。何雨丽说,我昨晚上在这儿守夜的时候,梦见我和韦宁小时候在幼儿园的旋转木马上玩……后来,她从旋转木马上掉到地上,咧着嘴大哭,我的梦就醒了。后来,我还梦见了你……我愣了一下,梦见我什么了?何雨丽说,不告诉你。我说,还挺神秘的。何雨丽脸羞红了。我想,不会她也梦见我们一起……我也低下了头。韦宇喊着何雨丽说,姐,来陪我喝酒。姐,来陪我喝酒。何雨丽说,来了,来了,你还是少喝点儿吧。明天你还要……韦宇说,啤酒没事儿。何雨丽说,啤酒也是酒,我家里有几瓶别人送的好白酒,等处理完你姐的事情,我们好好喝一次……韦宇哭了,喊了声,姐。何雨丽也眼泪涟涟的。何雨丽说,喝完你在这沙发上睡一会儿吧。韦宇说,困过劲儿了,不困了。何雨丽说,要不你回家睡一晚上吧,今晚上,我在这儿陪着韦宁。韦宇说,不用。何雨丽说,事已至此,我们还要继续活下去,你不能这样,我知道你们姐弟好。韦宇说,让鬼金回去吧,毕竟他和我姐已经……这样让人家陪着也不是个事儿,再说,人家能来,已经不错了。何雨丽没吭声。我在灵堂里面听着他们说话,从里面走出来说,要不你们两个都回去睡觉,让我在这儿陪韦宁最后一个晚上,她在这地球上的最后一个夜晚……我们毕竟好过一场,这最后的夜晚留给我吧。我近乎恳求着。何雨丽说,你还真是个有情有义的男人,现在少见了。我沉默着,等待韦宇说话。韦宇说,要不这样,你先回去睡一觉,晚上九点多钟你再过来,接我的班,我去睡觉。至于何姐,还是回去睡觉吧。你们看行不行?何雨丽不干了,说,凭什么让我回去?韦宇说,现在不是争这个事儿的时候。要不这样,你先在这儿,我去睡觉,等鬼金九点多钟来的时候,你再回去,下半夜的时候,我睡醒后,我来……何雨丽说,这还差不多。韦宇说,就这么定了。鬼金,你现在回去睡觉。我说,这样把一个夜晚切成三份,好,我们能轮流着陪韦宁度过这最后的一夜,也算圆满。那我先回去睡一会儿……

我回到灵堂和韦宁打了声招呼,说,晚上再来陪你。我出了殡仪馆。之前的盒饭吃得很不舒服,我在路边的小店里要了碗牛肉面吃了才回家。我给手机定上闹钟,很快就睡着了。没到九点钟,手机闹钟响了,我起来,洗了把脸,下楼,打车去了殡仪馆。何雨丽坐在韦宁旁边看着一本小说,我问,看什么呢?她扬了下书,我看到书名《逃跑》,心里还是敬佩了一下她,也对她刮目相看了。那是法国作家让－菲利普·图森的小说。何雨丽问,你看过吗?我说,翻过,没仔细深入读。

走廊里仍旧是热闹的、喧嚣的。

我说,你回去吧,我在这里陪着韦宁。何雨丽说,才九点,我回去也睡不着,我陪你再待一会儿。如果你觉得我在这里影响你和韦宁的话,我就马上走。我说,不影响。何雨丽说,听韦宁说,你靠写作生存。稿费不少吧?我说,没有太多,和上班的时候差不多,只是图个自由和尊严。何雨丽说,让人羡慕。我以前也是文学青年,也想过写作、当作家,但我没有那个天赋……现在,剩下的只有阅读了。我说,现在还能看看书的人也不多了。尤其是,你看的书,比如这本《逃跑》,是很小众的书。何雨丽说,小众我倒没觉得,我觉得很好看啊!小说里面对情感和人性的描写很真实,给人一种像是作者自传的感觉……我也是瞎说,在作家面前献丑了。我说,你的感觉很对。我更认为小说是一种伪自传,文字里有我,但又不能完全是我。何雨丽说，你把我都绕糊涂了，什么有我无我的。我说，关于理论，我也说不好，我能做到的是让我的文字保持真实和真诚……

走廊里的热闹是有人家在烧纸活，花圈什么的。浩浩荡荡的队伍从门前经过，还有人向里面看了看，好奇里面的寂静和冷清。我问何雨丽，韦宁的东西是否也要在今晚烧？何雨丽说，韦宇说，没什么东西，到时候去火葬场一起烧。我说，哦。何雨丽问，你会写你和韦宁的故事吗？我有些为难，其实我写过，将来也会写，这样的经历对于我是重要的，包括这次……我说，会，以前也写过，但是那个女主角不是韦宁，是一个叫柯雨洛的女人。何雨丽说，你写的是真实的你们的故事吗？我说，故事是我虚构的，但情感是真实的，是来自我对韦宁的情感……何雨丽说，哦，真羡慕韦宁。我无言。何雨丽说，以后给你说说我的故事，说不定可以给你提供灵感。我说，好呀。我的目光再次落在她硕大无朋的乳房上。

我们又闲聊了一会儿，何雨丽十点半多离开的。

灵堂内只剩下我陪着韦宁。寂静的灵堂像一个宇宙……给我一种束缚感和窒息感。尤其是看到韦宁静静地躺在那个封闭的空间里……人所谓的生戛然而止，人所谓的生又是那么无常……我是在接受一场死亡教育，是为了能继续活下去。这个时候，我心里对韦宁突然不是爱了，而是一种人的本能的对死亡的敬畏……

八

……去卡尔里海把韦宁的骨灰撒到大海里之后，回到岸边，韦宇和我，还有何雨丽，站在寒冷的海滩上，整个人都要冻僵了。海风刀子般收割着我们身体上的热量。在韦宇弯腰冲着即将涨潮的大海鞠躬的时候，我和何雨丽也下意识地鞠躬……韦宇说，卡尔里海，善待我姐吧！我什么也没说。何雨丽默默地闭着眼睛，祈祷似的。我好奇何雨丽在祈祷什么，但我没问。韦宇说，谢谢你们这几天一直陪着我姐，帮了我不少忙。我说，别说这些了。如今，韦宁也算圆满了。她已经有了她的安息之地，而我们将来是否会有这样的安息之地都两说呢，也许像我这样的，死无葬身之地……韦宇说，别这么悲观，从今以后，如果你觉得我这个人还行的话，那我就当你弟弟吧，你当我哥。我说，好呀。韦宇喊了声，哥。我嗯了一声。韦宇对着大海又连连喊了两声，哥，哥……我跟着答应。最后一句，韦宇对着大海喊着，姐，你听到了吗？我一只胳膊使劲儿把韦宇搂在怀里。何雨丽在旁边问，你们这是干吗？当我不存在吗？尤其是你，韦宇，你认鬼金当哥，你也得认我当姐姐啊！韦宇笑着说，你在我心里早就是我姐姐啦！姐！姐！姐！何雨丽哎哎哎地答应着，眼泪涌出眼眶。韦宇说，本来我以为从此以后，我在这个世界上将孤单地活下去，现在好了，我又有了姐姐和哥哥……我们三个人抱在一起。我们沿着寒冷的海滩又走了一会儿，韦宇说，我得回去，韦宁还有一些善后得处理。我说，我以前有个工友叫老于，退休后搬到这里，买了房子，我想去看看他。韦宇看着何雨丽，问，姐和我一起回去吗？何雨丽说，你先回去吧，我好多年没来这海边了，上次来还有韦宁，我想住一宿……韦宇说，好吧。你们在这里待着，就当陪陪韦宁吧，我总觉得这大海充满了凶险，韦宁会害怕的。回望城后，找个时间我们好好聚一次，也算是认你们俩为哥哥和姐姐的仪式好吗？我和何雨丽点了点头。韦宇顶着海风，向镇里走去。他不时回头望着大海……

韦宇走后，何雨丽挽着我的胳膊，我们沿着海岸继续走着，灰色的海面不时被白色的海浪拍打着。整个大海都仿佛要涌到岸上来，把我们推倒在海滩上，又像是要涌到我们的身体里……我问何雨丽，你要住在镇上吗？何雨丽说，嗯。我明天回去。你去看望你的工友吗？我说，嗯。何雨丽说，下次再去看你的工友不行吗？我没吭声。我能感觉到何雨丽的身体紧紧地依偎着我。

下午三点多钟，我们在海边的旅馆里冲了个热水澡，驱赶着大海的寒气，我们开始做爱。做爱。远处海水的声音涌进了我们的身体里……何雨丽问，你说韦宁会看到我们……我说，也许会吧。何雨丽说，你不怕她惩罚你吗？我说，为什么要怕？我们这又何尝不是对她最后的送行呢？

冬天的夜来得早，五点多钟，天就黑了。

何雨丽起床去冲洗，我躺在床上，突然想到"布拉格女巫"，想到了她说"波拉尼奥"明天会回来。我连忙从床上坐起来，何雨丽下半身围着浴巾从浴室出来，看到我开始穿衣服，问我，你干什么？我说，我得回去。何雨丽说，住一宿不行吗？陪陪我，韦宇的离去让我也感到孤单……我说，一个叫"布拉格女巫"的人说我丢失的猫明天会回来，我本来不信的，但我还是想……如果"布拉格女巫"的话真的准了呢？何雨丽说，好吧，那你先回去，我要一个人在这儿住一宿。她说着，点了支烟，站在窗前，望着窗外的大海。在黑暗中，大海是一块更大的黑暗……凝滞不动。何雨丽围着的浴巾掉落在地上，但她没动，赤裸着身体站在那里。她说，你是不是嫌弃我？不喜欢和我……你编个故事离开。我说，不是的，是真的。何雨丽说，我信你了。你走吧，七点多钟还有一趟回望城的绿皮火车。我看了看时间，五点四十分。我也点了支烟，抽完。何雨丽还站在窗前，房间里的暖气很热，我没说什么。我走过去，从后面把她抱在怀里……

何雨丽说，我在网上读了几篇你写柯雨洛的小说，我看出来，你是真的爱韦宁……你的那些文字是隐藏不了你的爱的，虽然你用了柯雨洛这个名字，用的是小说的形式，但你里面写的都是真的。某些细节让我一下子就想到韦宁……我都嫉妒了……我可以代替柯雨洛或者韦宁吗？你不需要现在就回答我……

我不知道怎么回答何雨丽，就那么默默地抱着她。她提醒我说，快走吧，一会儿赶不上回望城的火车了。你看，外面下雪了……

窗外真的下雪了，夜晚变得明亮起来，大海也变得明亮起来。我松开何雨丽，拉开门，走出海边宾馆。我置身于茫茫的雪中，望着不远处的卡尔里海，世界变得混沌，涌动的海水仿佛要拔地而起，涌到天上似的。

我蹚着地面上的雪，向镇上的火车站走去。想起我们把韦宁的骨灰撒在大海里的时候，那玫瑰花瓣和白色的骨灰飘洒着，落进海水中……想到这些，我还是控制不住自己，一个中年男人的挽歌……在风雪中，我泪流满面。

骰子一掷的行为中

即使最晦涩难懂的问题，对那些极为愚笨的人也完全可以解释清楚，只要他还未形成先入为主的成见；相反，如果他坚定地认为对此已足够了解，那么，即使对方聪明绝顶，你也无法向他说明一个最简单的道理。

——列夫·托尔斯泰

一

金钺透过窗户望着飞机下面，山峦与河流交错着，犹如一幅笔触粗粝的抽象画，色块鲜明，又伤痕累累，画面里透出一股蛮荒力量。金钺从那蛮荒中感觉到一种混沌的悲怆戳着他的心。金钺欲哭无泪。飞机下面的河山让金钺的心情变得复杂起来。每次落在这片东北的土地上，金钺都既爱又恨，既亲切又排斥。飞机还有半个多小时就会降落在沈阳桃仙机场。金钺从座位上站起来，去了趟卫生间，方便完后，洗了把脸，对着镜子里的自己注视着。湿漉漉的水珠还在他脸上，却无法掩饰他的苍老。其实他才四十岁。透过镜子他还看到白色的马桶在那个狭小的空间里，像一张大嘴随时要吞噬他似的。他扯了张纸巾擦了下脸上的水珠，然后把湿答答的纸巾扔进垃圾箱内。有人敲门，是乘务员，说，先生，飞机马上就要降落了，卫生间即将停止使用。金钺从卫生间出来，发现一位修女坐在他的座位后面，他注视了一下裹着黑色头巾的肃穆安静的背影，回到座位。金钺没有立刻坐下来，扭身想看一眼修女的脸，但修女低着头在看什么，他看不到那张脸，心有不甘地坐下。四十八岁的金钺仍旧对那些不同于日常的事物保持着敏感和好奇。从东京成田机场到沈阳桃仙机场的这趟飞机乘坐的人不多，有三分之一的座位是空的。降落时间是十五点三十分。金钺又望了一会儿窗外莽莽的大地,阳光在上面涂抹着,那种隐隐的粗粝的疼痛感再次扎伤他。

金钺从窗外收回目光,拿出放在前排座椅插兜里的那本还有一页就阅读完的三岛由纪夫的小说《金阁寺》。本来在飞行的过程中可以看完的,但他不忍心看完,他无法从那种文字的情绪中走出来,所以就放下了。现在,他想把最后一页看完。他甚至恐慌——如果不看完的话,也许就再也看不完了……如果飞机在下落的过程中出现意外……

金钺三十五岁后,每次乘坐飞机,在即将降落的时候都充满了惶恐,或者说恐惧。在飞机震荡的过程中,他觉得没有未来,会成为碎片……直到飞机落地后,他抓着前排的座椅,才会从冰凉的惶恐中慢慢恢复过来。那种感觉对于金钺来说,不啻一次新生。金钺看到机舱内只有他是这样的,其他人好像都很坦然,岁月静好的样子。金钺还看到前排座椅右面的一对年轻情侣在轻轻地接吻,彼此的嘴唇封堵着。男孩的手从女孩的胸前伸入女孩的内衣里。他还看到女孩脸上从身体里溢出来的甜蜜表情。

这惶恐让金钺之前在阅读过程中产生的那种激昂情绪荡然无存,他的阅读开始变得机械,想念出声儿来,用声音来抵抗飞机降落带给他的惶恐。他以前曾尝试过,对于他是有效的,那些文字或者说文字营造出来的情境驱赶了他内心的惶恐。金钺手里捧着那本《金阁寺》,轻声念着:

……我盘腿而坐,久久地眺望着这番景象。
当我意识到时,我已遍体鳞伤,烧伤的或擦伤的,在流淌着鲜血。手指也渗出了鲜血,显然是刚才叩门受伤的。我像一匹遁逃的野兽,舔了舔自己的伤口。

我掏了掏衣兜,取出了小刀和用手绢包裹着的安眠药瓶,向谷底扔去了。又从另一个衣兜里掏出了一支香烟。我抽起烟来,就好像一个人干完一件事,常常想到抽支烟歇歇一样。我心想:我要活下去!

飞机已经在震荡中降落在黑油油的沥青跑道上。飞机的轮子和跑道摩擦着,轰隆隆的声音形成一个涡流,成为另一种负重,在飞机之外包裹着飞机和飞机内的乘客。金钺是敏感的,他不知道别人是否会在乎这种情况,但随着那声音的涡流渐渐减小,金钺的身体也变得轻盈了似的。金钺慢慢睁开闭着的眼睛,轻轻地把《金阁寺》装到背包里,仿佛完成了他抵抗惶恐的一个仪式。金钺还记得上次坐飞机回东北,他在飞机降落的时候朗读的是加缪《局外人》的最后一页,还没念完,飞机就着陆了,他还是在人们的骚动中坚持念完。他的朗读给即将下飞机的乘客们一种好奇,幸好是飞机降落,如果是起飞的话,金钺很可能被当成恐怖分子或者是精神病人。在《局外人》之前的一次,他朗读的是波拉尼奥《2666》的最后一页。那本比砖头还厚的《2666》,他在旅途中并没有读完,但他还是选择了朗读最后一页。再之前的,金钺想不起来朗读的是哪一本小说了。

机场周围的铁丝网结结实实地围在那里,让金钺知道飞机已经安全着陆了。

机舱内的人们开始骚动起来,乱哄哄的。偶尔还有婴儿刺耳的哭声。金钺坐着没动,他突然很享受这种骚动。金钺要等其他乘客都下完了再下。每次他都最后一个下，仿佛要和那空荡荡的机舱做一次告别似的。金钺注意到那个身穿黑色修女服的女人不见了，他的目光在人群里寻找着。他看到的是人群里多了一个扎着马尾辫、身穿白色连衣裙的女人……金钺不能确定她是否就是他看到的那个穿黑色修女服的女人……如果是的话，她为什么要脱去那身黑色的修女服呢？金钺甚至有些困惑了。金钺从座位上站起来，盯着向前移动的乘客，他站到最后一个。金钺前面是一个光头，光头正大嗓门吵吵巴火地给什么人打电话，好像是安排车到机场的9号出口等他。金钺侧着身子在人群里寻找那个穿着黑色修女服的女人，但真的不见了，就仿佛她从机舱内消失了……金钺放弃了寻找。

这时候金钺的手机响了一下，是柯雨洛的短信，问，降落了吧？我的车在8号出口。金钺回信息说，好。

二

柯雨洛曾是老宋的学生。老宋和金钺都是望城人。老宋写过小说，金钺在当导演之前也写小说。老宋大金钺十二岁，两人可谓忘年交，惺惺相惜。当年，金钺在望城轧钢厂上班的时候，老宋就鼓励金钺走出去，去北京。老宋以前在沈阳的一所大学当老师，后来去了一家杂志社当总编。老宋还当老师的那年，金钺拍完纪录片《秋》，特意去沈阳找老宋喝酒，用电脑让老宋看了片子。老宋看完后，很激动地问他是否可以小范围放映一下。金钺同意了。就是在那次小范围的放映会上，金钺认识了柯雨洛。在金钺的印象中，那天柯雨洛手里还拿了一本阿赫玛托娃的《安魂曲》。金钺问老宋是否泄露了纪录片的内容给柯雨洛，老宋说没有。金钺觉得这样的巧合很有意思。金钺后来还和柯雨洛说起过这件事，柯雨洛说，完全是巧合，但也可能两人心有灵犀吧。其实，金钺当初拍《秋》的时候，就想过用《安魂曲》做片名的，后来还是决定用《秋》，"秋"不仅仅是一个季节，同时构成一种外延。《秋》在老宋的组织下小范围放映了，来了十几个人，都是老宋的学生，女生偏多。在影片放到中途的时候，走了两个人，看上去像情侣。放映完，老宋请金钺简单阐述了拍《秋》的想法。金钺说，刚开始只是想记录一下意外去世的同母异父弟弟的葬礼，没想到拍着拍着，有些现实以外的东西溢出来，他才意识到这不仅仅是一次记录和呈现，当现实变成影像和文字时，就会变成另一种东西，至于溢出来什么，因每个观者的人生经历和体验而不同。

金钺讲完，老宋让学生们发言。

尽管金钺是老宋的朋友，但那些学生并没有把籍籍无名的金钺看在眼里，他们是一群看人下菜碟儿的人。参与讨论的老宋的学生普遍都说没看懂，没有故事情节，调子阴郁，给人窒息感，没有正能量，而且里面的很多画面是现实中不可能出现的，偏离了现实主义。他们并没有看在老宋的面子上对金钺嘴下留情，他们像憋了很久似的，终于找到一个出口，纷纷对影片进行飞机导弹似的轰炸。某些浅薄的观点让坐在旁边的老宋阵阵脸红，冷一阵热一阵的。甚至有同学还说导演的心理上可能有童年阴影，比如一个小男孩拍皮球的镜头反复出现了七次。老宋和金钺都没有阻止他们"轰炸"，直到他们口干舌燥，嘴里没了"子弹"，"飞机"也从教室的上空飞走了，"轰炸"才停止。

最后站起来的柯雨洛倒是对《秋》表示赞赏，成了之前发言的那些学生中的"叛徒",被他们鄙视的目光射击着。柯雨洛说《秋》拍出了一部分人对亲人的祭悼,也是安魂,表面上看是对肉身的一次超度的记录,有梦幻气质,其实隐藏着更大的深意。是什么深意?懂的人自然会懂。还有同母异父这个现实,也很有意思。她建议金钱导演在片子里引用组诗《北方哀歌》里的一些诗句,这样会让整部纪录片有一个历史的纵深,也会给影片提供葬礼之外的另一条线索,在文学和艺术上都会提升整部片子的品位;还有,在片尾配乐上如果采用大提琴家杰奎琳·杜普蕾的《殇》,也许可以让片子变成世界级的。你的影像、阿赫玛托娃的诗歌、杜普蕾的《殇》,一个完美的组合。而且我还发现《北方哀歌》正好是七首,如果把《殇》也分成七部分插入影像中……不同长度的插入,根据影像需要,片尾部分可以长些,尤其在黑屏的那几秒钟过渡到那棵桀骜不驯地站立在荒野中的干枯低垂的向日葵时,我觉得那向日葵可以做一个动画效果或者类似于快进那种,从干枯倒退回到种子,在出现种子落入泥土的画面和人物下葬的画面时有个切换,甚至可以是同步的……对于一部一百二十分钟的纪录片来说,我觉得可行。说是纪录片,但我更愿意把这看成是一部故事片,虽然故事简单,但衍生出来的东西和情绪所构成的精神性,足以支撑整部片子。我甚至认为情绪比故事高级,情绪所构成的精神现实同样是故事的一部分。还有"七"这个数字,在中国人死后也别有意味。最后,我朗诵一首安娜·阿赫玛托娃《北方哀歌》里的一段,来作为我发言的结束吧。

……

我们准备出生,告别了空无,

准确地计算了时间,
以便不放过任何一个
未见过的场面。
……

朗诵完,柯雨洛说,我只是说了我个人的一些浅薄看法,金钺导演见笑了。金钺木头人般坐在那里,像被什么东西击中了,沉浸在柯雨洛的话语中,没回过神来。老宋在旁边频频点头,笑着,眉角处当年在工厂里受伤留下的疤痕都动了起来。柯雨洛发完言,静默了很长时间,还是老宋带头鼓掌,大家才跟着鼓起掌来。金钺坐在那里一动不动,老宋碰了碰他,他才回过神来,也跟着鼓起掌。金钺激动地从椅子上站起来,指着刚刚发言的女生问,你叫什么?坐在旁边的老宋以为金钺生气了,拉了拉他的衣襟。金钺站着没动,教室里的空气骤然紧张起来,有一股火药味似的。金钺再次注视着穿着浅灰色长裙、披着长发、戴着眼镜的她,问,你叫什么?请回答我。柯雨洛站起来说,我刚才发言前好像介绍过了,你如果没记住的话,我就再说一次,我叫柯雨洛。木字旁加个可以的可的那个柯,雨嘛,就是下雨的雨,洛是洛神的洛,也是洛丽塔的洛。金钺凝视着柯雨洛,注意到她戴着牙齿矫正器,嘴里有金属的光芒。金钺说,谢谢你,柯雨洛,我会听取你的意见对影片进行修改的。如果你允许的话,我想在后面的字幕里加上你的名字。柯雨洛说,不用,我只是说了些个人建议而已。《秋》让我想起导演阿巴斯,那个拍过《樱桃的滋味》的……金钺说,哦,阿巴斯啊!这个我倒没想过。今天,我要感谢你们的宋老师,还要感谢你们能参加这个小范围的放映会,我会记住你们的。金钺还在注视着柯雨洛,总觉得她很像一个韩国女演员,但一时又想不起是谁。老宋站起来简单总结了一下,说这次放映会是成功的,各种声音都有,批判极其强烈尖锐,谢谢大家,同时也希望大家有所收获。也谢谢金钺导演给大家带来这样一部不同的片子。大家跟着老宋敷衍地鼓掌。金钺在老宋讲话的时候注视着柯雨洛身边的其他同学,从他们的脸上,金钺能感觉到他们由于传统教育的桎梏而生出来的傲慢、无礼和无知,甚至是愚昧。金钺又看了眼老宋,这些并不能怪老宋,也不是老宋能改变的,不是还有一个柯雨洛吗!

放映会结束后,老宋请金钺吃饭。金钺征求老宋的意见,问,是否可以叫上那个叫柯雨洛的女孩?没想到你的学生里藏龙卧虎啊!有这么一个高徒,足矣!老宋笑了笑,说,我也是第一次注意她,平时她都是沉默寡言的,也很少和同学们来往,看上去很孤僻的一个女生。金钺说,你这个学生的建议我会采纳的。老宋给柯雨洛打电话,过了一会儿,柯雨洛来了。她换了一身黑色的衣服,还穿了高跟鞋,头发随意绾了起来,白皙的脖颈显得细长。她嘴里的牙齿矫正器看上去还是那么夺目,闪着光。柯雨洛的到来,让老宋觉得自己像个电灯泡了。她和金钺聊的都是文学、电影什么的,像两个不食人间烟火的人,老宋几乎插不上嘴,他能看出柯雨洛的热情和对金钺的崇敬,心里面也感叹着年轻真好。

老宋喝到过半,笑着,借故离开。

柯雨洛还指出隐藏在影片里的一个炸点是模糊处理过的。金钺没有否定,也没有承认。毕竟算上放映会,和柯雨洛才第二次见面,他还不想暴露影片的真实意图,仅当成自己对同母异父弟弟的影像祭奠。如果影片里的那个炸点被过度放大的话,可能这个片子就会夭折，在艺术上也会失衡。金钺还不想那么做。敏锐的柯雨洛也觉察到了，她没再追问。柯雨洛再次提到那棵向日葵，说，真好。我想很多人会想到凡·高的向日葵，但那是属于你金钺的向日葵……那向日葵就像是你站在那里，低垂着头，呜咽着……风吹过的刹那，飘落的种子是隐藏在你心里的悼词……

　　在喝了几瓶啤酒之后，柯雨洛的脸红扑扑的，让金钺的目光变得迷离……谈到未来，金钺是悲观的。柯雨洛安慰他说，不要去想，在路上就好，你用你的影像记录和表达生命经历和生命体验就好……至于什么未来，不是你想就能到达的……你的《秋》何尝不是告诉自己和观影的人，活下去才是重要的？但怎么活？你影片里的几个人在挖掘墓坑的时候，在山下荒弃的葡萄园里出现了一个头戴黑礼帽、穿着黑衣服、脖子上系着一条红纱巾的男人，他手里提着一个篮子，牵着一头白毛猪，绳子绑在猪的脖子上。那猪的乳头清晰可见，像刚刚给猪崽喂过奶似的……一个超现实主义的画面，真的把我打动了。震撼！神来之笔。这也是我不把《秋》归入纪录片范畴的原因之一，我觉得是故事片。金钺笑了笑说，那个画面是我对国外摄影师Bruno Barbey 的一张照片的致敬，说抄也可以。扮演这个人的是我继父。至于那头猪，我找了好几个养猪场，才找到我满意的。那清晰可见的乳头像不像一个个钉子？柯雨洛说，像。柯雨洛举起杯子说，那也是神来之笔，你能把那个摄影师的照片变成你的画面，在你的影像表达之外，又衍生出另一个意义空间。你继父演得也好。我敬你一杯，你拍出了一部好片子，在某种意义上我觉得比几年前日本的那部《入殓师》还向前走了一步。《入殓师》的结尾让我感动了，即使那样的感动是从故事细节延伸出来的，我还是认为在荒诞的年代，感动对于艺术来说是廉价的，可能让一些人在观看的时候掉几滴眼泪，过后就什么都不记得了。我觉得疼痛和爱可能才是永恒的。金钺笑了笑说，人家那可是获过奥斯卡金像奖最佳外语片奖的，我……柯雨洛说，奥斯卡咋啦？你要自信。你要敢于怀疑。金钺点了点头说，自信并怀疑着。柯雨洛说，是的，自信。你的《秋》里面不仅仅有东方美学的东西，同时也有西方的思考，里面渗透了忧患意识，这是难得的。金钺说，也许你高估了《秋》，你的很多阐释，是我当时在拍摄的时候没有想到的。柯雨洛说，尽管我微不足道，但我相信我的直觉，对艺术的评判更多来自直觉吧，而直觉来自生命经验和视野。艺术的经典化就在于它给人不同的阐释和感官刺激。金钺对眼前的这个女孩刮目相看了，她真的不是夸夸其谈。为什么她会对那么多影片如此了解呢？金钺没问。金钺说，你这么说，我会自大的。柯雨洛说，哦，自大你可能就完蛋了，就没有将来了。我不希望你是一部片子的导演，我更希望看到你旺盛的创作力。一部片子的出现有很多题材或者运气的因素，后续的创作才可能是重要的，我更希望看到你的生命延续出来的作品。《秋》的才气和那种粗粝感就是你这个年龄呈现出来的，随着你的逐渐衰老，还有时代的变迁，是会变化的。我还是希望你走艺术片这条路，而不是商业片。这么说，我可能天真了。我知道电影没那么简单，还需要钱，需要团队合作。对了，你这部《秋》花了多少钱？金钺说，四处借了一百多万。柯雨洛说，哦，会挣回来的，但是在国外。我觉得国内可能还不会接受这样的片子。对了，《秋》里面逝者的女朋友出现的那几段，我看哭了，不仅仅是感动，我还看到了爱，虽然没有画面，但她说的那些话和细节会让人联想到画面。那是刻骨铭心的爱啊,是稀缺的、宝贵的。那个女孩真的是你弟弟的女朋友吗?金钺说,是的。柯雨洛说,她叫什么?金钺说,多莉。柯雨洛说,像个外国人的名字。金钺说,是个混血儿,她母亲是西班牙人。柯雨洛说,她会是一个优秀的演员,希望你还能与她合作,一个好的女主角同样会成就你。金钺说,嗯。金钺沉默了一会儿,举起酒杯,和柯雨洛手里的杯子碰了一下,说,我干了,你随意。金钺说,其实,弟弟墓坑的旁边是我父亲的墓地。柯雨洛愣住了,过了几秒钟,她说,我只看到一块墓碑的镜头一闪,并没太注意。金钺说,那墓碑就是我父亲的。柯雨洛陷入了沉默。金钺和同母异父的弟弟,还有他父亲的关系让柯雨洛感到有些乱,她望了一眼金钺,觉得他是一个有故事的人。金钺的精神和肉体中藏着苦涩和痛,这一点从影片中她已经窥伺到了,也正是这双重层面上的痛和苦涩深深地吸引着柯雨洛。她认为这是一个艺术家应该有的,不仅仅是对自身,还有对他者的怜悯和慈悲。

　　柯雨洛的牙齿矫正器让金钺感到一丝荒诞和滑稽,甚至让金钺产生一种想用舌头去舔舔的天真冲动。他竟然孩子般提了出来,柯雨洛害羞地笑了笑,说,你嘲笑我,要不你也去安一个。金钺说,我没嘲笑你,我说的是我的真实想法。柯雨洛说,那等过些天,我取下来的时候送给你。你不会有恋物癖吧?金钺说,没有,你张嘴让我舔一下不就得了?柯雨洛的表情变得严肃起来。金钺终于想起柯雨洛像谁了,是韩国女演员金敏喜,但他没说。

　　后来,两人还聊起了星座。柯雨洛是天蝎座,金钺是摩羯座。

　　那年,金钺三十岁,柯雨洛二十岁。

喝得差不多了，两人出了小饭馆，沿着街道走着。昏暗灯光下的街道两边都是烧烤摊，烟气朦胧的。风一吹，金钺的头有些晕晕的，那些坐在烧烤摊上的饕餮食客给他一种地狱的幻觉。昏黄的灯光下，一个胖子将肉串含在嘴里，用厚厚的嘴唇夹紧，用牙齿把肉串撸下来，接着，可以看到他的腮部在快速嚅动着，咀嚼着烤过的撒了花椒面、辣椒面、味精、孜然等调料的肉块，嘴角流淌着油汁，直到吞咽下去。一会儿，胖子的面前就堆满了钎子。金钺说，你看那个胖子吃得多香，我们要不要也吃点儿烤串什么的？要不来一只烤乳鸽？柯雨洛说，我减肥呢。金钺说，你看上去一点儿都不胖啊！柯雨洛说，我想保持在九十斤，现在都一百斤了。金钺说，好吧。两人慢慢走出食客们饕餮喧嚣的烧烤街，金钺送柯雨洛回学校后，独自打车回了旅馆。出租车到了旅馆门口，金钺又改变了主意，让司机送他去烧烤街。那种成为饕餮食客的欲望是那么强烈，或者说他迷恋那种有鬼魂气息的地方……金钺来到一家靠角落的烧烤摊，要了瓶啤酒和一些烤串，静静地坐在那里，像一个窥伺者，像一个穿着黑色衣服的落魄的迷茫者。

金钺又仿佛在等什么，等《神曲》里的那个维吉尔出现，让维吉尔引领……如果说这里是地狱的话，那么地狱的入口在哪里？是街道上的那些下水道井盖吗？金钺甚至想，如果这是一部《神曲》的话，那么柯雨洛是什么角色？把他扔在这地狱之中……

快凌晨的时候，金钺眼瞅着食客们仿佛被什么召唤似的醉醺醺地散去。有的男人喝多了，解开裤子对着路边的草坪撒尿。女人们则随便找个桌子做掩体，蹲下来。从某个角度可以看到白亮刺眼的屁股……尿液在桌子底下流淌着，可以闻到尿臊味。

污秽的烧烤街给金钺一种悬于城市半空的幻觉。金钺恐惧地从角落的桌子旁边站起来，买了单，瞅着那些食客离魂般消失在黑暗中，或者钻进出租车内，被出租车带到这座城市的某个地方去。

整条烧烤街上一片狼藉，夜晚也像被传染了似的，狼藉一片。那些摊位上悬挂的还没有熄灭的灯光，从苦胆般的灯泡里溢出来，爬上城市漆黑荒凉的额头。

金钺昏昏沉沉地在街道上走着，几条流浪狗面露凶相，眼睛在灯光中冒着幽幽的绿光，摇晃着闯进了狼藉污秽的烧烤街。金钺躲避着那几条饥饿的流浪狗，看着它们在吃着饕餮的食客们吐出的骨头和没有吃完的肉串之类的。同时，它们也被厌恶的摊主驱赶、谩骂、呵斥着，畜生们！它们偶尔会露出尖利的牙齿，但还是会对摊主扔过来的骨头之类的摇起尾巴。它们从烧烤街的这头扫荡似的走到另一头，几乎就吃饱了。有一只小狗因为吃多了，趴在黑暗中睡着了，它梦见杀戮……梦见市场街那个可恶的卖狗肉的屠夫……

金钺沿着街道边回了旅馆。在烧烤街，他的维吉尔没有出现，倒是旅馆房间隔壁男女的叫声把他带入了另一个世界，让他整个人变得躁狂。金钺冲了个冷水澡，用遥控器在电视上胡乱地换台。隔壁声音延续了很长时间才停下来，金钺终于缓慢地睡去。早起的时候，他看到房间门口地上不知道什么时候被塞进来很多花花绿绿的名片，他捡起来，随手扔进旁边的垃圾篓里。

金钺第二天离开沈阳去了北京。他在火车上给老宋发了信息，过了很久老宋才回复说，祝好运。他还向老宋要了柯雨洛的电话号码。

三

金钺坐在火车里，拿出柯雨洛送给他的那本《安魂曲》从头开始阅读，每一个诗句都让他有一种头浸在冰水里的寒彻和窒息感……

金钺采纳了柯雨洛提出的建议，经过三个月的修改，他通过朋友把《秋》送到国外参加电影节，获得了一个奖，版权卖了好几个国家。关于获奖的消息，金钺第一个发消息给柯雨洛。柯雨洛只回了两个字：祝贺。金钺还表达了获奖后的激动和对柯雨洛的感谢，但柯雨洛都没回复。金钺觉得柯雨洛有些冷漠、古怪，这份冷漠和古怪却像一根线牵着金钺。金钺带着多莉，还有弟弟的遗像，站到了国外的领奖台上……老宋从网上也知道了《秋》获奖的消息，发来贺语，要金钺回国后到沈阳喝酒。

金钺带着多莉又去了几个国家，回到沈阳的时候已经是冬天。老宋的母亲生病，他回望城了。金钺联系柯雨洛。柯雨洛回卡尔里海老家了。金钺回到望城，看望了母亲和继父。继父说，看到金钺的影片获奖了，还看到弟弟的遗像。继父老泪纵横。金钺带着酒和一些水果，去恶意山上的公墓看望了弟弟和父亲，在他们的墓碑前喃喃着他的所思所想，还请他们的在天之灵多多保佑他。日光和煦，穿着羽绒服的金钺并没感觉太冷。他顺着羊肠小道爬到了恶意山山顶，坐在山顶上望着被工业戕害、笼罩在烟雾之中的望城。枯草在风中簌簌地响着，那声音像一群鬼魂的低语。

傍晚临近，天有些阴，风中裹着寒意。金钺从山顶下来，经过公墓，他深深地给父亲和弟弟鞠了个躬……

从公墓回来，金钺想，得开始思考新的剧本。《秋》在国外还偶尔有消息，但应该翻篇儿了，是过去时了。老宋过来看他，两人喝了很多酒，酒后，金钺突然很想见见柯雨洛。老宋喝多了，金钺叫车把他送回去。金钺另外联系一辆车去了卡尔旦海。

两个多小时后到了卡尔里海，金钺在一家叫一千零一夜的旅馆住下。

来的时候已经开始下雪，司机对金钺说，路越来越不好走了，到了卡尔里海，这雪可能更大了，回不来了，你要加钱。金钺答应了。确实如司机说的，雪越下越大，雪花叠加着雪花，混沌着，像把天和地都粘贴到一起了，需要一把利斧才可能劈开似的。司机还不停地抱怨着，说，要不是今年这钱不好挣，我才不会拉你这趟活儿。金钺反感司机的牢骚，但现在已经在路上了，路上再没有一辆车了，连个人影儿都没有。雪中的世界犹如天堂。金钺对司机的牢骚本想安慰几句，想想还是算了，说不定又会引出他的什么牢骚呢。到达一千零一夜旅馆后，金钺挽留司机住下来，但司机拒绝了，说，我慢点儿开，家里还有病人等着呢。司机提到了病人，让金钺心软了，他给了司机五百块钱。司机才说了句人话"谢谢"，脸上也有了笑模样。

金钺站在一千零一夜旅馆门口，望着出租车消失在茫茫雪中。近处还可以看到车辙，再远就什么都看不到了。沥青马路已经被雪掩埋……被掩埋的还有其他物体。旅馆昏黄灯光下的雪，让金钺内心想呐喊，喊出那种毛茸茸的堵在喉咙眼里的东西……黑暗的雪夜让金钺有一种末日感，从远处传来海水的声音，仿佛茫茫的卡尔里海在雪夜下面涌动着。柯雨洛只是说卡尔里海，并没有说确切的地址，一路上看到那么多的村庄，也不知道柯雨洛在哪里，他就冲动地跑来了。金钺想，即使看不到柯雨洛，看看这冬天，看看寒冷环境下的大海也好。

很多年没来卡尔里海，上次还是上中学的时候，母亲和继父带着他和弟弟来过一次，但那是夏天。那个夏天的金钺沉浸在父亲死刑被处决后的悲伤和恐惧之中……

金钺轻轻敲了敲一千零一夜旅馆的门，没有人应声，他开始用拳头捶打着。扑簌簌落下来的雪疯扑在金钺身上。一个五十多岁的中年妇女开门，把金钺让进屋内。一些雪花在门开的一刹那闯进了屋子里，跌落在地上，迅速融化成水滴了。女人问，先生要住店吗？金钺说，给我一间客房。中年妇女要金钺的身份证登记，她仔细地打量着金钺，又对着身份证上的照片看看。金钺问，你认识我吗？中年妇女说，不认识，我得看仔细喽，因为上面有话，说最近有逃犯跑到卡尔里海来，要我们注意了，有可疑人物出现，要及时上报。金钺说，哦，你看我像逃犯吗？中年妇女笑了笑说，我可没那眼光。金钺开玩笑说，如果我说我是逃犯呢？中年妇女说，先生，你别吓唬我啊！我胆小。再说，这可不是开玩笑的，只要我上报，你就会被带走。即使你没做什么，被关起来，审问你几个小时，也不值得吧。所以，说话还是要注意的……金钺说，谢谢提醒。

风尖叫着，像一群鬼魂用拳头敲打着窗户。

在吧台旁边的角落，炉子里燃烧着劈柴，让整个房间都温暖起来。有一个四十多岁的男人坐在那边喝酒。金钺闻出来是白酒的味道。男人端着酒杯，抿着酒，眼睛盯着金钺的背影。金钺看到角落里还有个男人，心里面一惊。中年妇女边登记边问，先生这是从哪儿来啊？金钺说，从望城。中年妇女说，这么大的雪，来旅游吗？金钺说，来看看，看看这大雪天里的卡尔里海，顺便看个朋友。中年妇女说，女的吧？金钺本不想说，但被识破了，只好说，是的。中年妇女问，哪个村的？金钺说，不知道，只听说是卡尔里海的。中年妇女说，卡尔里海大了去了，有十几个村子呢。金钺说，没事儿，我有她的电话。中年妇女说，哦。大雪天的卡尔里海有什么看头？又不是封冻了……还不都是水？金钺笑了笑说，就看看水，大海啊，你全是水。中年妇女也笑了，说，先生，你真幽默。

那边喝酒的男人咳嗽了两声。

整个一千零一夜旅馆内透着阴森了。中年妇女说，也不知道这场雪啥时候能停，要是下个三天三宿，我这店里更没有生意了。金钺说，会有来看雪景的吧？中年妇女说，路都被雪埋住了，进不来车啊！金钺说，哦。中年妇女给金钺登记完，他觉得有些冷，凑到炉子边上，伸手烤了烤火。男人问金钺，你是干啥的？这大雪天的……金钺说，算是自由职业者，没事的时候拍电影什么的。男人说，哦，我叫K，卡尔里海这片知道我的人都叫我K先生。金钺说，K先生，你好。K先生说，要不要喝一杯？金钺说，喝过了。K先生说，哦，陪我喝点儿吧？听你们刚才的对话，你是为了个女的来这儿的吗？金钺点了点头。K先生说，看来也是个情种。金钺害羞地低下头。中年妇女从吧台后面出来，来到炉子旁边，说，K先生，别喝了，再喝你又要喝多了。K先生说，这大冷的天，不喝酒干什么呢？别管我。女人说，我才懒得管你呢！女人给金钺拿了个凳子，让金钺坐下，说，不急着睡觉就烤烤火吧，身上暖和就不冷了。金钺说，谢谢。金钺在心里面揣摩着K先生和女人的关系，但他没看出丝毫的暧昧。K先生再次邀请金钺喝酒，金钺说，那就喝一杯暖暖身子。K先生给金钺倒了杯酒，说，来，喝一口。一口酒喝下去，金钺觉得暖和了些。K先生仰脖一口干了杯子里的酒。中年妇女问金钺，先生在望城是干啥的？金钺说，没干啥，待着。中年妇女说，哦。那先生靠啥生存呢？不会是做大买卖的吧？金钺说，不是。K先生又给自己倒了一杯。女人说，别喝了，如果逃犯真的出现的话，你这样……K先生说，没事儿。女人说，这大雪天的，你说那个逃犯会躲在什么地方呢？K先生说，也许这场雪会把他逼出来的。女人说，哦。从女人的话中，金钺判断男人是警察，但看样子又不像。女人又说，这么多年，你守株待兔的，能确定这个逃犯就是你要……真抓到逃犯的话，你想把他送到派出所吗？K先生眼睛红红的，像是要杀人，他说，那样太便宜他了……K先生拿起杯子喝了口酒。女人说，都这么多年了，你一直在……如果不是那个人呢？K先生没吭声。女人喃喃着说，也难为你了。金钺对他们的对话充满了好奇，觉得里面有故事。他坐在那里，手不时伸向炉子烤着火，但K先生和中年妇女不说了。炉子旁边的劈柴没了，K先生推开门出去抱了劈柴回来，身上落了雪。在K先生把劈柴放下的时候，女人给他掸了掸身上的雪。K先生说，劈柴不多了，等雪停了，我再劈一些。女人说，好。女人看着金钺说，你那女人啥时候能来啊？这冰天雪地的，不会来吧？金钺说，一会儿，我打个电话问问。女人问，相好的吗？金钺说，也不算，应该是朋友。女人哦了一声。

金钺又坐了一会儿，说，我去房间休息了。其实，金钺是去给柯雨洛打个电话。金钺从看到K先生的那一刻，就觉得他身上有一种奇怪的气息，刚刚从K先生和女人的对话中，金钺才明白K先生是被一种仇恨的气息包裹着。这到底是一个什么样的故事呢？金钺想，是否可以成为新片子的素材呢？而且，金钺还感觉出来K先生说话的口音，不像是本地人。

金钺给柯雨洛打了电话，说，我在卡尔里海。

柯雨洛在电话里顿了一下，说，你咋来啦？

金钺说，想你了。

柯雨洛说，哦。这么大的雪，你咋来的？

金钺说，来的时候雪还没那么大，叫了辆出租车。

柯雨洛说，那得多少钱啊？

金钺说，司机牢骚满腹的，不愿意，后来他说家里有病人，我就给了五百。

柯雨洛说，你真有钱，你被骗了。

金钺说，还不是为了你？

柯雨洛说，住哪儿了？

金钺说，一千零一夜旅馆。你住得离这儿远吗？

柯雨洛说，挺远的。

金钺说，刚才在旅馆里听老板娘说有逃犯跑回卡尔里海，你知道吗？旅馆里还有个K先生，看上去不像警察，好像也在寻找逃犯……你知道是怎么回事吗？

柯雨洛说，知道一点儿。

金钺说，我想听听，也许可以做新片子的素材。

柯雨洛说，等见面的时候，我给你讲讲吧。

金钺说，好的。

柯雨洛说，睡吧。

金钺说，睡不着。

柯雨洛问，咋的？还沉浸在获奖后的喜悦和激动之中吗？

金钺说，关于《秋》的一切都成为过去了，我打算进行新的创作。

柯雨洛说，还挺有自知之明。

金钺说，我是一个清醒的人。

柯雨洛说，睡吧，睡不着就闭着眼睛，闭一会儿，也许就睡着了。

金钺说，哦。闭上眼睛是与外界的一种隔离，但大脑中的所思所想还是不停……看来，在这卡尔里海的雪夜里，要失眠了。窗外的雪还在下着，世界变得混沌了，看不出去……

柯雨洛说，我也好多年没有经历过这样的大雪天了。

金钺说，我觉得我的下一部片子应该发生在这样的冬天。接续《秋》的死亡主题，延伸到信仰……爱……但不是这些空洞的词语，而是要用细节和画面去呈现出来……呈现出来的也许不仅仅是这些……这也只是目前脑子里闪过的念头，到时候还要看剧本的完成和拍摄……

柯雨洛说，从《秋》到《冬》吗？

金钺说，不一定叫《冬》，但内在有一个延续，让表达变得宽广起来。这次《秋》获奖，有个机构打算给我提供资金，成为我的资助方。

柯雨洛说，那就不用为钱发愁了，真好。

金钺说，差不多是这样的。有你的功劳啊，我按你的建议修改后的片子，在结构和配乐上外国人都很赞赏的！你是我的幸运女神！对了，我在影片最后专门用字幕写上，感谢柯雨洛女士。很多人都问我柯雨洛是谁，我告诉他们说，是个秘密。对了，奖金里，我拿出来五万块钱，到时候打给你。

柯雨洛说，哦，我说过不用的。我不会要你钱的。那样，也许连朋友都没得做了。冬天天黑得早，再加上这大雪，家人都睡了，我撂电话了。

金钺说，好。可是你总得让我表示一下我的感谢吧！

柯雨洛说，你能在这样的大雪天来卡尔里海，就算是你的感谢吧。睡吧。

金钺很久都没有睡着，干脆拿出那本一直带在身边的柯雨洛送给他的《安魂曲》翻看着。窗外的雪落在无声的大地和海面上，海之深处是否也感知到了地面上发生的一切？还是那是一个居住着沉睡神灵的居所？来自诗句内部的啸声，冰水混合物般，让金钺欲哭无泪。他的眼睛盯着那些句子，轻声念着："她的嘴跟悲剧角色的假面一样，歪斜着，张开着，不过涂了一层黑色，干燥的土塞满了口腔……"那到底是一个怎样的国度，女诗人到底经历和承受了什么，才让她写出如此凛冽彻骨的诗句？

金钺的脑海里突然蹦出来刚刚想过的"海之深处"几个字，也许新的片子可以叫这个名字，但什么故事，他还不知道。如果按柯雨洛之前建议的那样，还让多莉演女主角的话，那么要赋予这个女主角什么戏份呢？八字还没一撇呢，不去想了。再说，多莉是否会答应接演这部戏，还说不好呢。可以说《秋》已经让多莉消耗了太多。作为逝者的女友，她在参加颁奖会的时候，常常失声痛哭。在《秋》中，多莉可谓本色出演，那么在新的片子里，多莉是否会发挥正常？新片是需要演了。在《秋》中，多莉是作为生的一部分，讲述和男友在一起的日常生活……她在讲述的过程中失控了好几次，金钺就拍她失控的样子。金钺还记得，在拍摄的房间里，秋日的光从窗户照进来，一只飞虫飞进来，多莉伸手抓在手心里。那飞虫待在她的手心里，一动不动。多莉说，这是弟弟的灵魂。她最后把飞虫吞了下去，说是把弟弟的灵魂吞进了身体里……她还讲了弟弟癌症晚期的痛苦……以及她对死亡的恐惧和迷惘……

金钱关了灯，想尽快进入黑暗中，沉入睡眠中，即使噩梦连连，他也要睡一会儿。和老宋喝了那么多酒，再加上刚才和 K 先生喝的那一杯白酒，让他的头有些疼，大脑里藏着一把锥子似的，从里面往外攮着……

暴风雪时刻在敲打着窗户，在告诉他，不要睡，不要睡。可是他确实很困，很困。在暴风雪的惊扰中，他相信大地和海是醒着的。他不知道怎样熬过这个海边的暴风雪肆虐的夜晚……

柯雨洛出现了，不是在梦中。柯雨洛是在晚上九点多钟，穿着一件厚厚的军大衣，骑着一匹灰色马，来到一千零一夜旅馆的。她敲开了旅馆的门，进入金钱的房间……

第二天早上，金钱和柯雨洛从身体的疲惫中醒来。窗外的雪已经半尺厚了，那匹拴在旅馆院子里的灰色马变成了白马。两人在温暖的被窝里再次亲热着、缠绵着，再次成为一体，彼此镶嵌。他们的火热足以让整个卡尔里海变成热带，冬天变成夏天。直到他们听到劈柴的声音，才分开彼此的身体，又躺了一会儿，才起床。柯雨洛说，你像头狮子。两人从楼上下来，引来中年妇女滚烫目光的斥责。但金钱和柯雨洛根本不在乎，他们来到院中，看到 K 先生挥舞着斧头劈在一块木头上，那木头裂成两半。逆光中的 K 先生看上去是那么高大。柯雨洛找来扫帚，打扫着马身上的积雪，渐渐露出灰色……K 先生停下来，望着他们，说了一句，年轻真好。金钱冲着 K 先生笑了笑，给K 先生递了支烟。金钱有些同情地看着 K 先生，想说句什么来安慰一下 K 先生，但金钱知道，任何安慰对于 K 先生来说都是微弱的，不可能消解他心里面的仇恨。金钱也预感到那个中年妇女所说的逃犯不会出现……那更像是什么人放出风，让 K 先生的仇恨再次燃烧起来，否则的话，K 先生也许很难支撑下去……柯雨洛给灰色马扫干净了身上的雪，心疼它在外面挨冻了一个晚上，而她却……她心怀愧疚地把头贴在马的脖颈上。灰色马打了个响鼻，叼了下她的围巾，仿佛在劝慰她不必愧疚。K 先生问金钺，你们这是要去哪儿？金钺说，沿着海边走几天。K 先生说，哦。一定要保护好你的天使，寸步不离。金钺点了点头，答应着。K 伸手在金钺的肩膀上拍了一下，说，去吧，你的天使等着你呢。金钺说，再见，K 先生。后会有期。K 先生说，再见。柯雨洛的军大衣穿在了金钺的身上，他跳上马，把柯雨洛也拉上马，用军大衣把柯雨洛裹在怀里，两人离开了一千零一夜旅馆。K 先生还冲着他们挥了挥手。他们也冲着 K 先生挥了挥手。

柯雨洛和金钺骑着马，在海边游荡了一个星期，才依依不舍地分开。在游荡的几天里，他们看到一个被海水冲上来的人，刚开始以为是尸体，当靠近后，发现那人还有气，就联系当地把那人送到了医院。那人说，他乘坐的船出了事故，他是跳到海中才活下来的。回忆船沉的情景，那人号啕大哭。两人离开海滨医院，继续在海边游荡。七天里，他们看到了很多生与死，也感受了生与死。当恐惧死亡的时候，他们就会紧紧地镶嵌到一起来抵抗那种恐惧。他们觉得应该结束这次严寒中的海边之旅，还要活下去，在现实主义的世界中。恍惚中，柯雨洛和金钺觉得骑的不是一匹灰色马，而是一只神兽……

临别前，柯雨洛送给金钺一个礼物，用纸包着。金钺打开纸包，笑了——是柯雨洛的牙齿矫正器。这个礼物被金钺带在身边几年，后来又放到柯雨洛那儿了，像一个文物被保存着。

那天，金钺回望城后，去了北京。

那年，柯雨洛做了人生中的第一次人流手术。

四

金钺走出机场8号出口，看到柯雨洛的红色比亚迪车停在那里。他打开车门，上车。柯雨洛正在抽烟，说，回来啦！去哪儿？回望城还是去我那儿？金钺说，去你那儿。柯雨洛说，好。在飞机上憋了那么长时间，金钺连忙向柯雨洛要了支烟，说，我也来一支。金钺点了烟，贪婪地吸了几口。柯雨洛发动汽车，向城里开去。金钺的左手放在柯雨洛的右手上面。柯雨洛没吭声。他们之间并没有陌生感。

柯雨洛住在北陵附近的一个小区里。

金钺和柯雨洛这么多年都保持着一种奇怪的关系。十年了，金钺未婚，柯雨洛也未婚。在金钺三十岁、柯雨洛二十岁那年，他们第一次在卡尔里海的海边旅馆里……从那次之后，金钺想到过婚姻，但柯雨洛拒绝婚姻。什么理由？金钺没问。这十年来，只要金钺回到沈阳，两人都会在一起，只是谈金钺的电影，从来不谈论彼此的个人生活。他们都是独立的。金钺曾经为这事儿懊恼过，但柯雨洛从来都保持冷静，慢慢地，金钺也就适应了这种生活。柯雨洛毕业后留校教书，金钺想让柯雨洛辞职当他的助手，自己也能天天和她在一起，但柯雨洛拒绝了。金钺甚至想过了断彼此的这种关系，但又觉得放不下，也就维系着。在柯雨洛心里，金钺更像个孩子，每次在一起的几天里，她就像个母亲，但分开后，她就要是独立的，独立顶着外面的风风雨雨，独自经历泥泞和坎坷。金钺属于她，又不属于她。金钺离开后，她也不缠着，来去自由。金钺想过柯雨洛是不是性冷淡，但在一起的时候，那种彼此可以燃烧殆尽的疯狂，不可能是性冷淡。金钺和柯雨洛在一起的时候，偷偷观察了柯雨洛的家，并没有别的男人留下的蛛丝马迹。

这次是从日本临行前夜，金钺给柯雨洛发了个信息说，十五点三十分到沈阳桃仙机场。柯雨洛回说，我去接你。

金钺问，老宋在不在沈阳？

柯雨洛说，刚办理完退休，是提前退的，办完就回望城了，好久没回沈阳。

金钺说，哦。

柯雨洛说，退了好，他那个总编当得也不舒服。现在的经济状况，还有他上面的领导钩心斗角的，他难做啊……退了倒好。

金钺说，退了，也就老了。

柯雨洛问，你怕老吗？

金钺说，不是怕老，是恐惧死亡。现在可能不仅仅是恐惧死亡，还……

柯雨洛说，没必要，你在你的电影中总能释放你的恐惧，你总能找到你的隐喻。

金钺说，如果都是隐喻处理的话，是否也是在遮蔽？隐喻会阻止自由……还能迷失真相……

柯雨洛说，但隐喻在某种时候同样可以抵达真理啊，那些锋芒毕露的真理，只能在隐喻中存活……

金钺陷入思考之中。

柯雨洛再没吭声，车已经到了青年大街。车内放着音乐，是金钺没听过的，是陶笛和钢琴演奏出来的，声音如泣如诉。

金钺问，这音乐叫什么？

柯雨洛说，《山鬼》。

金钱说，好听。

金钱闭着眼睛听了一会儿，提起当年的《秋》。

金钱说，当年在拍《秋》的时候，真想找几个女人和孩子，穿着华丽的衣裳，扮成山鬼，在树林里窥伺葬礼的进行。后来还是放弃了。你看过黑泽明的《梦》吧？

金钱点了支烟说，多好啊。

柯雨洛说，嗯。总有遗憾，有遗憾的才是艺术。

金钱说，你啊，总是能找到维护我的话。

柯雨洛说，臭美吧，我说的是常识。这个世界上，恰恰很多常识被忽略和遗忘了，才导致很多人价值观紊乱，失去方向。或者说，很多人因为常识的丧失，而借助于其他手段，让很多艺术看上去不伦不类的，同时也丧失了艺术发展和探索的轨迹……文学或者影视仅仅作为讲故事的工具是不够的，还要有对国家和个人的批判……否则……

金钱沉默了一会儿，才说，是啊！但越来越严重的无力感和荒芜感紧紧地缠绕着我……会令我怀疑自己是否正确，是否……

柯雨洛说，在我个人的判断中，你是正确的，你的影片中藏着你的利器。那些能感觉到你利器的人会觉醒……

金钱说，不说这些了。有时候想，把生活和艺术混淆起来，是一件很悲哀的事情。

柯雨洛说，也对。那个多莉没跟你回国吗？

金钱说，在这次拍摄中，她和一个日本男演员好上了，就没回。

柯雨洛说，你几个月来都在日本，是不是吃不惯中国菜了呀？要不我们先去找个日本料理店，吃完再回家？

金钺说，不，我还是喜欢吃你做的中国菜。

柯雨洛说，我那厨艺也就是对付吃一口。

金钺说，我喜欢。

柯雨洛把车开进车库，引领着金钺在迷宫般的车库内来到上楼的出口，坐电梯上楼。金钺翕动着鼻子，说，这车库里好像有一种特殊的气息。柯雨洛看了金钺一眼，说，一个月前，有一个女人在车库里被杀了。那个女人在网上搞那种性爱直播挣钱，被人肉搜索到住处，凶手跟踪到车库里，把她杀了，扔到垃圾箱内。金钺说，哦。我说嘛，气息不对。柯雨洛说，你不会通灵了吧？金钺笑了笑说，哪有啊，只是敏感罢了。柯雨洛说，你的敏感让我害怕。金钺说，我自己也害怕，但那似乎成为本能了。柯雨洛没再说什么。

柯雨洛住在25楼，那是她毕业留校后，借了点钱付首付，贷款买的。进屋后，柯雨洛给他拿拖鞋，是他上次穿的那双棕色的拖鞋。

柯雨洛说，你冲个澡吧，等你洗好了，饭菜也做好了。

金钺说，辛苦你啦！

柯雨洛说，咋学客气了呢？

金钺说，我客气了吗？

柯雨洛说，你换洗的内衣、内裤和睡衣都给你准备好了，洗好了换上。

金钺说，嗯。

金钺还是在柯雨洛换好拖鞋后，把她抱在怀里。柯雨洛亲了他一下说，行啦，去洗吧。我做饭。金钺不舍地松开她，坐在沙发上抽了支烟，看见柯雨洛换上了睡衣，在睡衣外面系上围裙进了厨房。在柯雨洛换衣服的时候，金钺借助于旁边的镜子看到她部分白皙的身体，还有在脱下裤子时柔美的臀部。他克制着自己的躁动，眼睛望着厨房的门口，笑了笑，内心有一种说不出来的充盈，抱着脱下来的衣服进了浴室，把衣服扔进洗衣机里。金钺看到柯雨洛给他准备的洗完澡后穿的衣服，板板正正地摆在那里。这些年，他每次回来都恍惚觉得这里是家了，但离开后又觉得这个恍惚中的家与他没有什么关系。他这些年在外已经跑得有些累了，想安稳下来，但柯雨洛的态度让他觉得，如果真的长相厮守的话，他们的关系可能就不会像现在这样，而是陷入庸常。金钺有些伤感，他总是会莫名地伤感。金钺打开淋浴，水珠子在他身上蹦跳着，汇成水流，从头到脚流淌着，冲下来的水流包裹着他。因为之前的伤感，水流唤起他身体里的悲怆，那种想哭泣的冲动潜伏在身体里，被水流唤醒，眼泪扑簌簌地和水流混合到一起。他赤裸着身体，站在淋浴下面，举起的双手像是被水流绳子般捆绑着悬挂在淋浴头上，犹如浴室里受难的囚徒，在接受着无形中的拷问或者是自我拷问。

柯雨洛突然系着围裙出现在浴室门口，冲他喊着，他没听见，直到柯雨洛用手拍打着浴室的玻璃，他才从恍惚中回过神来。柯雨洛说，左面的浴液和洗发水是你的。金钺怏怏地说，知道了。柯雨洛的目光透过浴室玻璃，望了一眼水流中金钺的裸体，心跳加速，她怔了一下，转身又去了厨房。金钺在往身上涂抹浴液的时候，听到厨房里油在锅里炸开的声音，噼里啪啦的，还有铁铲和锅摩擦的声音，金钺眼前浮现出此次在日本监制的影片里的战争场面。那是冷兵器时代的一场战争，来自日本的一个民间传说，是对农民起义的镇压……那些在刀剑中死亡的农民……还有乌鸦在尸体上啄着……雪掩埋了部分尸体……

胜利的城主骑着白马站立在山巅之上……城主还是不禁感叹着，权力是建立在死亡之上的。一个七八岁的小女孩从尸堆中爬出来，嘴里发出奇怪的声音，在召唤乌鸦……丛林中的乌鸦聚集在小女孩的身边，把她包裹起来。城主下令射杀那个小女孩，不留活口……箭雨落向小女孩和乌鸦……射击过后，树林里变得安静下来……那些士兵战战兢兢地在乌鸦的尸体和凋落的羽毛中寻找小女孩。小女孩不见了。树林里发出鬼魂幽幽的声音，风吹动着树梢……一个个白色的精灵从那些尸体上飘浮起来，汇聚成一股白色的光，向山巅另一侧的大海飞去。白色的光束中回响着一个声音，我们诅咒你……骑在马上的城主和手下都惊呆了，面带惧色。他们惊恐地盯着那道白光射入澎湃的大海之中，消失不见了……丛林陷入一片死寂。城主带着他的队伍，疲惫地沿着山巅的道路回到他的城……小女孩的诅咒和那束鬼魂汇聚的白光，时时刻刻成为城主的噩梦，缠绕着他……城主在某一天失踪了，做了云游的僧侣，在丛林间和海边敲着木鱼……

那个小女孩在拍摄完成后的很长时间里成了金钺的噩梦。淋浴的水流变成了红色，金钺扶着浴室的玻璃，怔了很长时间才回过神来。金钺在拍摄的时候提出来是否要小女孩或者小女孩的灵魂最后从海水中走出来，他的意见被合作方给否定了。他们觉得那个城主的结局已经达到了救赎和忏悔的效果。

影片拍摄结束后，演员和工作人员在海边放起了烟花，庆祝拍摄结束。那个扮演小女孩的小演员手里拿着燃烧的烟花在沙滩上奔跑着。金钺把她抱在怀里，亲了亲。小女孩急着从他怀里挣脱，说，我要去玩烟花。金钺把小女孩放下来，看着她跑远。金钺悄悄离开人群，独自在海边的黑暗中散步。海天一色，望着没有尽头的海水，他有一种纵身一跃，和影片里那道白色的光一起融入海水之中的冲动。他感觉到鞋已经被海水打湿了，隐隐的来自海水涌动的力量，像无数只手拽着他的双脚似的。他往海水中移动着脚步，海水漫到了他的腰部。后来，还是多莉跑过来找他，看到他站在海水之中，吓坏了，几乎失声地喊他。他听到喊声，才转身，见是多莉站在岸边。多莉还在喊着，你回来，你回来。金钺慢慢地走回岸边。多莉神情恐慌地问，你到海里去干什么啊？金钺说，不知不觉就走进去了。多莉说，你吓死我了，我还以为你……你还没从影片的拍摄中走出来啊！两人在海边抽着烟，聊了一会儿。多莉问他，过两天回沈阳吗？他说，嗯。多莉说，回柯雨洛那儿吗？他说，嗯。多莉问，你们这么多年了，咋不修成正果呢？还是你……金钺说，是她……不是我。我倒是想，可人家不愿意。多莉用脚踢着地上的沙子说，哦。多莉说，告诉你个事儿，我喜欢上那个在影片里扮演我丈夫的男演员了。你不会生气吧？金钺说，我生什么气呢？你能从弟弟的那段情感中走出来，我高兴还来不及呢。我要祝贺你才对。多莉眼含着泪水叫了声哥。金钺哎了一声，答应着。多莉说，我们打算去夏威夷玩几天，然后我再回北京。金钺说，你已经是大人了，自己把握吧。这么多年在影视圈里，我也看到过各种男女开始爱得死去活来、缠绵悱恻的，最后都没在一起。你要清醒地知道你爱的是戏里的那个人还是现实中的那个人，要能区分戏和现实生活。我怕你也还没从戏中走出来。所以，我建议你先让头脑冷静冷静。多莉说，我会处理好的。金钺说，是《秋》把你带进影视圈的，我也不知道是好是坏，这圈里的人杂着呢。没事的时候，自己多看看书，看看国外的片子。多莉说，好的。你如果回望城的话，替我跟你弟弟说一声，我永远爱他。金钺说，我会转达的，我想他不会怪你的。你已经尽力了。金钺还想叮嘱多莉几句，但不知道说什么。毕竟自己在男女情感上也是个"孩子"，有什么资格指点多莉呢？再说，男女之间的情感又是谁能说得清的呢？爱有时候是蛮不讲理的。

一只鸟从他们头顶飞过，向无尽的海面飞去。多莉挽着金钺，从海边回到庆祝的人群之中。多莉扑到那个男演员的怀里，两人亲昵着。在影片中，多莉扮演一个农民起义者的妻子，被城主抓去，强暴、凌辱之后，撞墙而死。本来在拍撞墙这个镜头的时候，金钺想用替身演员的，但多莉坚持自己来完成。在她助跑，腾空，头撞到墙上的那一刻，金钺的大脑里一片空白。虽然采取了防护措施，但多莉的头上还是撞出个伤口，经过处理，缠上了纱布，看上去像一个从战场上下来的伤员。

金钺在狂欢的人群中是孤独的，他突然好想尽快回到沈阳，回到柯雨洛身边。

金钺关了淋浴，拿过浴巾擦着头发和身上的水珠，赤裸着身体从浴室出来……金钺一屁股坐到红色沙发上，点了支烟，仿佛在驱赶残留在脑海中的噩梦带给他身体的疲惫和倦怠。是啊，他拍摄的是人类的噩梦！这么多年，每次拍完一部影片，他都像大病一场似的，要过十天半个月才会从影片中走出来。他常常自问，这样活着的意义何在？但每次自问后，同样没有答案，他会陷入新一轮的空无之中，那空无需要重新填满，如果不填满的话，他整个人都会失去平衡，精神和肉身的塌陷同样令他恐惧，行尸走肉般活着是他不愿意的。金钺躺在红色沙发上，柔软的沙发被他身体的重量压得下陷，像一艘方舟盛着他似的。这么多年，金钺很喜欢沙发给他的那种感觉，他甚至在每次拍摄的过程中都要把一个特制的单人沙发带在身边，红色的，折叠起来可以倚着、靠着，横放下来跟他的身体一般长短，可以躺着。沙发总会给他一种安全感。有国外媒体对金钺的红沙发进行各种歪曲的阐释，甚至联系到权力，说象征金钺对权力的迷恋；也有的说那是金钺导演的红色方舟。对于这些不同的阐释，金钺始终保持沉默。物，被涂抹了红色，可以是血，也可以是其他。

此刻，金钺赤裸着躺在红色沙发上，像一种仪式，不生不死……

五

柯雨洛从厨房出来，看到金钺赤裸着躺在沙发上，问，你这是干啥？不是给你准备好了内衣、内裤和睡衣吗？金钺说，我想这样。难道你觉得这样不好吗？柯雨洛笑着说，谁能管得了你呢？你喜欢，你随意。但我觉得这样不平等，是不是我也要像你一样赤裸，才平等啊！金钺说，好呀！好呀！柯雨洛说，美得你，我才不让你占我便宜呢！准备吃饭了。金钺说，平等吧，我求求你啦！平等吧！我们在自己家里自我解放不好吗？像伊甸园里的亚当和夏娃……柯雨洛说，你都四十岁的人了，还像个孩子。金钺说，像孩子不好吗？柯雨洛说，好，但我和你平等了，在吃饭之前你不许有坏心思……要坏，也要在吃过饭后，散步回来，你再坏……金钺坏笑着说，听你的。柯雨洛说，要知道这样，就不做饭了。金钺说，咋的？柯雨洛说，都亚当夏娃了，吃什么饭啊！金钺说，那亚当夏娃吃什么？柯雨洛说，我也不知道。不和你贫了，我们还是要吃饭的。金钺说，你还没平等呢！柯雨洛说，算是服了你了。柯雨洛不情愿地回到房间，脱了睡衣，赤裸着，款款地走出来。金钺说，这才好嘛。走，吃饭。柯雨洛能感觉到自己还有几分拘谨，但很快就放松下来。她问，要不要喝点儿葡萄酒？金钺说，好的。柯雨洛开了瓶葡萄酒。柯雨洛做了四个菜：蒸虾、肉丝炒青椒、煎鸡蛋、排骨豆角。柯雨洛倒了两杯酒，递给金钺一杯，问，说点什么呢？第一次这样赤身裸体地吃饭，总觉得不适应。金钺说，为了此刻的自由和解放，喝一口吧！柯雨洛笑了，说，咋光着身子吃饭就自由和解放啦？其实，亚当和夏娃被蛇诱惑偷吃了禁果后，并不幸福。柯雨洛抿了口酒，说，尝尝我做的菜吧，看看手艺有没有长进。金钺说，我只是觉得这样赤裸着好玩儿。柯雨洛说，吃吧。金钺尝了几口柯雨洛做的菜，连连说，好吃，好吃。柯雨洛说，前不久，我参加了一个厨艺培训班，照猫画虎做了几个，你对付吃吧。金钺望着柯雨洛，想说什么，却没有说。他举起酒杯说，喝一口，你辛苦了。金钺莫名地仰头看了看，仿佛在寻找什么。柯雨洛问，看什么呢？好像我这屋子里安了摄像头似的。金钺扑哧笑了。柯雨洛问，你笑什么？金钺说，咋想一块去了呢？柯雨洛问，什么？金钺说，摄像头啊！柯雨洛问，什么意思？金钺说，就是在卧室、客厅、厨房、卫生间、浴室都装上摄像头，记录两个人的生活……半年或者一年时间，或者更长时间，到时候把这些片子剪辑成一个纪录片，你觉得咋样？柯雨洛说，一部切片式的纪录片，可行。你说的是真的吗？是蓄谋已久还是突发灵感？金钺说，突发灵感啊！柯雨洛说，你是认真的吗？金钺说，如果你觉得可行的话，我们可以尝试一下。柯雨洛沉默了。金钺说，你咋不说话了？柯雨洛说，你不打算走了吗？金钺说，常年在外面跑，有些累了，想歇歇。说是歇着，但可以完成我刚刚说的这个……你说呢？柯雨洛说，我怕。金钹问，你怕什么？柯雨洛沉默了一会儿，说，你不觉得我们现在这种关系很好吗？如果真的……我不知道我们是否还会像现在这样……再说，都独身惯了，如果在一起，对方的各种毛病都会暴露出来，还有男女之间的各种羁绊都会……金钹说，你想过吗？这么多年我们的生活都处于一种悬空状态，也许是时候了，该着陆了吧？这种悬空的状态让我觉得每一天都是在向死而生……着陆后，是否可以忘记死，只剩下生？即使那可能是庸常的生……我们是否可以面对一下？我都四十岁了，人生过半，顶多还有三四十年的活头，如有不测的话，说不定……柯雨洛说，这么多年，我看过太多家庭的不堪、婚姻的不堪，所以我说我怕。我们都不是圣人，我们真的就可以避免吗？能超越吗？我不知道。我承认我爱你，可是我害怕那种生活会戕害我们之间的情感。我也是女人，我何尝不想有个男人厮守着？……金钹过了好长时间才说，尝试一下，哪怕是为了我刚刚说的片子，也不行吗？柯雨洛说，我不想用我们的情感来实验……你看我们在艺术上和精神上都活得很充实、丰盈，但我们都是不会生活的人……如果真的把我们的生活变成了一片狼藉，还不如现在这样。你看你每次来几天，我可以应付，如果长时间的话，我怕我做不来。如果那样把彼此都弄得伤痕累累，我觉得也没意思。我们都是理想主义者，如果我们真的被生活打败了，你说到时候会不会生不如死呢？金钹说，那就当我没说，让我们继续悬在生活之上吧！吃饭。柯雨洛说，我给不了你说的那种生活，如果你真的需要那种生活，你可以去找能给你那种生活的女人，我不拦你。我甚至可以给你介绍我们学校里的老师，倒是有一位很适合你，她叫邬云娜，人长得漂亮，也知道你，仰慕你，还向我打听你。离过婚，孩子归男方，她很会生活，是生活家……金钺说，咋扯到这儿了呢？都是我不好。吃饭。我再也不说了。笑一笑吧，我的夏娃，亚当只要夏娃。柯雨洛憋着没笑。金钺又说，看来我的夏娃生气了啊。柯雨洛还是没笑。

这顿饭确实因为金钺的突发奇想，吃得很沉闷。沉闷霾一般笼罩在两人的心上。

六

吃过饭后，柯雨洛坐在沙发上抽烟。金钺收拾了桌子，洗了碗，把厨房打扫了一遍，才出来。他看到柯雨洛坐在那儿，说，别把我的话放在心上，其实，在生活方面我就是一个低能儿。要真的像我说的那样，可能真的会很失败。我只是说说，还不是从纪录片引出来的话头吗？你别介意。柯雨洛说，我没介意啊，这么多年来，你说的那种生活我不是没考虑过，但还是害怕，令我畏怯……如果你觉得不能适应现在这种生活，那我们就分了吧。金钺有些生气了，说，不是不说这话题了吗？都怪我。我都说了嘛，是从创作引出来的话题，我又没当真，你倒当真了。好了，收拾收拾去北陵公园散步吧，我好久没去了，去感受一下陵寝的气息。你说我们就这样赤裸着去北陵里面散步怎样？柯雨洛说，疯子，一定会被当成疯子抓起来的。你脑子里哪来那么多的奇怪想法啊？金钺说，奇怪吗？我们俩难道不是奇怪二人组合吗？柯雨洛说，你啊！见过奇葩，没见过你这样的奇葩！金钺说，你不觉得好玩吗？亚当和夏娃出现在一座古老的陵园内……柯雨洛说，要光，你自己光着，我可不，要是被邻居什么的看到了，我还咋……如果被偷拍了放到网上，你被认了出来，会说我们亵渎亡灵之类的。再说，你又不是靠绯闻炒作自己的人……金钺笑着说，那给你找几片树叶挡着。柯雨洛说，是不是还要种一棵金苹果树啊？邀请蛇也来配合我们……我看我们还是别在公共场所这样了，我们就在这屋里，我明天去买一棵挂满金苹果的树，再买一条蛇，要真的……复制一下伊甸园……

两个人都笑了。

金钺把柯雨洛抱在怀里，亲吻着，把她放到沙发上，抚摸着她……激情过后，金钺躺在沙发上。柯雨洛起身去了卫生间，可以听到水流声。过了一会儿，她拿了条湿热的毛巾出来，给金钺轻轻擦着。此刻的柯雨洛温柔得像只小猫似的。

过了一会儿，柯雨洛问，这次回来有什么计划？金钺说，和望城一个写小说的叫鬼金的作家谈了个关于《葡萄园》的计划，但只是在电话里谈了谈，还没见面碰。柯雨洛说，哦。你说的那个鬼金，我听老宋说起过，好像以前是在轧钢厂开吊车的，后来辞职写小说。我还买过他的一部小说集《用眼泪做成狮子的鬃发》。如果把里面两三篇小说融合成一个剧本，没问题。金钺说，对，就是他。你说的他的这本集子，我还没看到，我倒是看了他最近发表在《作家》杂志上的中篇小说《山丘》，给了我拍《葡萄园》的灵感。柯雨洛说，哦。她的手在他身上抚摸着。柯雨洛说，当下这个经济环境，能辞职写小说挺不容易的，如果能改编成电影，也许他的日子会好过一些。金钺说，我也想帮帮他，毕竟都是东北人。有个奇怪的现象，东北人在外面几乎都不抱团，他们更喜欢跟外省的人玩儿，他们甚至鄙视东北人，企图抹去自己东北人的身份，但他们的作品里却是对东北的书写和呈现。柯雨洛说，人性吧。金钺说，对了，你思考过地域这个问题吗？很多作家还有导演其实都很难逃离他们的故乡，故乡像胎记一般，抹不掉的。柯雨洛说，是的，那种来自地域的血脉里的东西很难抹去，抹去了会给人一种空中楼阁的感觉。好的东西还是从大地和生命里长出来的吧，你扎根东北，尤其是这个时期，会有很多素材可以拍的。不仅仅是地域，关键还是这个地域里的人的生存状态和人性。金钺说，是的。柯雨洛说，努力吧。

金钺点了支烟问，你最近看什么书呢？柯雨洛说，《撒旦探戈》。金钺说，哦，就是电影450多分钟那个吗？柯雨洛说，是的。金钺问，小说怎么样？柯雨洛说，我很喜欢，语言和小说氛围都好，电影改编也很忠实于原著。你不觉得电影和我们东北现在的环境很像吗？金钺说，那是一部有野心的片子，以前看过，有些印象，有时间我们一起看看，探讨一下。柯雨洛说，好。金钺说，如果变成一个东北的故事呢？环境放在卡尔里海的冬天……从秋天的即将结束开始延伸到深冬……柯雨洛说，这可能是一个大工程，要好好想想，对于你是新的挑战。再说，现在是一个"速食"的时代，还有人有耐心看这么长的片子吗？七个多小时啊！看完后，像经历了一场地狱之旅似的。金钺说，如果能用五年时间做出来也行，哪怕是三个小时也行。我总认为艺术是极端的个人行为。你要帮我啊，我老了，身体也不行了。柯雨洛说，喊，还老啊！你还想咋样？我都要被你拆了，你不知道现在强拆违法吗？柯雨洛暧昧地瞅着金钺，金钺笑了。金钺沉默了一会儿说，如果是我拍的话，我就从非洲暴发猪瘟，大批地宰杀那些猪开始……或者像电影《香水》的结尾那样，但要模糊处理一下，那些肉体不是鲜活的，而是灰色的，涂了泥的身体……像从泥土里长出来的……柯雨洛说，你啊，还是那么尖锐！别老是让我担心。金钺听了柯雨洛的话，顿了一下，心想，她怎么会这么说呢？也许她真是为我担心。金钺转移了话题，说，对了，我咋觉得这屋里少了点什么呢？柯雨洛愣了一下，说，没啊！金钺问，"种子"呢？柯雨洛听到"种子"两个字，语调突然变得缓慢下来，悲伤地说，我没跟你说吗？"种子"染上了细小病毒，治疗了几天，还是没抢救过来。金钺说，哦，我忘记你跟我说过了。柯雨洛说，从宠物医院抱回后，我把它装在盒子里，偷偷埋在陵园的一棵松树下面，连带它的玩具什么的。一会儿去散步的时候，我告诉你在哪儿。金钺说，好。还真有些想它了，每次回来，它都扑我，和我亲热……柯雨洛说，别说了，我都哭好几次了，每次想起来，心都揪揪着疼。金钺说，要不再养一只吧？柯雨洛说，不养了，要是再有个三长两短的……伤不起。金钺把柯雨洛抱在怀里。柯雨洛，起来吧，我们去北陵里走走。这么多年，你没觉得你的作品里有一种梦幻和鬼魅的气息吗？金钺说，那就是我需要的耸人听闻啊！柯雨洛把衣服给金钺拿过来，金钺看了看衣服说，我真想就这样出去。柯雨洛说，算啦，乖吧！你也算公众人物，别……金钺穿上衣服，想再说些什么，却没说。柯雨洛简单收拾了一下，拢了拢凌乱的头发，盘在头上，挽着金钺出了门。进了电梯，金钺突然挡住了电梯门，说，等等，家里的垃圾还没扔呢，你等一下我，我去拿垃圾。柯雨洛笑着，用手按着电梯开门键，直到金钺拎着垃圾进来，她紧紧地挽着金钺的胳膊。出了电梯，金钺把垃圾扔到垃圾箱里，一个捡垃圾的白发苍苍的老太太推着手推车急速走过来。金钺怔了一下，心情沉重。

街上的灰土味很浓，有些刺鼻。路边灰白的墙上被贴满了办理各种文凭的小广告和房屋出售、出租的广告，像一只只眼睛。在一面墙上，还写着"专治各种耳病"几个大字。几百米外悬挂着宣传打黑除恶的条幅。金钺对墙上的内容很感兴趣。他贴着墙边走着，还看到有人在上面写了"李小红，我爱你"。金钺说，这些墙上的内容很有意思。柯雨洛说，可以在上面看到一个时代的某些投影。金钺说，嗯。每一条内容后面都透出不同的信息，隐藏着不同的人。如果能找到这些人，相信他们都有着不同的故事。你想象一下，从墙里面突出一张张面孔，他们在讲述他们的故事……柯雨洛说，你啊，散步的时候脑子也不闲着。应该在你的脑子里植入一个芯片，然后把芯片里的影像进行剪辑，一定很好玩。金钺笑了笑说，就靠这个活着，能不想吗？他们走了十多分钟，才进到北陵公园。

　　晚饭后，公园里的人真多，说人山人海也不为过。几支暴走队举着旗子，跟随着高分贝的音乐，雄赳赳气昂昂的。音乐的声音有些大，让金钺的耳朵很不舒服。他们在路边的椅子上坐了一会儿，看到有人在水中游泳，头露在水面上，像一个头颅漂浮在水面上似的，让金钺产生一种紧张的恐惧感。有几艘红黄绿颜色的鸭子形状的游船停在岸边。柯雨洛说，前不久的一天早上，我起来跑步，看到有一艘蓝色游船跑到了水中央，老板气急败坏地骂着，谁偷了船玩儿？他划着另一艘船把水中央的船拉过来的时候，大声喊叫起来，都没人声了。晨练的人围过去，问，咋啦？老板面色苍白，哆嗦着说，死人……死人……有个死人……我正好跑过那儿，也凑到人群前面看了一眼，只见一个剃着光头的男人，脖子的动脉被割破了，船内都是血迹……我当时腿都软了，歇了一会儿，才走回家，洗了个澡，去上班。那件事在公园里的人群中间纷纷扬扬传了很长时间，打破了之前他们对国家时事的议论，成为主要话题。都说是自杀，你说，一个人咋会对自己那么狠呢？……至于死因，也是各种猜测。有说失业的，也有说失恋的，要不就是做错了什么事儿畏罪自杀。对死者的猜测让公园里那些退休的老头老太太脑洞大开。甚至有人说，死者是个外星人，被遗弃在地球上，才……

那是一艘蓝色的鸭子形状的船，后来没再看见，听说被老板给毁了。金钺抓着柯雨洛的手，望着岸边被锁起来的那几艘船，变得沉默。他脑子里呈现出晨光中蓝色的船、红黑色的鲜血，以及躺在里面的死者的画面。他的鼻子甚至闻到了血腥的气味……热滂滂的，被一群苍蝇抬着从一个空间送到他面前。他下意识地用手在虚无的空气中挥了挥，驱赶着。

柯雨洛说，那天晚上我梦见了早上看到的场面，那个光头男人在船里面苏醒过来，睁开眼睛，双手支撑着身体，爬起来，血缓慢地回到了他身上。他站起来，从船上跳到岸上，向公园深处的树林里走去，几只乌鸦在他头上引路……树林的幽暗颤动着包裹住男人的身影，乌鸦兴奋得有些聒噪，在他身体周围扇动着翅膀。树林里开始飘落起雪花，是的，没错，是雪花，晶晶亮亮的，像一群白色精灵。男人的手里不知道什么时候多了把斧头，他蹚着地面上的雪，开始用斧头砍伐身体周围的树木……那阵阵铿铿的砍伐声，溢出了树林，长了翅膀，飞上天空，响彻宇宙。那砍伐的声音每一下都像砍在我身上，我被吓醒，簌簌着起了一身鸡皮疙瘩……我裹着被子坐在床上，像在冰窖里，浑身发冷，牙齿打战。那画面很像一个电影的场景……我总觉得那个男人是我认识的，但我想不起来他是谁。

金钹把柯雨洛搂在怀里。

过了一会儿,柯雨洛提起了邬云娜,问,要不要见个面?金钹说,谁啊?见她干什么?柯雨洛说,我的同事啊!金钹才想起来之前柯雨洛说过的,他坚决地说,不见。柯雨洛没再吭声。

这时候,只听几个人喊着"一、二、三、四"的口号,脚步坚实地砸在地上,发出砰砰的响声,四人队伍齐刷刷地走过来,仿佛在接受路边树木的检阅。他们一人拉着一人的一只手,连成一排从金钹和柯雨洛身后的路上经过,口号喊得元气十足。前面的一个人举着小旗子。柯雨洛说,看到了吗?这四个人,每天早晚都这样走。打头的那个是聋人,第二个是盲人,第三个半身不遂,第四个是哑巴。有时候,第三个和第四个人也会站到排头去。他们互助着一起锻炼身体。金钹说,有意思。水边有些凉了,柯雨洛说,走吧,我领你去树林里看看埋"种子"的地方。金钹说,好。两人边走,柯雨洛边说,就这人山人海的,你还敢赤身裸体吗?金钹笑了,说,还真不敢。除非夜深人静的……柯雨洛说,那就不是亚当和夏娃,是男鬼和女鬼。金钹哈哈笑起来。柯雨洛带着金钹沿着树林间的一条幽暗的小路走着,来到墙边的一棵松树旁边,说,就这儿。金钹盯着树下,跟别的树下没什么两样,他问了句,你确定是在这棵松树下面吗?柯雨洛说,确定,就在这棵松树下,我在树上刻了一个"田"字。金钹靠近树身,果然看到上面的一个因为树木生长,已经变形、扭曲的"田"字,看上去更像一个倾斜的"囚"字。他伸出手指摸了摸。金钹悲伤地说,"种子"啊,我来看你了啊!柯雨洛挽着金钹,眼泪汪汪地在那儿站了一会儿。两人转身要离开的时候,突然感觉到树枝发出哗哗的声音,他们回头，只见一只松鼠精灵般从树上跳下来，转动着小眼珠子望了望他们，轻跳着，消失在草丛里。

两人走到了正门，金钺对着皇太极的雕像注视了一会儿，皇太极仿佛脱离了雕像底座，噌噌地飞升到半空中，在那里俯瞰着整座公园。柯雨洛说，要不要给你们合个影？金钺拒绝了。他们出了公园，身后的喧嚣声不绝于耳，让陵园内深埋地下的先人们不得安宁。

从北陵公园出来，两人绕道去超市买了些吃的才回家。柯雨洛洗了水果，端到金钺跟前的茶几上。她倚靠在金钺的身上，在他耳边轻声说，都疼了。金钺愣怔了一下，才明白柯雨洛说的是什么。他紧紧地把她搂在怀里，轻声说，我给你揉揉。柯雨洛伸手撑了他一下，说，去你的，你还想占我便宜，我才不上当呢。金钺哈哈地笑起来，他隐隐觉得身体里的火再次被点燃了。他迫不及待地在柯雨洛的挣扎中，进入她的身体里……柯雨洛喊着，你坏，你坏，你个大坏蛋……她的身体也燃烧起来，迎合着金钺的身体，天上地下，翻山越岭，江河湖海的……

金钺恍惚觉得，柯雨洛在公园里描述的那个在船上因流血过多全身死白的自杀者就站在旁边盯着他们，令金钺不能停下来。自杀者手里的斧头闪着凛冽的白光……而他们镶嵌在一起的身体就像是树木，随时都会被砍伐似的。在两人变换了体位后，那自杀者才从金钺的恍惚中消失在黑暗中。黑暗蔓延至荒野，荒野上跳动着一撮火苗，犹如暗夜里怦然而动的心脏，发出怦怦的声音，和他们粗重的喘息声交织在一起。他再次犁进柯雨洛的身体里……春天来了，桃花在枝头绽放着……

两人瘫软在沙发上，柯雨洛对金钺说，还像狮子一样。金钺傻笑着。柯雨洛躺了一会儿，才起身去卫生间。金钺突然想起什么，说，你说的那本《撒旦探戈》在哪儿？拿来给我看看。柯雨洛说，还不累啊？别看了。金钹说，我翻翻。柯雨洛说，我看你就是撒旦。金钹说，撒旦和天使不是很配吗？柯雨洛鼻子哼了一声，把那本小说找来，递给金钹。柯雨洛说，我冲个澡，你也过来冲冲吧。金钹说，嗯。他跟着柯雨洛进了浴室。等柯雨洛给他洗完了，他从浴室出来，躺在沙发上翻看着《撒旦探戈》，他感觉到阴森森的冷，连忙把衣服穿上。过了一会儿，柯雨洛从浴室出来，边用毛巾擦头发边说，你还记得一千零一夜旅馆的那个K先生吗？金钹说，什么一千零一夜旅馆？柯雨洛说，你都忘了吗？我的初夜可是在那儿被你给……金钹笑着说，哦，想起来了，怎么了？柯雨洛说，前不久我和朋友们去卡尔里海玩，又住在那个旅馆了，听说K先生死了。金钹说，咋死的？柯雨洛说，好像是什么癌。金钹说，一个好人走了。他也有六十多岁了吧？柯雨洛回答说，差不多吧。她转身又去了卫生间，金钹听到电吹风嗡嗡的声音。柯雨洛在对着镜子吹头发，她看到了自己脸上的皱纹。这次在和金钹的欢爱中，她没有吃避孕药。她犹豫过，吃还是不吃，她仿佛听到一个声音在对她说，无尽的黑暗中，成为母亲，也许会抵达尽头。她在马桶上坐了好一会儿，最后，她把药片扔到了马桶里。她甚至回忆起多年前第一次做人流手术时的决绝和果断，她宁可杀死那个肚子里的婴儿，也不想它来到这个世界上，她连金钹都没告诉。这次是怎么了？老了吗？心变柔软了吗？还是金钹吃饭的时候说的话影响了她？他们需要一种人间烟火的生活。也许生命来到这个节点，就会出现这样的结果吧，需要一种新生来延续和抵抗世界。尽管脸上多了皱纹，柯雨洛还是对着镜子里的自己笑了笑。她用毛巾包裹起头发，拿出海藻泥面膜开始往脸上涂着，涂得那么仔细，连脖颈上都涂了，露出嘴唇、眼睛和耳朵。灰色的面膜像面具戴在柯雨洛脸上，希望可以帮她抢回一些逝去的青春。金钺又翻看了几页《撒旦探戈》，翻不下去了，他想起那位K先生，想起卡尔里海的那个暴风雪肆虐的夜晚……想起一千零一夜旅馆内的炉火……他不知道那个旅馆内隐藏着更大的秘密……

七

柯雨洛从卫生间出来前喊了一声金钺，说，我涂了面膜，别吓到你啊！金钺说，我没那么胆小。柯雨洛从卫生间出来，来到沙发旁边。金钺望着她，心里面还是咯噔一下，涂着灰色海藻泥面膜的柯雨洛像一座灰色雕塑。柯雨洛坐在他身边，指着他旁边的小说《撒旦探戈》，问，你觉得咋样？金钺说，对于我来说，是近年来除了波拉尼奥的小说以外，看到的最好的翻译小说。柯雨洛说，哦。我倒是很喜欢波拉尼奥的《智利之夜》，喜欢那个自称"可怜的、业已衰老的"年轻人，而《撒旦探戈》会把我拽进绝望之中，令我喘不上气来。也许是我老了，这种冷的绝望让我有生理上的不舒服。金钺说，你说得也对，他们小说内部的某种气息是相通的吧，《撒旦探戈》写得更决绝。对了，你说K先生死了，我还记得你多年前和我说过K先生，在那个给予我们美好感受的暴风雪之夜……我唯一记得的是K先生和妻子来卡尔里海旅游，他的妻子被人杀害了，被凶手藏在海边的一个山洞里……后来，K先生就再没离开过卡尔里海，还开了那家一千零一夜旅馆……柯雨洛说，是啊，听上去都像假的、虚构的，但K先生真的在海边待了这么多年，在等待杀害他妻子的人出现……据说，K先生是韩国人，来卡尔里海附近投资一家地板厂，没想到他的妻子……金钺说，不会真的是韩国人吧？柯雨洛说，也许都是人们传说的，但我一个远房的叔叔确实在那个地板厂打过工，出了那事后，地板厂关停了。金钺问，那个旅馆里的中年妇女是谁？柯雨洛说，我们第一次去那儿的时候的那个中年女人是新的老板，K先生后来把旅馆兑给了她……K先生保留了百分之五的股份。金钺说，哦，听上去确实很难让人相信，尤其是他是韩国人这个说法。柯雨洛说，有人说他妻子是中国人，是在韩国打工的时候和K先生认识的。婚后，妻子带着K先生到国内投资。其实，这些都不重要，重要的是K先生是存在的，而且……

柯雨洛问，你喝点什么？茶还是咖啡？我新买的咖啡机不错，我亲自磨咖啡豆。

金钺说，尝尝也行，我怕我失眠，少加点糖。

柯雨洛说，好。

柯雨洛出去做咖啡，只听见咖啡机磨咖啡豆的声音。过了一会儿柯雨洛端过来，金钺喝了一口，那种口味是金钺喜欢的，他找不到一个可以形容的词。他又抿了一口，把咖啡放到茶几上。他抓着柯雨洛的手，仿佛涂着灰色海藻泥面膜的她随时都会消失在空气里似的。

柯雨洛说，K先生死后，那个女老板意外发现了这个旅馆还有一个很大的空旷的地下室……地下室里装修得比旅馆还豪华，看上去就像一家住户。女老板高兴坏了，有这么个空间，可以增加很多床位。她不知道为什么K先生隐瞒了这个地下室的存在……女老板找人收拾地下室的时候，发现了另一个可以进入地下室的通道……他们还在地下室里发现了……

金钺说，不会是 K 先生被杀害的妻子吧？

柯雨洛说，是的。K 先生的妻子就躺在一个大冰柜里……

金钺说，不会吧？这么俗套的故事，是女老板杜撰的吧？大冰柜很费电的，那么精明的老板娘就没发现，直到发现地下室才……有些不可思议。

柯雨洛说，即使你说我幼稚，我也愿意相信，这是真实的。再说，前面不是说到了百分之五的股份吗？也许 K 先生……一个男人能如此，即使这是一个杜撰的故事，我也愿意相信。

柯雨洛变得倔强，说，再说，你不也见过 K 先生吗？

金钺说，那么 K 先生在临死前为什么不处理掉地下室的一切呢？

柯雨洛说，K 先生也不相信自己会突然就……这也是说得过去的啊！

金钺说，那倒是。那么现在那个旅馆咋样？

柯雨洛说，生意异常火爆，尤其是地下室……女老板找人用木板做了几个冰柜形状的大箱子，每一个箱子就像一个小房间，还有一整套的仪式，比如一起去的情侣，男人可以扮演 K 先生，女人扮演 K 先生的妻子，也可以互换扮演，还提供化装等服务的，但都是要额外收费的。为了避免有的人自杀，进到地下室的人都要赤身裸体，不允许带任何东西，进去后换上统一的服装……据说旅馆没实行这个制度的时候，真有女人带着安眠药进去，差点儿死了。旅馆还规定，任何情侣都不许在地下室里有性行为，只能按他们的规定执行。如果有违反的，要被罚款，据说金额相当高，好像是两万元。那旅馆地下室的房间不提前预订的话都订不到的……尤其在旅游季节，都成了网红店。女老板也没想到 K 先生给她留下这么大一笔财富……我和朋友去的时候，看到女老板笑得合不拢嘴，与我们那个冬天看到的她简直判若两人，年轻了很多……

金钺说，这倒是很有创意了，你没尝试去地下室住一晚吗？

柯雨洛说，没，我还住在我们曾经良宵一刻的那个房间……唉，那时候，我们真年轻啊！再说，你没去，我和谁扮演呢？

金钺说，为什么那么多人喜欢这个地下室的游戏呢？

柯雨洛说，也许是好奇、刺激或者是一种疗救吧。

金钺说，现在的人都怎么了？

柯雨洛说，说不好，也许我们每个人都是上帝投掷的骰子吧，至于最后出现什么，没人知道……但对于K先生和他的妻子，我更愿意相信，他们这对骰子最后呈现的是爱……是爱……我们每个人活在这个世界上都在努力地寻找着什么，在上帝投掷下的瞬间，我们就有了自己的旋转轨迹，呈现出来的爱也是不一样的吧，有的人身不由己，而有的人可以做自己的主人，比如K先生和他的妻子呈现出来的这样一种生与死的状态……

金钺沉默了一会儿，说，那么我们这两个骰子会投掷出什么呢？

柯雨洛说，我们还处在骰子一掷的行为中……我们既要挣脱既有的旋转轨迹，还要找到属于我们的方式……你拍电影为了什么？难道仅仅是抵抗吗？你也是在寻找，不是吗？当然不仅仅是……还有……让这个世界变得美好……

金钺说，会吗？

柯雨洛说，会。

芳草地

第一章

　　芳草地是九十年代望城的一家舞厅，在地下商场上面。地下商场和火车站隔一条马路，是将人防工程改成了商场。一些在地下商场买过铺面的人都发财了。那还是个崇尚"万元户"的年代。这个舞厅是突然冒出来的。我有时候放学，转车回家，坐在公交车上会看到悬挂在那里的一个个写着"芳草地舞厅"的广告牌。我是个没有舞蹈天赋的人，对音乐的节奏感也是迟钝的。在那之前，我从没想过会和芳草地舞厅发生什么关系。我更多把那里想象成一个暧昧之地，是我这样的男孩不应该进去的。自然，还有那种因为贫穷滋生的自卑感在作祟。

　　我身高一米七八，体重一百七十五斤，可谓魁梧或者说膀大腰圆。我初中毕业，以比录取线多零点五分的成绩考上了望城高中。我家住在矿区，去望城高中，要到站前转车。车已到站前终点站，坐在车上就能看到芳草地舞厅的广告牌，很简陋，是用霓虹灯管弯出来的"芳草地"三个字，什么字体，我也不懂，就是看上去怪怪的。望城那时候有两大支柱产业，一个是煤矿，一个是钢厂。父亲在煤矿下井。母亲无业，偶尔会在街上摆个小摊什么的，还要对城管提心吊胆的。我还记得有一次，她的秤杆子都被城管的人给撅折了，她是哭着回家的。那时候我就想，我一定要好好学习，逃离这座城市。后来，我妈就在街角租个地方，冬天卖烤地瓜，夏天卖冰棍儿。

　　高中第一学期的期末考试结束那天，我坐车回家。紧张的考试让我阵阵头疼，我右手的中指和大拇指卡着两个太阳穴按摩着。那疼一跳一跳的。这时候，我看见我的初中同学李一卓上车了，他瘦高瘦高的，样子像一匹冬天缺少草料的马，给人弱不禁风的感觉。

李一卓中考，没考上什么学校，也没复读，做什么我也不知道。这还是我们初中毕业后第一次见面。我们都住在矿区的五间房。

李一卓的右胳膊吊着白色的绷带，挂在脖子上，头上也缠着几圈绷带。和他上车的还有一个女孩，我不认识。他看见我了，我把座位让给他。我惊慌地问，咋啦？李一卓说，受了点儿伤，一言难尽。我说，哦。看着他伤员般的样子，我有些心疼，但我不好细问。人都是有自尊心的，尤其是李一卓这样的人。其实他中考失利后，我就觉得他是在躲我。李一卓对身边的女孩说，这是我的好哥们儿，陈道永。我们都叫他道永，你也可以叫他道永。铁道的道，永远的永。女孩短发，黄色的。传说中啤酒洗的，就这颜色。她皮肤很白，眉眼间透着狂野。那丰厚滋润的嘴唇，让人心生想吮吸亲吻的欲望。我的目光跳过她的嘴唇，落在那被牛仔短裙包裹的屁股和黑色网眼丝袜紧贴着的大腿上，是那么令人心惊肉跳，心惊肉跳啊！她说，道永，你好。我叫储芸。储藏的储，草字头下面是白云的云的那个芸。李一卓说，你绕不绕啊！说绕口令呢？储芸笑了。我也笑了。李一卓想笑，但他却是咧着嘴的，可看出他的疼痛。绷带下面的脸还是肿的，青一块紫一块的。右眼整个封住了，只看见一条缝。他的样子，吸引了车内很多乘客的目光。李一卓说，看什么看？那些人连忙收回目光，瞅着别处，但余光还是在瞄着他。我的鼻子能闻到他身上的消毒水的气味。李一卓说，马上要放假了吧？我说，今天刚考完最后一科，放假了。李一卓说，暑假有什么打算吗？我说，还没想好，想出去打工，不想在家窝着。李一卓说，哦。想好做什么了吗？我说，还没想呢。李一卓说，哦。

公交车行至一个十字路口的时候停了下来。马路上站满了人。储芸踮着脚往窗外看着，说，好像是出车祸了，你们看，有个女人躺在地上。车内乘客的目光都苍蝇般嗡的一声飞到窗外。我注意到储芸穿了双红色的高跟鞋。李一卓发现我注视储芸，我的脸红了一下。堵了差不多十几分钟，交警指挥着车辆，绕道而行。储芸也许是穿着高跟鞋站累了，坐在李一卓的腿上。李一卓说，下去。储芸说，让我坐一会儿嘛，能咋的？李一卓说，我这腿也疼。储芸说，等你好了，我们找到那个畜生，废了他。你那一刀扎在他肚子上，看来他也伤得不轻。李一卓没吭声。从他们的对话中，我知道李一卓这是和人打架了，而且打完后对方跑了。李一卓问储芸，你知道那人的名字吗？储芸说，以前在芳草地见过，听人说好像叫……她用染着红指甲油的手指挠了挠头，说，真想不起来了。李一卓说，你就是猪脑子。储芸没反驳。我们住的矿区，在3路公交车的终点站。人越下越少，到终点站，车内就剩下我们三个和一个四十多岁的秃顶男人。我发现那男人的目光不时落在储芸的大腿上，一副猥琐样。他好像就为了看储芸才跟着我们坐到终点站的。我要搀扶李一卓下车，李一卓说，这点儿小伤，没事儿。但我还是扶着他，下了车。储芸好奇地四处看着，说，我还是第一次来这边，有什么好玩的吗？我说，没有。储芸突然看到了什么，大呼小叫地喊着，那边那个是不是教堂？我看到远处半空中举起的十字架和耶稣圣像，说，是的。教堂确实是矿区最高的建筑，耸立在那些平房中间。储芸问，你们进去过吗？我说，去看过。李一卓说，我没。储芸说，哦。我妈信这个，我和她去过别的地方的教堂。

我们住的地方叫五间房。这是很早以前遗留下来的一个名字。现在都是密密麻麻的棚户，蚁巢般，何止五间？也许最初是五间，接着"繁衍"出这么多。

公交车终点站有着各种小店铺：理发店、修鞋铺、寿衣店、五金店、饭馆、清真牛羊肉店、孙家熟食店、矿区俱乐部、金刚川冷面店……

李一卓对储芸说，你去孙家熟食店买点儿熟食，我们喝点儿，我和道永也很久不见了。储芸扭着屁股，那身穿着格外醒目。储芸离开后，我和李一卓站在路边，我说，累了就坐一会儿。李一卓说，不累。我看到他胳膊的绷带上渗出红色的血迹。我问，这女孩是你女朋友吗？李一卓说，刚认识的。我说，哦。李一卓问，咋样？我说，挺招人稀罕的。李一卓说，哦。我说，去你家，你妈能让吗？李一卓说，我妈今晚上夜班。

我们蹲在路边，看着一列拉煤的货车经过。车轮碾压铁轨，发出轰隆轰隆的声音，脚下的大地都跟着颤动起来。可以看到震颤中从车厢的缝隙漏出来的煤粉。储芸买了东西回来，还拎着一瓶白酒。我们穿过铁路，听到铁路旁边有人对着拥挤的人群喊，辛苦啦！储芸问，这是谁啊？李一卓说，疯子二春。疯子二春五十多岁，穿着一件洗得发白的军绿色衣服，站在铁道边。每当矿里拉煤的火车从道口经过时，他就对那些堵在道口的人喊，辛苦啦！声音尖细，近乎公鸭嗓。我们小时候怀疑二春是被人给阉了，但我们抓住他，扒下他裤子的时候，我们看到他的家伙完好无损。我们松开二春，跑开的时候，二春拎着裤子还对我们喊，辛苦啦！

李一卓说，把吃食儿给二春一点儿。储芸拿出一块猪口条，送给了二春。二春说，辛苦啦！他的目光灼灼冒火地盯着储芸扭动的屁股。李一卓逗二春说，二春，让这女的给你做媳妇，要不要？二春傻笑着，口水都从嘴角流出来，他害羞地望着李一卓，说，要，要，我要她做媳妇。李一卓笑着说，那你领走吧。二春目光怯怯地看着我和李一卓，又看看储芸，咧着嘴，说，你们骗人，你们骗人。储芸气哼哼地用左手撑了一下李一卓说，去你的，就这样把我让给一个傻子啦！没想到这一下正撑在他受伤的胳膊上，李一卓咧着嘴喊着，疼，疼！你看着点儿啊！储芸说，活该，叫你嘴上随便就把我让给一个傻子。李一卓说，他傻，你也傻啊？我不就是逗他玩吗？储芸鼻子哼了一声，不理他。

我们回到五间房，我说，我先回家告诉我妈一声，再去你家。李一卓说，好的。等我从我家出来，进了李一卓家院子，来到窗外的时候，我听到里面的声音，多少明白他们在做什么。我转身想走，过一会儿再来，但我还是忍不住透过窗户玻璃往里面看着……我看到储芸在李一卓上面，我看到她的脸，像哭似的。我一哆嗦，碰倒了窗台下面的空酒瓶子。

我听见李一卓在里面说，道永，你来啦？进来吧。我被发现了，心里阵阵紧张，打鼓般，咚咚的。我轻轻拉开门，小腿颤抖着进去。储芸已从李一卓身上下来，俩人还都赤裸着。储芸连忙抓过床单，遮住了身体的敏感部位。我低着头，盯着地面，不敢去看。李一卓说，道永，还没尝过女人的滋味吧？我没听清，问，啥？李一卓央求储芸说，让道永开个荤吧，这是我最好的哥们儿。储芸说，去你的。储芸说着开始穿衣服。她看上去生气了。李一卓说，咋的？你就把我兄弟当成我……你是我的，也是我兄弟的。储芸听出李一卓不高兴的语气，她说，改天我给道永介绍个比我好的。你看道永憨憨的样子，我真的不适合。我可不想……李一卓说，那也行。他对我说，那就让储芸再给你介绍一个。我没吭声，脑子里还在回忆着储芸那仿若哭一般的脸。我恨不得逃出屋子。李一卓说，坐吧。我去了另一个屋子。我看到镶嵌在墙上的佛龛里供着一尊佛像。在佛龛旁边是一个一米多长的书架，四层，上面摆着乱七八糟的东西，落满灰尘。在书架上面是李一卓他爸的遗像，挂在墙上，一个看上去英俊的中年男人。我的目光回到书架上，看到一套发黄的《静静的顿河》，我从书架上拿下来，扑打了下上面的灰，翻了几页。我在书页里看到李一卓哥哥的名字"李一蒙"。李一卓在外屋喊着，道永，吃饭了。我拿着书走出来。李一卓和储芸都穿好了衣服。储芸摆好碗筷，又把熟食切了，摆放到盘子里。李一卓看我手里拿着《静静的顿河》，说，我哥的，你要看送给你了。我说，谢谢。李一卓说，他还有很多书，都没从B城带回来。说到这些的时候，他的语调低沉了。李一卓说，道永，你看你长得膀大腰圆的，但你某些地方真的像我哥。我哥活着的时候就喜欢你。他就是个书呆子，书读多了，都迂了，要不也不会……读那么多书干什么呢？我没吭声，把手里的《静静的顿河》放到身边。储芸穿着一件李一卓的衬衫，蝴蝶般在厨房和外屋飘来飘去的。有些热。光着膀子的李一卓对储芸说，把窗户开开。储芸站起来，开窗，又坐下来。从窗口可以望见远处教堂的十字架。

吃饭的时候，李一卓问我，放暑假了，你打算做什么？

我说，还没想好。

李一卓说，要不要和我去打工？

我问，做啥？

李一卓说，给舞厅看场子。

我问，要打架吗？

李一卓说，打架也不用你，你会打架吗？

我说，不会。

李一卓说，那就得了。芳草地舞厅，我舅在那里帮人看场子，需要个人。你要去的话，我介绍你去。

我说，只要不打架就行。

李一卓说，打架也不用你出手，有我和我舅。

我说，不告诉我妈成吗？我妈一定不同意我去舞厅打工。

李一卓说，行。你妈问我，我就说你在饭店里打工。

我笑笑说，这个谎好，我妈会信的。那我俩口径一致了。

李一卓说，早上十点到晚上十点，管两顿饭，工资五百。

我说，行。我初中给建筑工地当小工，一天才八块钱。

储芸在一旁听着，没说话，嘴里咀嚼着一小条猪耳朵，咬着脆骨，嘎嘣嘎嘣的。

第二章

李一卓他爸是在一九九〇年冬天的矿难中死的，瓦斯爆炸，矿洞坍塌，山石崩裂，一下子死了五个人。那还是我上初二的时候，我和班里的男同学还去帮忙抬重。那天嘎嘎冷，风针一样扎着脸和其他裸露的部分。我们到达殡仪馆的时候就开始下雪了，雪越下越大，白茫茫的，仿佛有只大手在天上挥洒着。时间到了，我们把李一卓的父亲抬到殡葬车上。到达火葬场后，雪还是那么纷纷扬扬，肆意妄为，落个不停。我和同学在雪地里跺着脚，脚指头在棉鞋里都要冻掉了。脖子上的线织套帽被嘴里呼出来的气冻住了，成霜成冰。那疯狂的雪也没能阻止烟囱里升起的一缕轻的白烟。我心里黯然了一下，一个人就这样化作一缕白烟……那一刻，我真想弯腰握一个雪团，朝着虚无砸过去，但我没有。他家亲戚招呼着说，雪大，不下葬了，大伙儿都上车，去饭店吧。

那是我在那个年龄的记忆中经历的最大一场雪，电视新闻里也说是几十年来少有的。现实主义的雪，虚无的雪，浮现在我的记忆里，发出灵魂的喧嚣。

我们直接去饭店。李一卓也跟了回来，他眼睛红肿，嗓子因为哭过，都哑了。他给我们敬酒，感谢我们这些同学来帮忙。他说，以后我们就是兄弟了。李一卓说得很有江湖气。因为天冷，我那天也喝了一小口白酒暖暖身子，没想到喝下去就有些醉。酒席没结束，我看李一卓在忙，没和他打招呼，提前撤了。外面的雪还没有停，地面上厚厚一层，都没过脚踝了。路上的公交车都停运了。我是一步一步走回家的，累得我整个人都要瘫了。回到家，我脱了湿漉漉的棉鞋，扔到炉子旁边，躺到炕上，就睡着了。晚上的时候，李一卓来了，把从饭店打包的饭菜送给我家一份。那时候，能吃到饭店的饭菜，很不容易的。我妈留李一卓吃饭，李一卓说，不吃了，刚吃完，不饿。我送李一卓出了巷子，地面上的雪更厚了。我说，节哀吧。本来要在葬礼上说的，但看见你忙，现在说，也不晚。毕竟，人死了。李一卓说，以前，我爸在的时候，没觉得咋的，我还老是顶撞他，看不上他。这人突然没了，心里面还真有点儿难受，空落落的。我没再安慰他，我也不知道怎么安慰他。李一卓说，我妈和矿上谈判，给我争取，让我接我爸的班，让我也去下井，我不去，我就是死也不去。李一卓没再说什么，他嘴里喷着酒气,从黑暗的巷子走出去。我站在那里望着他的背影消失后,转身回家。这时候,我听到巷子里传出一阵战栗的哭声,炸裂开来。我怔住了,想跑过去,但我没动,我知道悲伤只能自己消化,外人的劝慰只是浮皮潦草的。我心里默默念叨了一声,李一卓,好好的。我拔步蹚着地上的雪往家走。站在家门口的时候,我又扭身看了眼幽深的巷子,那恸哭声听不见了。我进屋后,我妈说,李一卓这孩子挺可怜的。我没吭声。在他爸矿难去世的前一年秋天,他哥哥在B城大学的走廊里,把自己吊在楼梯栏杆上,自杀了。骨灰是悄悄拿回来的。这事儿,李一卓只和我说过,他还叮嘱我说不要告诉别人,好像那是他家的耻辱。

我蜷缩在被窝里,梦见天上落下来的雪片都变成了蝴蝶,亿万只,翩翩地朝着天空飞去,密集的白都令人恐怖了。雪回到了天上,大地空空荡荡,灰色,干冷。从那密集的白中,抽身出一只来,在寒冷的大地上扇动翅膀,朝我飞过来。梦境是那么清晰,连它的触须、翅膀上的花纹、翅膀上类似花粉的东西,都可以看到。它翻山越岭,越过江河湖海,朝着我而来。我躺在那里,几次想爬起来,去迎接它,但我的身体像被什么东西绑缚住了,粘在了炕上似的。我只能躺在那里,一动不动,等待。我的身体在变大,变大,延伸出去,成为大地的一部分……蝴蝶翩翩着,越过冬季那些干枯的草木,荒凉的山,还有那些灰色的建筑,这一切成了我身体的一部分。

醒目、扎眼、静态的冬日大地上,只有蝴蝶是动态的,灵魂一样。随着它越来越近,我开始感觉到热,我听到翅膀摩擦的声音。我的身体开始变化,变成一片草叶枯黄的草地,蔓延开去……那些荒草下面埋着黑暗和鲜血。我的器官，开成那草地上唯一的花朵……

突然，整个空间地动山摇，一切都消失了，梦一样，消失得干干净净。草地变成了千疮百孔的城市废墟，地震了似的。我赤身裸体，在废墟中奔跑，到处乱闯。突然，我听见有人喊我的名字，我停下脚步，东瞅瞅，细看看，心惊胆战的。我看见一小片荒地上站立着一个捆绑在十字形木棍上的稻草人。我问，是你喊我吗？稻草人说，除了我，你看看还能有谁喊你？我说，我以为是鬼呢。我没好气地问，喊我干啥？稻草人说，你迷路了吧？我说，嗯，咋的？你能给我指道儿啊？稻草人说，不相信我啊？我说，有点儿。你说说，我看看。稻草人说，要信我，半信半疑不行。我说，那就拉倒吧。我还是自己走吧，总能找到道儿的。稻草人说，这废墟中，只有我能给你指道儿。我说，真的吗？你以为你是谁？我不搭理它，继续在废墟中寻找出去的路。我确实找不到，残垣断壁的，哪还有路啊？迷宫般。我又绕回来。稻草人说，咋回来了？我说，也许你说得对。求你给我指条道儿。稻草人说，年轻人，要在绝望中信，也要在绝望中不信，那样才能找到你自个儿。我说，没听懂。稻草人说，你会懂的。我说，哦。你刚才说的不是废话吗？道儿呢？稻草人说，回到你来的地方去。这是唯一的道儿。我说，屁话。我要知道我从哪儿来的，还用你告诉我吗？稻草人说，年轻人，你从你家的炕上来。我说，哦。我停下来，想了想，觉得稻草人说得也对。我说，那我回到炕上去。稻草人说，去吧。我说，我咋回去啊？稻草人从身上拔了根稻草，说，给你，骑着它就能回去。我说，别扯淡了，骑根草棍儿就能回去吗？稻草人说，你又不信了。你就算我没说。我说，别，给我。我从它手里夺过那根草棍儿,骑在两腿之间。稻草人嘴里念念有词。我真飞起来了,越过那些废墟,回到了我家炕上。我回身望去,那个异境中的稻草人已经被火点燃,火苗蹿跳。我看到它冲着我摆了摆手,意思是说,再见。我还真难过了,鼻子酸楚,掉下两滴眼泪。泪光中,火苗闪烁,直到稻草人变成了一堆灰烬。对着荒凉的废墟,我动物般号叫起来。

我妈喊着我,你这是咋啦,儿子?不会是中邪了吧?我妈伸手摸了摸我的额头,说,咋这么烫呢?一定是去送葬冻着了。把被子捂严实了,发发汗就好了。我沉入被子的黑暗世界之中。在被子里面,我看到了李一卓他爸,还有他哥,面色苍白地朝着我咧嘴笑。他哥说,那稻草人是我放火烧的……你告诉小卓,要坚强地活下去,我会照顾好我爸的……

夜空中,月亮镶嵌在一艘黑色的船上。我仰望着,之前的梦境就像没发生过。

第三章

暑假的第一天,我还是像之前上学那样早早起来。我妈说,放假了,睡会儿懒觉吧。饭做好了,你起来吃,我去进冰棍儿了。我说,我去帮你吧。我妈说,不用,你不是还和李一卓去饭店打工吗?给老板干活,学着嘴甜一点儿,别不爱说话,没人会拔你的牙。吃饭的人啥样都有,别什么样的都学,要学好。我嗯了一声,躺在炕上,翻看《静静的顿河》。我沉浸在那些文字里。八点半多钟,我起来吃饭,收拾一下,把《静静的顿河》第一册装在军绿色书包里。九点,我去找李一卓。这次,我敲了敲门。李一卓和储芸还没起来。李一卓听见敲门声,问,是道永吗？进来吧，门没锁。我开门进屋，储芸已经起来了，在穿衣服。道永光着身子问，几点啦？我说，九点啦。李一卓问，你吃早饭了吗？我说，吃了。李一卓说，储芸，我们一会儿去道口吃点儿油条豆浆什么的。储芸去梳洗打扮。李一卓从床上起来，他头上和胳膊上的绷带还在。我问，还疼吗？伤到里面了吗？李一卓说，皮外伤，没事儿。其实拿下来也可以，但我要给我舅舅看看，昨天打架的时候他正好出去了，不在。我得让他多给我点儿钱。我说，哦。李一卓说，桌子上有烟，你抽吧。我说，不抽。李一卓，你以前不是会抽吗？我说，偶尔会抽一支，没瘾。李一卓说，过来，帮我把衣服穿上，这膀子有些疼。我拿起他的衣服，看到他身上的青紫，说，挺严重的。李一卓说，重个屁。我帮他穿好衣服，又帮他穿上内裤和裤子。他轻声在我耳边说，如果你中意储芸，我再给你说说。我脸红了一下，连连说，不，不。李一卓说，这事儿包在我身上。有一个常到舞厅里玩的，叫燕秋，也不错，我给你联系联系。我说，不需要。他瞪了我一眼说，拉倒吧，老是"自助餐"有什么意思？他喊着储芸，帮我洗洗脸。储芸说，来啦，我洗条手巾给你擦擦吧，等伤好了再说。他对我说，不着急，十点多能到就行。我说，不急。我坐在他们的床边，把《静静的顿河》拿出来，继续翻看。储芸给李一卓擦脸，好像李一卓的手不老实了，储芸说，受伤了，爪子也不老实。李一卓说，老实了，还叫个爷们吗？储芸说，擦好了，一边去吧。我还没洗完呢。她语调暧昧。李一卓问我，在看什么？我说，昨晚你送我的你哥的书。李一卓说，哦，别看傻了，成了书呆子，像我哥那样。我说，不会。外屋的门开了条缝，我看见储芸蹲在地上洗屁股。那白皙的屁股烫了我的目光，我连忙收回目光，回到书上。那些文字变得模糊了。李一卓叮嘱我说，到了芳草地，少说话，眼睛要好使，跟着我。我说，行。李一卓说，不要轻易和那些来跳舞的人搭讪，只要他们不惹事儿，我们就不用管。我说，嗯。李一卓说，即使他们惹事儿，也不要怕，我和我舅会处理的。芳草地三教九流什么人都有，千万记住少说话。我说，明白。我就做你的小弟。李一卓笑了笑，说，那我可不敢。我们是兄弟。李一卓去了外屋，我听见他和储芸说着什么。我盯着他们，抓起他们的被子闻了闻，又连忙放下。那种男女混合在一起的气味，令我浮想联翩。他们在外屋喊我，道永，走吧。我把书装进书包，出来。这本书后来救了我一命。

  我们路过铁道口的时候，看见二春在那里对着行人比画着，嘴里喊着，辛苦啦！辛苦啦！李一卓在他脑袋上弹了一下，二春抱着头，撇着嘴，委屈得想哭。他的目光苍蝇般盯着储芸。李一卓又像昨晚上看到他时那样逗弄他说，二春，这女孩给你做媳妇，要不要？二春呜啦呜啦的，舌头打卷，说，你骗人，你骗人。昨晚上你就那么说的。李一卓说，记性还挺好啊，这次我不骗你，我让你摸一下她的手，你要管我叫爹，行吗？二春连忙喊着，爹，爹，爹。储芸说，你别欺负个傻子。李一卓说，你以为他傻啊？他天天在这里，就是看女人的。二春还在喊着，爹，爹，爹。李一卓说，储芸，你和他握握手吧。储芸说，不，你看他多脏啊！李一卓说，你要做个圣母一样的女人。储芸说，我才不呢。李一卓央求着说，你就和他握握手，怕啥？我不能白让他叫我爹啊！储芸说，你就是个浑蛋，就这一次，以后你再敢把我和别的男人扯到一起，我就杀了你。她嘴里说"杀"字的时候，恶狠狠的，仿佛真的要杀人似的。我在旁边也觉得李一卓过分了，两次拿储芸开这样的玩笑，但我不好说什么。李一卓喊二春,过来,你摸摸她的手吧。二春眼睛放光,都熠熠生辉了,不敢相信李一卓的话。他喃喃着,爹,爹,这是真的吗?这时候,储芸已经怯怯地伸出手,她看上去有些害怕二春做出什么非常举动,没想到二春竟然绅士般轻轻拉过储芸伸过来的右手,在她的手背上亲吻了一口,然后松开。这个动作把我们都看呆了。李一卓说,你在哪儿学的啊?二春说,不告诉你。我说,快去吃饭吧,别在这里和二春逗了。储芸对二春的行为也很意外,但她还是拿出一张纸,擦了擦手背上二春的口水。她嘲讽李一卓说,你看,人家一个傻子都这么绅士。

这时候,几只不知道谁家的鹅出现在铁道旁边。它们浑身脏兮兮的,或低头吃草,或仰颈高歌。二春扑过去,追赶着那几只鹅,甚至在追赶的过程中,一只手抓住一只鹅的细长脖颈,拎起来,抱在怀里。这个形象,后来竟然出现在我的梦中。

我们离开铁道口,二春还呆呆地站在那里,口水从嘴角流出来,闪着光。我跟在储芸身后,看到她脖颈后面细细的汗毛,毛茸茸的,让我觉得这个早晨是迷人的。

他们坐着吃油条和豆浆,问我,吃不?我说,不吃了。其实,我很想喝碗加白糖的豆浆。我妈临出门的时候给了我两块钱。我坐在那里,目光不时瞟一眼储芸,又撤回来。她兔头般的乳房,随着咀嚼油条的动作颤动着,很是好看。

卖油条的是我和李一卓初中同学蒋红梅的父母。蒋红梅也没考上高中,在复读,准备明年再考。她妈,在五间房这地方,人们都叫她"油条西施"。那确实是个俏女人,名声很不好。她妈端油条过来的时候,看是我们,问我们这是要做啥。她目光毒辣地瞄了眼储芸。李一卓说,去上班。你家蒋红梅咋没来帮忙？她妈说，在家温习功课呢。她对我说，道永，你是考上高中的人，要多帮助一下红梅。我说，行，有啥不懂，可以在我放学后来问我。她好像看出我想喝豆浆，给我端来一碗，里面加了两勺白糖。我喝了几口，太甜了，过了，丧失了豆浆本来的味道。我只喝了半碗。她又和李一卓搭讪着问，这闺女谁家的啊？长得这么俊，就是这头发黄了点儿。李一卓说，我女朋友。储芸冲着"油条西施"说，你管我头发干什么？"油条西施"笑着，撇了下嘴，没吭声。其实，我知道蒋红梅上初中的时候就喜欢我，她有狐臭，还胖，能有一百五十多斤。尤其是夏天的时候，那气味都辣眼睛。她老是找我问问题，我给她解答过几次，整个人都要被她的狐臭熏倒了。其实，她长得一点儿也不难看。

李一卓和储芸吃完后，李一卓给了钱。"油条西施"还说，道永，没事儿到家里玩啊！我没吭声。我们一起去了公交车站。这个时间人不是很多，我们都找到了座位。李一卓和储芸坐在一起，我坐在储芸后面。储芸头倚靠在李一卓肩膀上，说，昨晚没睡好，都怪你瞎折腾。李一卓说，那就睡一会儿吧。

公交车开起来的时候，我偶尔会翕动一下鼻子，眼睛望着窗外，有两朵云叠在一起。

很快，车来到站前终点站。储芸竟然睡着了，没醒。是李一卓把她抱下车的。乘客们都好奇地看着，以为储芸生病了。这一折腾，储芸醒了，迷迷糊糊地，问，到了吗？李一卓说，到了。储芸说，你们先去芳草地，我得回家一趟。李一卓问，回去干吗？储芸说，不用你管。我和李一卓站在路边，看着储芸消失在人群里。后来我才知道，储芸从小丧母，父亲在钢厂出了安全事故，瘫在床上。她初中毕业后就不上学了，靠父亲的抚恤金和厂里给的补贴为生。她父亲认为她是扫帚星,从小克死了她妈,现在又把他克得瘫在床上。即使他瘫在床上,脾气还那么火暴,总是对她破口大骂。储芸在家里待着无聊,就常常跑到舞厅里去玩,玩完回家给父亲做饭。她回到院子里,从一个犄角里拿出藏着的平实朴素的衣裤,把去舞厅的那一套脱下来,换上。我后来曾去过一次她家,她也是这么换装的。我问,咋的?她说,要是被我爸看到我穿那身,非扒了我的皮不可。你别看他瘫在床上,手劲儿还大得很。她那瘫在床上的父亲被储芸照料得还算干净,但那天,他把屎尿拉在裤兜子里,储芸给脱下来,扔进一个大盆里,洗着。他赤身裸体地在床上,像一只凶猛的动物,如果不是瘫痪在床,随时都可能咬人似的。储芸洗完裤子,晾上,拿起根鸡毛掸子抽打他的屁股,说,看你还拉在裤子里,看你还拉在裤子里。他还嘿嘿笑着,说,再也不敢了,再也不敢了。储芸扔下鸡毛掸子,我看到他翕动着嘴,从他的口型上,我看出他在用脏话恶毒地骂着储芸。他还问我,是和我家储芸搞对象吗?这样的丫头,你可不能要。储芸听见了,又拿鸡毛掸子抽他,说,再骂人信不信我割了你的舌头?他们那种奇怪的父女关系,让我心里一阵阵酸楚。储芸和我说,这种日子啥时候熬到头啊?有时候,真想给他吃点儿耗子药得了,但耗子药都买回来了,又下不了手。所以,我常常去芳草地,在那里蹦啊跳啊的,出一身臭汗,整个人的心情就会好些。我是在芳草地认识李一卓的。那天有个男人请我跳舞,我拒绝了,他就对我耍无赖,要打我。我们在舞池里支巴一阵儿,影响别人跳舞了。李一卓过来了,问,咋回事儿?我说,那男的想占我便宜,我……李一卓说,你们咋样我不管,但你们不能影响别人跳舞,知道吗?你们两人的事情，可以去外面解决。那男的喝了酒，不服气地问李一卓，你是谁啊？凭啥管我？老子就耍横了，你能怎么的？李一卓上来抓那人的脖领子，被那人用手打开了。李一卓说，这是我舅舅傅东山的场子，不给我面子，你总要给傅东山个面子吧？那男人右面眉骨上有一道疤，在灯光下很亮。他说，谁是傅东山啊？我混的时候，他还在娘胎里呢！让他出来见我。李一卓说，我舅出去了，现在不在。那男人说，那就别管我。李一卓说，你能报一下你的名号吗？那人说，你不配知道我的名字。李一卓说，你牛啊！别跟我提老皇历，不灵了。在这舞厅里，是龙你也得给我盘着……迷乱的舞池里，人们都停下来，看热闹。舞曲也停了。李一卓抬起脚，踹在他的肚子上，他没防备，摔倒了。两人打起来……我心里觉得挺对不住李一卓的，那天晚上就没回家……相信你都看到了……我喜欢李一卓。那天，他和我说起，让你和我……我其实不是破鞋，不是。但在李一卓心里我好像就是……储芸说着，哭了。我说，你那身穿着确实挺招风的。她父亲赤裸身体蜷缩在床上嗷嗷叫着。储芸和我说这些的时候，李一卓已经进了监狱，是因为另一件事情。那天，我和储芸买了东西要去监狱看望李一卓。这些都是后话。

第四章

我和李一卓来到芳草地门口，已经开门了。售票的女人四十多岁，长发带着少许波浪。她化了妆，红唇，嘴里叼着支烟。她售票的小屋里，烟雾缭绕。芳草地门口躺着个酒鬼。李一卓上去踢了踢他，说，起来，回家睡去。那酒鬼睁开眼睛说，咋的,这是你家地方吗?我又没进舞厅里去,你管得着吗?酒鬼五十岁左右,蓬头垢面、胡子拉碴的。李一卓说,这酒鬼从来不进去,可能是没钱,就在舞厅门口待着。至于他叫什么名字,没人知道,都喊他酒鬼。你看他醉醺醺的,可是一看到光腿的女人,眼睛就放光。李一卓没再搭理酒鬼。

  售票的女人看到李一卓,说,没事儿吧?昨天真把我吓坏了。李一卓说,没事儿。那人你还能认出来吗?知道叫什么吗?售票的阿姨说,不知道叫什么,以前好像老和马三一起来这里玩儿。你舅舅认识马三,让他问问。李一卓说,嗯。我舅舅昨天回来了吗?售票的女人说,没,直到关门都没回来。说不定被哪个女人缠上了……女人说话的语调酸酸的,嫉妒。李一卓给售票女人介绍我,说,这是我哥们儿道永,放暑假了,我让他和我一起在这里看场子。道永,你叫林阿姨。我连忙说,林阿姨好。女人看了看我,目光里有钩子,说,欢迎到芳草地来。李一卓问,有人吗?林阿姨说,还没卖出一张票。每天都要到中午才能上来人。以前,早场有几个人,是钢厂上班的,早上来跳两曲儿再去上班。现在,那几个人也不来了。林阿姨扔了手里的烟,拿起一件打了一半的红毛衣织着。

  我和李一卓进去。屋里灯光明亮,有一个老女人在擦着地。地面上是铁锈色油漆。我说,我要帮忙干活吗?李一卓说,不用。一圈椅子摆在那里,仿佛在等着那些屁股来坐。天花板上是霓虹灯,没开,但能想象出打开后那种绚丽的灯光。尽管灯光明亮,我还是能闻到发霉的气味和呛人的烟味。我们来到一个小屋。这小屋悬于半空,有一个铁楼梯。我们顺着铁楼梯上去,从上面可以看到下面。那个老女人擦地的身影一下子就小了很多,她像是站立在一片血地里。李一卓说,我们就待在这里。有沙发和一个茶几。茶几上有烟灰缸和几个茶杯、一只茶壶。我看到墙上贴着近乎裸体的女人画报,上面的明星,我不认识。在这个小屋左面是舞台。一个麦克风竖立在那里,像个家伙。再就是乐器。除了架子鼓,其他的我叫不上来名字。铁楼梯下面有个门,进去,是厕所,李一卓说,有时候,有些火大的男女会去里面,我们要把他们轰出去,不能在这里……昨天的事儿,储芸不同意,我也不能让你……不好意思。我说,说这干吗?李一卓说,你还没尝过女人的滋味吧,以后,我会帮你的。我没吭声。李一卓说,我舅说了,只有尝过女人的滋味,才算长大。我笑了笑。李一卓问,你觉得储芸这人咋样?我说,挺好的,人长得也不错。李一卓说,就是有点儿野。我没吭声。李一卓没说舞厅的老板是谁,我也没问,但我心里知道,能开这么大的舞厅,要么有钱,要么有人,再不就是又有钱又有人。但这些都跟我没关系,我就是来打个暑期短工,开学后我就上学去了。李一卓倚靠在沙发上,说,困了。我说,你迷糊一会儿吧。我从书包里拿出那本《静静的顿河》,刚翻几页,李一卓说,看书啊,我舅在的时候,你可千万别看书,我舅最烦有文化的人了,说他们虚伪。不对,他好像说的是另一个词,叫伪善。翻译成大白话就是,装大尾巴狼。看上去文绉绉的,其实心里屎尿一大堆。我说,也不能这么说。李一卓说,是我舅这么说的。我连忙要把书收起来,李一卓说,我舅没来,你可以看,毕竟你将来是要上大学的。我说,不看了。就把书装进书包里。李一卓问,你上高中,就没个看上眼的女孩,处个对象什么的?我说,没。李一卓说,你啊,就是太老实了。你还记得小时候我们一起玩儿跳桥的游戏?就是晏河上的那个水泥桥。我们都跳下去,你站在桥上就是不敢跳。我说,你们那是逞能，真要摔断胳膊腿呢？不是我不敢，我不想冲动去做任何事情。李一卓说，我哥咋样？当年也像你一样，最后还不是做出那样的行为？他提起他哥，我无话说了。他哥当年是我们五间房这片唯一考上B城大学的，给他家老长脸了，是我们这些孩子的榜样。他爸妈见人说话都仰着脖。街道领导还敲锣打鼓地去给他家送锦旗，说他家培养出来一个大学生，一个栋梁之材。

　　这时候，音乐响了。我朝下面看去，只见一个老者，梳着大背头，上身白衬衫，下身白裤子，白衬衫掖在裤腰里，一条黑色皮带缠绕在腰间，脚上的皮鞋锃亮。他一个人在舞池里，张开双臂，仿佛抱着一个虚无的舞伴，在独自翩翩起舞，俨然一个昏暗灯光里的幽灵。李一卓看了一眼说，这老头，差不多天天这个点儿来，自个儿跳，即使有女的来，他也不邀请，就自个儿玩。跳过几曲后就走，从不恋战，是个怪人。也不知道是做什么的，看上去像是退休的老干部。也许是年轻的时候喜欢跳舞，这老了，没事儿做，来舞厅跳几曲，当锻炼身体了。看上去人倒是倍儿精神。你仔细看看他那张脸，我总觉得像电影里那些扮演公公的人。我说，什么公公？李一卓说，就是电影里的太监。我说，你就嘴损吧。李一卓说，你再看看，就差一顶古代的帽子了。我看了下，还真像李一卓说的，像。老者跳了三支舞曲，停下来，舞曲也停了。他喘口气，从裤兜里拿出一块叠得整齐的手帕，按了按脑门子上面的汗，又把手帕绕到下巴，擦了一下，之后是脖子，先是从左面擦了一半，手回到下巴处，手翻了一下，是右面，直到脖颈后面。他看了看手帕，揣回裤兜。他很有仪式感地朝门外走去，皮鞋在地上发出清脆响亮的声音。李一卓说，这舞厅里的怪人多了，并不都是来"钓鱼"的。我问,什么鱼?李一卓说,就是女人。我笑了笑,问,就没有来钓男人的吗?李一卓说,有,不多,大都是四五十岁的女人,打扮得花枝招展,脸上的粉,扑得都要掉渣似的。不和你说了,我真得眯一会儿了,头疼。我待着无聊,忐忑地把书拿出来,继续看,但耳朵随时都在注意着铁楼梯的动静,如果有人上来,我就及时把书收起来。"一片乌云从西边涌来。它的黑翼已经洒下零星的雨点。人们把马牵到水塘边去饮。低垂的岸柳被风吹得弯下了腰。浮着一层绿苔的池水,荡起粼粼碧波,映着闪闪的电光。风吝啬地撒着雨点,好像是在把施舍撒向大地的污黑的手掌。"

我阅读有个毛病,喜欢在心里面默念,尤其是读文学作品中好的段落和句子。好像这样的默念,经过口腔的震颤会融入血液里,再返回到大脑,利于记住。

舞厅内变得安静下来,我快速地读了几页。李一卓已经打起了呼噜。他头上缠绕的绷带,让他看上去像一名刚刚包扎过的伤员,斜靠在沙发上。他的嘴里不时嘟囔着什么,我听不清楚。我知道李一卓初中的时候喜欢画画,那时候,他想当个画家。随着他哥哥和父亲的先后去世,他好像忘了自己的爱好,再也没有提起过。他妈是钢厂里的仓库保管员,大多是夜班,也不管他。

中午十一点的时候,舞厅内陆续开始上人了。李一卓醒来,去了趟厕所,顺便打了壶水,回来,泡茶。他对我说,人开始多了。这时候,我已经把书装回书包里,站在小屋的窗口边往下面观看。那些陌生的男人和女人的脸孔,让我感到新鲜和刺激。这是一个我不曾来过的地方,那陆续进来的舞客让我产生一种身处动物园的幻觉。天花板上的霓虹灯旋转着,跳跃的、曲折的光摇晃着，让那些人都处于虚幻之中。灯光落在他们身上，红的、绿的、紫的、黄的……把他们涂抹得仿佛都不是他们自己，让你看不清他们谁是猎人，谁是猎物。男人们的目光在寻找，女人们的目光也在寻找。也有孤独的落单者，藏在角落里，窥视着什么。他们在适应灯光，适应音乐，然后，他们的身体开始动起来。我的目光自然回落到那些女人的身上，落在她们的脸上、她们的大腿上。有的光鲜，有的黯淡。舞曲正式响起，我更多注意的是他们头部以下的身体……碰撞、纠缠，再碰撞。男和女。脚。脚踝。小腿。大腿。胯部。腰。肚子。胸部。脖子。依稀的三两个男人，没有舞伴或者说没有邀请舞伴，也可能女性舞伴不够，再就是他们胆怯，第一次来，还不熟悉环境，也可能是邀请舞伴被拒。他们或站立，或独自扭动肢体，沉浸在音乐中，变成另一个自己。释放，寻找，出一身透汗，重新做人似的。站立的舞客看上去和舞池中那些晃动身体的舞客是那么不协调，犹如两个世界里的人。音乐是一种情绪，或急或缓，让那些人的血液跟着燃烧起来。他们疯狂，疯狂。他们徐缓，徐缓。徐缓的时候，仿佛在谈情说爱，仿佛在思考人生。又像是在交流，单纯的，也可能是暧昧的。仅仅是跳舞的。不仅仅是跳舞的，带着勾搭，带着性的渴望。很复杂，让人搞不懂，朦朦胧胧的，同时也是赤裸裸的。李一卓就像是个老师，在旁边说，这是慢三，慢四。这是伦巴。这个是迪斯科。这是……其实，很多人都不会跳，都是来乐呵的。专业的、跳得好的有没有？有。一两个人吧。这些舞都是我不知道的。我记得小时候流行过一段霹雳舞。有个跳霹雳舞的，好像叫陶金。我还是最喜欢迪斯科，或者说摇摆舞。它可以是个人的，也可以是有呼应的男女。我必须承认，我看到了肢体语言的美。

当然，也有龌龊的肢体语言。站在那里，仿佛我也成了那些舞者中的一员。

这时候，一支舞曲响起，舞厅内的灯突然熄灭了。那些彩色的灯光消失不见了，只剩下黑色。我说，停电了吗？停电咋舞曲还在响着？李一卓说，这一支舞曲是"福利"舞曲。我说，啥意思？李一卓说，就是给那些心里面痒痒的，手也痒痒的人一个机会。我说，哦。舞曲是轻柔的、缓慢的，很适合那种黑和黑暗里面肢体的密谋……我偶尔会听到女人哎呀一声，叫声溢出舞曲的范畴。同时，那黑暗也给了我无限想象力，也成了我的福利似的。虽然是黑暗的，但那些肢体是醒着的。它们变得忙碌起来，纯真的、龌龊的，或许还有其他。我的想象力已经失控……仿佛看到黑暗中，那些赤裸的肢体。又不仅仅是肢体……它们在抚摸、搂抱、掐、撞击。黑暗遮蔽了他们的脸孔，同时也遮蔽了他们的羞耻心……偶尔伴有男人尖锐的口哨声。李一卓说，这打口哨的，一定是孤魂野鬼样的男人。那些有舞伴的，都很珍惜这个"福利"时刻。我说，哦。

这支舞曲结束，灯光唰地一下炸开黑暗似的，令所有人都为之颤抖了一下，从慌乱中、从一场大梦中醒来。他们的肢体才刚刚有了感觉，馋劲儿已经上来了，一些肉马上就要到嘴边了，正想吞下去，或者可以这样说，到嘴的鸭子，突然在灯光亮起的一刹那，飞了，飞了。那灯光像一双残酷的大手……抑或他们从一个黑暗的世界里突然还魂了，从鬼回到了人……他们馋了的手、心，还有下面，都失落了。他们心里面恨啊！懊恼啊！沮丧啊！但也有高兴的，大多是女人，她们终于从黑暗的魔掌中逃出来了。她们在心里感谢突然亮起的灯光，结束了可能进行下去的噩梦，结束了她们已经被占了便宜，并可能会深入的耻辱。

反正,那一刻舞者们的心情千奇百怪。有的在灯光炸开的那一刻就分开了。有的却还在搂抱着,不舍不离的。他们纷纷退出舞池,来到旁边,或站,或坐,有亲近,有疏离。有些人之间已经有了朦胧的情愫,但这一刻又被熄灭了。他们都累了。这支舞曲跳得比其他的都累,他们仿佛用命跳了。也有拿捏得很好,欲尝又止的。跳舞就是锻炼身体,是肢体动作,干吗要把欲望和情感投入进去呢?这样的男人和女人都比较老到,经历过风雨的,知道欲望是一团火,随时可能引火烧身。尤其在这样的地方,动情是不值得的,想得到,又得不到,是最好的状态。

一束光落在一个女人身上。她穿着一件白色连衣裙,一只手下意识地揉了一下左面的乳房。手指细长、白皙。我的目光移到她脸上,瓜子脸,看上去有三十多岁。有男人过来搭讪,但她拒绝了,男人们讪讪地离开。她的目光里含着忧伤。

李一卓问,看什么呢?

我指着那个女人。

李一卓说,以前没看见过,好像是今天新来的。

我说,哦。

李一卓说,看上去条儿很正啊!

我们正说着,只见那女人离开了,朝门口走去,再没回来。

我的思维还停留在之前的那些肢体、灯光、音乐之中。不仅仅是新奇,心里面还有着莫名的刺激和漾动,好像之前被禁锢的都复活了。我能感觉到身体的躁动或者说躁狂,都令我恐惧了。我拿起李一卓的烟,点了一支。这对于我是一个新鲜的世界。尤其是黑曲那一刻,我俨然听到了风声,风吹动草木的声音,野兽的喘息声……我也开始体会到黑暗的魅惑和神秘,里面像隐藏着一只手,在我的身上、在我心里,抓挠着。这竟然带给我一阵饥饿感。

我问,这样的"福利",有几场?

李一卓说,一般两场,上午十一点左右,晚上八点左右。

我说,咋不多几场呢?时间再长一些。

李一卓说,那还了得?会炸开锅的。这也是舞厅老板背后有人,否则,这样都不允许。我们也是打个擦边球。

我说,哦,看来黑暗是被禁止的啊!

李一卓突然大惊小怪起来,说,你说什么?

我说,我说什么了?

李一卓说,你说,哦,看来黑暗是被禁止的啊!

我问,怎么了?这句话有问题吗?

李一卓说,你是诗人啊!

我说,别埋汰我。我是什么诗人啊?其实,我是想说,黑灯跳舞是被禁止的啊,没想到随口说成黑暗了。

李一卓说,真的,我哥有一本《朦胧诗选》,我翻过的,不知道在不在家里,我晚上回去找找,如果能找到,送给你。

我说,我根本不知道什么《朦胧诗选》。

李一卓说,我恍惚还记得,北岛、顾城、舒婷几个诗人……北岛的那句"卑鄙是卑鄙者的通行证,高尚是高尚者的墓志铭",老有名了。我哥当年都能背下来。你一定要看看那本《朦胧诗选》。如果我哥那本找不到了,我去书店买一本送给你。

李一卓又说,看来,我真不该让你来舞厅打工,你就应该在家好好看书。

我说,拉倒吧。偶然说出一句话,你就以为我是诗人,狗屁了。

刚刚结束的舞曲和那些舞者，让我心里的躁动或躁狂还没有消停。我连抽了李一卓两支烟，口干舌燥的，身体里有火苗隐隐跳动。我拿起李一卓的杯子，喝了杯茶水。

李一卓说，刚才说过的事儿，你到时候提醒我一下，我回去给你找那本书，找不到我就买一本送给你。

我说，我挣钱自己买。

中午了，舞厅里的人少了。

李一卓说，吃过饭后还会热闹，再就是晚场。

第五章

李一卓的舅舅傅东山是在下午四点半多钟出现在舞厅的。李一卓在小屋里看见，说，我舅来了。我们听到铁楼梯上的脚步声。上来的人四十多岁，很瘦，像一匹狼。这是我的第一感觉。他让我感到恐惧。李一卓连忙介绍说，道永，这是我舅。你也叫舅吧。李一卓又对傅东山说，这是我同学道永，你那天不是说缺人手吗？正好他暑假没事儿做，我就让他来帮忙。傅东山打量了一下我，我能感觉到他目光里的秋风，瑟瑟的。傅东山说，那就跟着一卓，在这儿干吧。傅东山坐在沙发上，我连忙给他倒茶。傅东山问，一卓，昨天是怎么回事儿，你？李一卓把事情的经过说了一下，傅东山说，哦，你没事吧？李一卓说，没事儿。傅东山说，没事儿就把头上的破纱布拿下来，看上去怪吓人的。李一卓把头上的纱布揭下来，扔进垃圾桶里。他胳膊上的纱布没动。李一卓说，这胳膊上的还有些疼，破了点儿。傅东山没吭声，点了支烟。李一卓说，舅舅，你要给我报仇啊，外甥这是被欺负啦，你如果不给我做主，以后那些人都会来舞厅捣乱的。傅东山说，他们敢！我问问是什么人做的，如果找到了，不会有他好果子吃的。他说着，哈欠连连。我看李一卓的脸上很委屈，好像傅东山没给他做主。傅东山说，我睡一会儿，你们盯着。昨晚上"麻"了一宿，白磨手指头了，还是输了。他说完，仰躺在沙发上就睡了。李一卓看着傅东山，再没说什么。尽管傅东山睡了，但那呼噜声同样让我感到恐惧。他身上释放出一种莫名的寒气。尤其是他刚剃过的头，头皮青刷刷的，可以瞅见右侧挨着耳朵的地方有一道明亮的伤疤，倾斜着，两寸多长，仿佛随时都会从那个伤疤里伸出一把看不见的锋芒四射的刀子。我的手下意识地摸了摸书包里的那本书，心里面莫名安稳很多。

听李一卓说过，他舅舅傅东山原来是望城机械厂的工人，和人打架，造成对方重伤，他被判了三年。从里面出来后，他先是跟马三混，慢慢成了马三身边的"四大金刚"之一。其实，这舞厅的场子也是马三介绍的。他脑袋上的疤就是在一次械斗中被人砍了一刀留下的。他结过一次婚，待在监狱里的时候，那女人和人跑了。他出狱后，找遍整个望城都没找到。据说那女人是和人去南方了。

五点多钟，我看到储芸带着个女孩出现在舞厅里。我对李一卓说，储芸来了。让她上来吗？李一卓悄声对我说，这个小屋我舅舅不让其他人上来的。傅东山还在睡觉，躺在沙发上的姿势，像被钉在十字架上。李一卓说，我先下去，打个招呼。我说，好。储芸这时候已经从下面仰头朝着我们挥手。舞池内稀落的舞者，在缓慢的舞曲中，相互搀扶着似的，拖着脚步，在地上挪动。他们挪动着脚，像是在给舞厅擦地似的。他们的激情在身体里压抑着、内敛着、隐忍着，还没有释放。李一卓轻声开门下去，我还是听到他踩在铁楼梯上的脚步声。在李一卓离开的那一刻，我突然有一种被囚禁在这个小屋子里的感觉。一种禁锢感滋生，让我浑身不自在。我坐在一个塑料凳上，望着下面的舞池。储芸带来的女孩比她高点儿，黑色高跟鞋，牛仔裤，上面是一件类似薄纱面料的衣服，长袖，两只袖子挽起来，露出白皙的小臂，两个衣襟下摆系在一起。她扎了个马尾辫，圆脸。牛仔裤紧紧包裹着她的屁股。她已经和储芸拉着手，随着舞曲缓慢移动，拖曳着脚步，看上去像一对姐妹。李一卓来到她们身边的时候，她们停下来，来到舞池边上。我听不到他们说话，但从他们的表情上看，他们在彼此介绍着。李一卓和那个女孩握了握手。李一卓还冲着我待着的小屋指了指。

过了一会儿，李一卓回来了，说，那女孩叫吴婷妮，在地下商场卖鞋，是自己家的摊位。储芸说了，要给你们介绍介绍。我没吭声。李一卓说，看上去人还不错。但我总觉得她哪个地方不对，舞厅里灯光不好，我也没看清。等你们见面的时候，你好好看看。我说，我还不想这么早处对象，我还要上学，怕分心。李一卓说，又不影响你上学，处着玩儿呗。我说，我不喜欢儿戏。李一卓说，你啊！我不管你了。

这时候，下面发生了骚乱。李一卓说，你和我下去看看怎么回事儿。我们下去，只见一个女人和另一个女人厮打在一起，一个戴着眼镜的男人站在一边。原来是女人A的丈夫偷偷和女人B在舞厅里跳舞。女人A知道了，找到舞厅来了。女人A明显干不过女人B，衣服都被抓破了，一只乳房兔子般跳出来，但女人A还在拼命嘶吼，呼喊她的眼镜男人来帮她。女人A说，快来帮我啊！我和你睡多少年了，你不能就这么向着外人来欺负我。男人说，我们就跳个舞，真的没干什么。女人B在这个时候已经抱住了女人A的一条腿，把女人A摔倒在地上，骑在她身上，抽女人A的耳光。李一卓过来阻止了她们。女人B说，干什么？李一卓说，这里是舞厅，不是你们家，要打你们出去打，别影响别人跳舞。女人B说，咋的？这舞厅你家开的吗？李一卓说，我就是这里看场子的。信不信我把你们打出去？女人B看了眼李一卓，从女人A身上起来。女人B拉着那个男人出去了。女人A还在地上耍泼，不起来。李一卓说，他们都走了，你还躺在地上干什么？他们要是干出点儿什么事儿，你不后悔吗？女人A连忙从地上爬起来，追了出去。她的一只鞋掉在地上。李一卓捡起来，喊着，你的鞋。我们出了舞厅的门，没看到女人B和那个眼镜男，只看见女人A坐在地上号啕大哭。李一卓把她的鞋扔给她。舞厅里跳舞的人也出来不少，看热闹的。储芸和那个女孩也出来了。李一卓说，都回去继续跳舞吧。储芸说，我要是这个女的，我就杀了那个女的……她身边的女孩没说话。女人A这么一闹，我看到几个男人可能心虚了，离开舞厅，走了。

　　舞厅里这时候播放着快节奏的舞曲，是为了驱散刚才发生的事情在人们心里的阴影。我看到那些舞者开始尽情地扭摆身体……李一卓看到舞厅内恢复正常，拉着我，还有储芸和那个女孩，我们在舞厅门口抽烟。储芸给我介绍着女孩，说，这是吴婷妮。我说，我知道，刚才李一卓和我说了。吴婷妮主动伸出手，我也紧张地伸出手和她柔软的手握了握，连忙松开。那一瞬间，我的手心就出汗了，感觉到一股电流电了我一下。我脸红了。我用眼角的余光看到吴婷妮看了看我。我想起之前李一卓和我说过的话,我注意地看了一下吴婷妮,我发现她的左眼球一动不动。后来,我知道那是一只假眼,是她小时候被小朋友的弹弓打的。吴婷妮说,我就在这芳草地下面的商场里卖鞋,随时欢迎找我玩儿。我腼腆地点了点头,脸上阵阵发热。她说完,和储芸说了几句什么,就离开舞厅了。储芸小声问我,这个女孩适合你吧?我摇了摇头。储芸说,她家很有钱的,这地下商场里有五个摊位。

我们回到舞厅内,李一卓看见一个男人,连忙走过去,两人在角落里轻声说着什么。过了一会儿,那男人走了。李一卓和储芸跳了一曲,说,我得晚上十点多才回去,你别在这舞厅里待着了,招风。储芸笑了笑,说,咋?怕被别人拐走吗?李一卓说,那倒不怕,我怕再为你打架。储芸牙齿里发出"喊"的一声,说,你说我去哪儿?去你家,还是回我家?李一卓说,我给你钥匙,你去我家吧。储芸说,碰上你妈,我怎么说?李一卓说,你就说你是她儿媳妇。储芸说,你妈要是看不上我呢?李一卓说,我看上你就行了呗。李一卓掏出钥匙和五块钱,递给储芸,说,晚上弄点儿菜,买瓶酒,我和道永回去吃夜宵。储芸说,好吧。她恋恋不舍地离开舞厅。我和李一卓回到小屋内。李一卓说,刚才和我说话的男人是便衣,说最近有个逃犯跑到望城,让我们注意,发现什么可疑的人赶快报告。我听了,心里一凛。傅东山醒了,坐在那里喝水。他问,刚才咋啦?李一卓说,小事儿,是两个女人为了个男的打起来了,让我给弄出去了。傅东山说,哦。李一卓说,刚才派出所的老边来了,说有逃犯跑到我们这城市了,让我们注意点儿。傅东山说,哦。傅东山看上去还没睡醒似的,哈欠连天。傅东山站起来,伸了个懒腰,说,你们看着,我先走了。我最近认识个开饭馆的娘儿们，让我晚上过去。如果马三来了，让他们到香香饭馆找我。李一卓说，知道了。

傅东山走后不久，舞厅又发生一件事儿。这次是个男人到这里来找自己的老婆……男人揪住正在跳舞的女人的头发，往墙上磕着。和女人跳舞的那男的吓跑了。从样子看，他们并没有什么关系，只是正常跳舞。但女人多疑的丈夫还是不依不饶，直到我和李一卓下去，把他们请到外面去。男人揪着女人的头发，边走边骂，你还敢不敢来这地方了？孩子在家，你一个人偷跑到这里来……你……你还敢不敢来了？女人跪在地上求饶说，不敢了，再也不敢了。

我站在那里，想，这芳草地到底是个什么地方啊？

多年后，我回忆这段在芳草地打工的日子，还想过这个问题，我在心里将芳草地定义为"失意者乐园"。

九点多钟，舞厅里的人渐渐少了，只剩下几个男的、一两个女人。有时候，舞曲响起的时候甚至是空场，都没人跳了。李一卓困了，说，我迷糊一会儿。我在那里无聊，把《静静的顿河》拿出来，又翻看了几页。

十点钟到了，铃声是林阿姨打响的。仍旧有男人恋恋不舍，不想离开的样子，仿佛出了这舞厅就无家可归了。我和李一卓从小屋下来，和林阿姨打招呼。林阿姨的男人来接她，两人锁了舞厅的门。李一卓对林阿姨说，我打车捎你们一段吧？林阿姨挽着她男人的胳膊，说，不用了，我们走一走。这坐了差不多一天了，腿都木了。李一卓说，那好吧，我们走了。再见。

我们打车回到五间房。李一卓说，到我家去吧，吃点儿。

我说，不去了，这么晚，我妈会担心的。

李一卓说，和你妈说一声再过来。

我说，第一天，我有些累了。再说，我可不想当你们的电灯泡。

李一卓说，什么电灯泡啊！要不下次让储芸把吴婷妮叫来……

我说，算啦。

我回到家，我妈还没睡，问，咋这么晚？

我说，饭店就这个点儿关门。

我妈说，哦。其实，你不去打工，我们这个家吃饭也没问题。

我说，就是出去见识见识。

我回到我的小屋，看了会儿书，睡了。

睡梦中，舞厅里那些五颜六色的霓虹灯闪烁。那些舞者面孔苍白，犹如一群鬼魂。吴婷妮婀娜地向我走来，在靠近我的时候，她的那只假眼睛掉落在地上，从那里呈现出那些舞者变化、扭曲的面孔……那是一个颠倒的世界，是那只假眼睛里的世界……当我把那只假眼睛从地上捡起来，还给吴婷妮的时候，之前的一切都消失了。那假眼睛的凉意，还滞留在我的手心里。她用另一只眼睛看着我，魅惑地伸过一只手，拉着我，右手中指在我的下巴上勾了一下，发出啪的一声。我紧张地看着她，她说，小样，还害羞啦！我猜到她要做什么，我吓坏了，从她身边逃走。耳边是呼呼的风声，我能感觉到吴婷妮领着那些鬼魂般的舞者，在追赶我……我跑进一片荒野之中，才把他们甩开……下雪了，我朝着雪山样的高处走去。我坐在那白色坟墓般的雪山上，俯瞰着吴婷妮带来追赶我的那些人……他们没看见我。他们开始在白色的荒野上翩翩起舞，像一场狂欢。他们蹦跳着，搂抱着，累了，纷纷躺在地上，组成"芳草地"几个大字。我冻得瑟瑟发抖,感觉身下的雪在坍塌,坍塌……直到我坠落下去……坠落下去……无尽的黑……在那无尽的黑下面躺着吴婷妮白色的胴体,我落在她身上……我们镶嵌到一起。后来,我们仰躺在下面,望着纷纷飘落的雪,仿佛那是一场永不会止息的雪。吴婷妮慌乱了,她身下是一摊血,就仿佛我们刚刚是躺在一块红布上做爱……我安慰着她说,等雪落下来,变厚了,一切就都看不见了。她温柔地搂紧我说,我要给你生雪花那么多的孩子……你就是他们的国王……

我醒了,天还没亮,还处在黑暗中。那来自梦境的凛冽,还有恐惧,仍旧缠绕着我。即使,那只是梦,童话般的梦。

第六章

那天下雨,舞厅里没几个跳舞的。储芸和吴婷妮来了,我和李一卓陪着她们玩了一会儿。李一卓对我说,放你半天假,下午你可以和吴婷妮出去玩玩,等晚上再过来。我看了看吴婷妮,她也看了看我。我说,这不是在舞厅里玩了吗?李一卓说,你们去公园什么地方转转。我说,哦。吴婷妮又看了看我,说,好吧,我们出去走走。再说,下雨天,还挺浪漫的。我心有顾忌,我想到那天晚上梦见和吴婷妮在一起,心里面不免紧张。储芸在旁边也说,出去转转,道永在这舞厅里闷好几天了。我和吴婷妮出了舞厅,我拿着雨伞,多半雨伞倾斜在她头顶上。雨竟然渐渐大起来,偶尔伴着雷电。我问,这么大雨,去哪儿啊?吴婷妮说,去公园吧,从这里到公园也就十几分钟的路,穿过市府广场就到了。我说,好吧。雨滴包裹着雨伞下面的我们。吴婷妮挽着我的胳膊,我紧张了,想挣脱,但没有挣脱。她挽着我，还是让我感到温暖和甜蜜，尽管雨滴已经打湿我的衣服。大街上看不到人，仿佛我们是地球上最后的两个人。雨的世界是庞大的、荒芜的……我们是这个世界上唯一的生机。雨滴落在伞上的声音是有序的，又是杂乱的。杂乱的时候，很像我的心情。我不知道说什么。市政府广场刚刚举办一场彩票抓奖活动，因为雨大，停了，地上都是白花花的废弃的彩票，有的在雨水中漂浮起来。我们踩着那些即将化成纸浆的废弃彩票，穿过市府广场，朝着公园走去。湿漉漉的雨的世界，包裹着我们，我们像一对孪生兄妹似的，即将被降生。降生到什么地方？另一个世界吗？还是另一个星球？

公园里的植物被雨水浇灌和洗刷，那种绿是明亮的，除了散发出植物的清新味道，还有一种金属般的声音，让我不禁翕动着鼻子和竖起耳朵。我没话找话说，这公园里草木的气味真好闻，不像芳草地里，那些人的气味，臭烘烘的。真羡慕这些植物，如果能做一棵树、一根草，该多好。吴婷妮说，你说话，像个没长大的孩子。我说，哦。我们顺着甬道一直走到纪念碑下面。我们在纪念碑下面站了一会儿，雨更大了。吴婷妮说，我们找个避雨的地方吧。我说，哪有啊？吴婷妮说，从纪念碑下去，有个凉亭。我们这次没有按原路回去，而是从台阶上下来。吴婷妮还挽着我，好像怕从台阶上摔下去似的。我们看到四根红色柱子支撑的凉亭。

我把雨伞放到一边，找了个地方坐下。

吴婷妮说，你的衣服都湿了。

我说，没事儿。

雨水从凉亭四周落下来，凉亭像一个雨中的囚笼。那些树木上的叶子是明亮的，反射着光。

吴婷妮说，把衣服脱下来，拧拧水，别着凉，感冒了。

我说，没事儿的。

吴婷妮说，别犟。

我背过身去，把衣服脱下来，拧了拧水，又穿上了。我坐在那里，看到雨滴到的石板上，石板坑坑洼洼的，我想，这就是水滴石穿吧。在石缝里，一根青草倔强地生长着。

我问，你常去芳草地吗？

吴婷妮说，心情不好的时候，会去蹦跶一会儿。都是偷着去，我爸不让，要是被我爸知道，我就惨了。

我说，哦。

吴婷妮说，你在高中啊！听储芸说的。那是要考大学的，羡慕你这样学习好的。

我不知道怎么回答。

吴婷妮说，我初中的时候学习也很好，没想到我妈病了，癌症，我也没心思学了。初三的时候，我妈去世，我就更没心思学了。我爸又给我找了个后妈。现在，我爸就用地下商场这几个摊位拴着我。

我说，那也不错了，你还有几个摊位，比那些给别人打工的人强。

吴婷妮说，可这不是我要的生活。

我问，那你要什么样的生活呢？

吴婷妮说，我也不知道。我还是想自己学点儿什么，我很喜欢服装设计，我想去外面学，可我爸不让……就这样死守着几个摊位，有什么奔头呢？

我说，也许你爸有他的用心吧。

吴婷妮说，他有什么用心？他现在只对我那个弟弟好，是他和后妈生的，将来我可能还是一无所有。我那个后妈，现在就天天看我鼻子不是鼻子，脸不是脸的。

我同情地看着她，说，过来坐一会儿吧。

吴婷妮看了看我，竟然坐在我腿上，胳膊搂着我的脖子。我紧张得不敢喘气。

我坦白说，之前梦见她了，就是第一次在芳草地见面后的那天晚上。

吴婷妮说，在梦里一定没干好事儿。

我羞愧地承认了。

吴婷妮问，你喜欢我吗？

我说，想听真话，还是假话？

吴婷妮说，真话。

我说，现在比那天见面的时候多喜欢一些。虽然做了那样的梦，但我想，那不是因为喜欢，而是我这个时期的生理反应吧。

吴婷妮说，你是诚实的，但你这么说，真的很伤女孩子的心。但我不在乎，我知道你是个心气高的人，你将来……我这样的女孩子是配不上你的……

我说，别这么说。

吴婷妮说，从第一次看到你，我心里就明白。我也是清醒的。尽管我喜欢你，但我知道，我们是不可能在一起的。所以，储芸和我说起这事儿，我根本没当回事儿。还有储芸和李一卓，我也不看好。会有储芸哭的那一天。我劝过储芸，可是她不听，是迷了心窍了。这样的事儿也不能劝，还是要自己去经历，疼过之后就知道了。

我说，你经验丰富啊！

吴婷妮说，也不行，就是从我妈去世后，我男朋友就没断过，直到去年我才想明白，不能那样下去了……这次，我也是给储芸面子，才和你见见的。你是个好男孩，别被我拉下水了。我是个坏女孩。

我说，哦，有多坏？

吴婷妮说，是你想象不到的坏。

我说，我不信。

吴婷妮说，我比你更了解我自己。

吴婷妮从我腿上站起来，说，我们回去吧。

我说，好。

从公园回来，我们又说了很多。我还记得她说，舞厅是个躁狂之地，希望我不要被那种躁狂传染，陷进去……就像一个臭水沟，什么人都有，你别被淹在里面，弄得一身脏水……

我说，我会记住的。

吴婷妮回地下商场去了，我独自回了芳草地。

从那次之后，我再没看到吴婷妮出现在舞厅里，倒是我去找过她两次。

那天回到芳草地后，李一卓把我埋汰得灰头土脸的，但我没计较。储芸表示惋惜。我们就再没提这事儿。

晚上下班后，我回到家，还在想着吴婷妮的话。虽然我还没有看到她说的污秽，但她说的躁狂，我已经深有体会。我拿出笔，简单记录下她说的话，还记录了之前梦境里的一些事情，记在我的一个小本子上。

李一卓在家里找到他哥的那本《朦胧诗选》，送给了我。我翻了几页，在院子里冲了个凉水澡，睡了。

第七章

　　有一天，二春不知道被谁带着来到了舞厅。我感到惊讶，对坐在沙发上的李一卓说，你看，二春都来了。李一卓从沙发上站起来。我看见二春在五颜六色的绚丽灯光下，先是恐惧的，目光怯怯的，甚至还用手捂住了眼睛，抵挡那些灯光。过了一会儿，他睁开眼睛，盯着那些女人看，他的眼睛发光发亮了。李一卓说，你看，只要是人，就都有欲望。别看二春是个傻子，他同样是有欲望的。二春对音乐竟然很敏感，跟随着节奏，在那里笨拙地扭动着屁股。扭了一会儿，他僵硬的身体开始变得柔软了，他的腿脚、他的手臂，在音乐声中飘摇着，看上去还真是那么回事儿。偶尔，一个怪异的动作，才暴露出他的破绽。有男人发现他傻了，过来逗他。他像斗舞似的，和人家比画几下，就不理人家了，独自沉迷在音乐声中。可能逗弄他的男人还不甘心，怂恿身边的女人和二春跳。女人过来，和二春比画着，扭腰，抖胯，胸脯向前，蛇一样伸展。二春不动了。围观者们发出哄笑，说，傻了，傻了，这傻子。看来，是没见过这样的。二春只是短暂惊呆在那里。他开始模仿女人的动作，扭腰，抖胯，胸脯向前一挺，虽然笨拙、僵硬，没有女人凸起的胸脯，但真的很像那么回事儿了。我说，没想到二春还真挺有天赋的，看一眼，就模仿得很像。他的模仿算是对那些人的示威，撩拨他的女人伸出细长的手臂，绕到二春的脖子上，用胯部的一侧撞击着二春胯部的一侧……二春僵直地站在那里，没反应过来。他企图去迎合，但女人灵巧地闪开了。二春气急败坏，他明白这些人是在耍他、戏弄他。在女人转身再次要撞击他胯部的时候，二春猛地把女人抱住，屁股向前耸动着，像动物那样。女人尖叫着，要从二春的怀里挣脱出来，但二春紧紧抱着她，不停地撞击着她。那些男人看不下去了。二春透着淫秽、下流的动作，让他们愤怒了。他们冲上来，要把女人从二春怀里救出来。二春一身的蛮力，没让他们得逞。女人在他怀里面色苍白。二春的屁股还像拉风箱似的撞击着女人。李一卓笑着说，看看，叫那些人撩闲，现在把二春的潜能给激发出来了。这时候，二春竟然把女人转了个身，搂在怀里，从女人后面袭击她。女人哭了。那些围观者在起哄，让二春亲女人。我说，不能让二春这样胡闹了，你赶快下去。再这样下去，二春会吃亏的。果然，几个男人合力把二春按倒在舞池中央，像对待牲口似的，朝着他拳打脚踢。我和李一卓连忙跑下去，制止了他们对二春的暴力。他们嘴里还恨恨地骂着，一个傻子到这舞厅里来耍流氓，我们要好好收拾他一下。李一卓说，我们在上面都看到了，是你们想戏弄人家。都歇了吧，该干吗干吗，和一个傻子一般见识，有意思吗？我把二春从地上拉起来，他的眼睛和脸部都被打肿了。看到我和李一卓，他眼睛一亮，咧嘴笑了，仿佛从动物的状态一下子回到了人形。我们把二春拉到一边，那些人就像什么都没发生过似的，继续他们肢体的狂欢。我看了一眼那个逗弄二春不成，却被二春袭击的女人，此刻她正分外疯狂地在舞池里舞动着身体，蹦着、跳着，头发也甩起来了，仿佛二春唤醒了她的什么似的。其实，二春那是出于本能。灯光颤动着，切割他们的身体。他们沉浸在一个世界之中，把孤独、寂寞、痛苦、迷惘、焦虑、恐惧，统统宣泄出来，芳草地仿佛成了他们的情绪倾倒之地。有些人倾倒几次,就不再来了。有的人需要不停地倾倒,所以来舞厅是有瘾的,不仅仅因为男女的那种暧昧和欲望的勾引,而是那种宣泄,从心理上变成了生理上的。

也只有芳草地这样的地方,可以慰藉他们心里的痛苦和悲伤。每个人来这里跳舞,都是平等的、陌生的。即使你不会跳,只会跟着舞曲瞎扭,也没人歧视你。但也会发生以貌取人的事情,人还是视觉的动物。比如,男人邀请女人跳舞,还是要看脸和身材的。而女人被邀请也同样会看这两样的。好看的女人被邀请的次数就多。被邀请的次数多了,女人就虚荣了,膨胀了,挑三拣四了。男人也是。这又是不平等的。世界本身就是矛盾的、复杂的,即使平等,也是相对的。

我问二春,谁领你来的?

二春支支吾吾,说不清楚。他说,他们说这里能闻"香香"和摸"咪咪",我就来了。

我和李一卓都笑了。

中午吃饭的时候,傅东山没来,李一卓把傅东山的那份饭菜给了二春。二春吃着,眼睛也没闲着,右眼肿得像桃似的,但还往人群里巴望着。李一卓说,看啥呢?二春傻笑着。李一卓说,这地方不是你来的,以后,不管人家和你说什么,你都不要来了。这是我们在这儿,要是别人,你还不被揍个半死啊!二春还心不在焉地巴望着。李一卓摇了摇头说,没救了这是。我也笑了笑。二春吃完后,我把他送上回五间房的公交车,并叮嘱他在终点站下车。我还特意告诉售票员一声。售票员是个女的,四十多岁,她说,你别以为他傻,他老在五间房终点站那儿晃悠。我认识他。你放心吧。我又看了看二春,他的脸还是肿的,他对着我傻笑着说,辛苦啦!

公交车开走了，我站在那里，还在想着之前二春在舞厅里的样子，即可恨又可爱。我回到芳草地，听那些男人还在议论刚刚发生的事情，好像他们还没过够打人的瘾。他们对弱小者的暴力行为，让我厌恶。一个男人说，那傻子的肉真结实，把我的手都打疼了。我白了他一眼，回到小屋。我的目光在寻找那个女人，却没见她的身影。

"福利"舞曲再次响起。黑。朦胧。人头攒动。男女身影粘贴在一起。也有趁机揩油的男人，猥琐、可恶。黑，像把这些人都放到一口锅里，在舞曲中炖着，他们蠢蠢欲动了。我仿佛也被那黑暗拽走了，魂儿在那些人体之间飘忽着。用身体去贴近，用鼻子去嗅着。那些身体散发出来的气味是混沌或者说浑浊的，包围着我，缠绕着我。虽然有化妆品的气味掩盖着，但那也是劣质的化妆品，无法遮挡从那些肉体里散发出来的臭味。我承认，我身体里也有。每个人的眼睛都形同虚设，他（她）们身体里的眼睛都睁开了。"福利"舞曲好像只是为了遮蔽视觉，但身体的其他感官都格外敏锐。每个人都企图得到他需要的那部分……我挣扎着，从人群中突围出来。偌大的芳草地舞厅，俨然一座黑暗的陵寝。这么想的时候，我吓了一跳。出离的元神，又回到我的身体里。

"福利"舞曲结束了，灯亮了。光线打了响指，发出啪的一声，是清脆的，就把舞厅内的黑翻篇儿了。说是响指，更像是扇了一个耳光，耳光过后，舞厅里变得明亮起来。一阵簌簌的声音。慌乱。一些女人在忙着整理衣服和头发。有女人说，我的发卡不见了。有丢了纽扣的女人，不声不响，靠边了。可以说，"福利"舞曲这个时间拿捏得正好，在舞者们蠢蠢欲动的时候戛然而止，好像在告诉他们，灯亮了，差不多得了，这只是一次预演，不可能真刀真枪的，让你们没羞没臊一会儿就行了。至于走出这芳草地，你们想做什么，那就是你们的事情了。在芳草地只能到此为止。灯亮了，你们要道貌岸然了，正人君子了……

储芸两天没来，我看李一卓有些躁动，目光里闪着火苗。

"女神一号"的出现，让我和李一卓，还有那些舞者，眼睛一亮，心潮澎湃了，跃跃欲试了。她三十多岁，短发（像个男孩子），身材匀称，一身白色旗袍，细高跟鞋。她是第一次来芳草地，面孔是陌生的。她进来后，在一个墙角站着，点了支烟。马上就有男人过来邀请她跳舞，她扬了扬手里正在抽的烟，意思是说，正在抽烟呢。她的身边很快如苍蝇聚集般嗡嗡围了一圈男人。他们就像是一群凶猛的野兽看到了猎物似的。令他们没有想到的是，这猎物却让他们无从下嘴。李一卓说，这是我来芳草地后看到的最好看的女人，应该是"女神一号"。李一卓坐不住了，说，我下去看看。我说，好。

我看见李一卓过去，但"女神一号"没理他，和别的男人跳起来。李一卓在旁边巴望着，像一个馋鬼。有女人邀请李一卓跳，被他拒绝了。我也在注视着她，目光钉在她身上，心痒痒着，直往下沉，但我没有勇气下去和她搭讪。她的那种美感打动我了。她的舞姿也好，很标准，但她不跳快曲，就是慢三、慢四的。（也不跳"福利"舞曲，这是第二天我才知道的。）每一个动作都透着桀骜不驯，仿佛在告诉和她跳舞的人，就是跳舞，别想别的。她越是这样，越让人想入非非，欲罢不能。她是有欲望的，但令你看不到一丝淫邪和挑逗。她看上去就像是一个舞蹈老师，在教每个人跳舞。她那张脸，让我想起在五间房教堂里看到的天使雕像的面孔……

"女神一号"在舞池里,和每一个邀请她的男人跳,但跳过的就不跳了,每个男人只有一次机会。刚开始有些男人还不服气,但"女神一号"就是不和同一个人跳第二次。也有些女人被"女神一号"吸引,要和她跳一曲,她说,先紧着在场的男的。以前舞场里常来的几个女的这次也没嫉妒,没争风吃醋。她们赞叹"女神一号"跳得确实好,甚至还跟在她旁边学起来,学得笨拙啊!不像"女神一号"那样自如,行云流水,板眼间和音乐是契合的,是准确的、生动的,身体和音乐浑然天成,看不出一点儿明火。那股劲儿都在身体里,令人镇定又迷狂。

"女神一号"跳了两个小时就不跳了,看上去累了。她歇息了一会儿,解开缠绕在手腕上的手绢,擦了擦脸和白皙的脖颈,走出舞厅。很多男人都跟出去,我也从上面下来,看到"女神一号"上了一辆出租车。有男人喊着,明天还来吗?她从车窗伸出头,说,来。那声音里透着男腔。男人们望着"女神一号"坐着出租车走了。李一卓即使早早下去,也没轮到他和"女神一号"跳,他情绪低落。有没和"女神一号"跳的男人说,我咋觉得这女的像男人啊!你们跳过的,什么感觉?和"女神一号"跳过的说,是女的,货真价实的,女的。我故意用身体撞了一下她的胸脯,软软的。大伙就笑,都说,还是第一次遇到跳舞这么标准的。大伙纷纷猜测说,这女的不会是歌舞团什么的吧,来过过跳舞的瘾?大伙议论纷纷,回到舞厅里。

"女神一号"一走,舞场里冷清了很长时间才变得热闹起来。"女神一号"没走的时候,我觉得她就像是一块磁石,那些男人和女人都像铁渣子似的,被她吸引了过去。现在,"磁石"

走了,他们又恢复为他们自己,找各自的舞伴跳起来。舞池内再次变得喧嚣和热闹,晃动的光柱内,他们是人,和蹦跳惊起的地上的尘埃融在一起。

"女神一号"离开芳草地后,我和李一卓回到小屋内,他一直都没吭声。我安慰他说,明天会轮到你的。他说,我真的被她惊到了。那是一种说不出来的感觉,她让舞厅里变得有了秩序,就靠她自身……那是一种无形的个人魅力。之前,即使有灯光,我也觉得这舞厅是黑的,是夜。现在,她的出现让我觉得都是白天,她是带着光的,是光,不是光环。之前,那些人总让我觉得是浑浊的、脏的,她的出现让我觉得,她就像是一股清流。他叹息了一声,继续说,其实,我完全可以凭借我看场子的优势,提前和她跳一曲的,但我不能那样做。如果我那样做了,我会被她瞧不起的。真是奇怪了。我想到一个词,高贵,是的,就是这个词。

我还是第一次听到李一卓这样评价一个女人,看来,他真是动心了。我说,高贵,这个词用来形容她是准确的,像一件瓷器。李一卓点了点头,说,对,瓷器。你再看那些下面的女人,都像土缸、土陶似的。我说,也不能这么绝对。李一卓说,我就是这么绝对。我没再和他犟,再犟起来,李一卓怕是要生气了。

"女神一号"每天都来,即使不穿旗袍,穿别的也都很得体、精致。她的出现,让舞厅里的男人多了起来。或者说,她已经名声在外了,很多人慕名而来,为了和她跳一支舞。我和李一卓猜测她为什么这样,是有人安排的?我们猜不到。傅东山这几天都是来晃一圈,问问情况就走。那天,他看到"女神一号",也留下来,看了一会儿,但他好像没什么兴趣,喝了杯水就走了。我注意到一个问题，就是"女神一号"出现的这些天，她从来没有笑过。说冷若冰霜也不对，反正就是没笑过。她即使不笑，看着也让人心里舒服。李一卓和"女神一号"跳过后，开始冷落储芸了。储芸并没太在乎，她还是会偶尔和李一卓回家。我曾问李一卓和"女神一号"跳舞的感受，他说，感觉要飞起来了，你已经不是你，你完全被她的气场淹没了，包括你的思维，你完全没有机会去想别的，只是在她的带动下，随着她舞动。即使你是笨拙的，在她的带动下，你也会变得自如，放松下来。我说，哦。李一卓说，要不你也去和她跳一曲，感受一下。我说，我不会跳，会让人家瞧不起的。李一卓说，"女神一号"不是那种人，这几天，相信你也看出来了，所有和她跳舞的人，在她眼中，都是平等的。无论身份地位，在她面前就都是跳舞的。那个常常来舞厅的瘸子，挂着双拐、一条腿的老康，"女神一号"都没嫌弃他，竟然把着老康的双拐完成一曲。我看老康跳完后都感动了，眼睛里泪花闪闪的。他嘴里还嘟囔说，第一次啊，第一次啊！第一次没有人嫌弃我这个瘸子。

　　李一卓点支烟，说，这几天，我总觉得"女神一号"眼熟，好像以前在哪儿见过，但就是想不起来了。

　　我说，不会吧。

　　李一卓说，真的。

　　每天，"女神一号"在芳草地出现的那段时间，是芳草地最热闹的时候。人满满地拥挤在舞厅内，连门口都是。卖票的林阿姨脸上挂着笑容。有一天，晚上散场后，林阿姨偷偷塞给我和李一卓每人五块钱。她笑着说，这些天人多，都受累了。我争执着，不要。李一卓帮我拿着了。过后，李一卓说，你真是不懂事儿，给你就拿着。我说，她这是在偷卖票的钱。李一卓说，她不给你，她也偷。你不要，她就会觉得你和她不是一伙人。同流合污，你应该知道这个词吧。我没吭声。李一卓说，这事儿以后别提了，她给，我们就要。你就当小费了。我说，这要是被老板知道了，还不……李一卓说，你啊！我从来的那天起就没看到过老板，也不知道老板是谁，连我舅都不知道。你啊，别想这些了，和"女神一号"去跳一曲吧，哪一天她不来了的话，你会后悔的。我必须承认，我很想和"女神一号"跳，但我不敢，我自卑。从她出现的那天起，我就满脑子都是她的身影。有一天上午来芳草地上班之前，我绕道去了一趟五间房的教堂，看了看墙上画的那些天使和天使雕像，我觉得那就是"女神一号"。

一晃，我在芳草地打工半个月了。那里确实有一种特殊的魔力吸引着我，即使"女神一号"没出现的时候，也是。但我每天从芳草地回家后，还是会读一读《静静的顿河》。我看到了一个即将觉醒的葛利高里。这个人物的某些行为和情绪与我这么多年所受的教育是背离的，这让我陷入了矛盾和怀疑的思考之中，但我没人交流和诉说。第一册读完，我没有马上读第二册。没想到，这一放，竟然是十几年过去了。

第八章

时间过得真快，我在心里数着日子，离开学还有一个星期。这一个星期在芳草地竟然发生三件事情。

第一件事是，我妈在地下商场给我买了双鞋，没想到我穿一天就开胶了。我妈告诉我在地下商场哪个摊位买的，让我拿去换,我只好照办。我在上班前去了地下商场,遇见了吴婷妮。那鞋就是在她家的鞋摊上买的。我看到吴婷妮瘦了。她看到我还很亲切,问我干什么来了。我说了事情。吴婷妮告诉她家的服务员说,给退了。服务员看了看吴婷妮。吴婷妮说,退钱,没听到吗?我说,不用,给我换一双就行。吴婷妮说,实话和你说吧,这地下商场都是便宜货,鞋子啊,衣服啦,你不能在我们这儿买。你看着是名牌什么的,都是假货。我说,哦。服务员把钱退给我。我说,谢谢。吴婷妮说,我听说最近芳草地来了个"女神一号",一直想去见识一下,但没时间。我说,是的,那舞跳得真好。吴婷妮说,哦。储芸还和李一卓在一起玩吗?我说,嗯。吴婷妮说,我前些天看到李一卓了,在我朋友的店里文身。我说,这我还真不知道,他也没说。吴婷妮说,要开学了吧?我说,是的,没几天了。吴婷妮说,不想上学了吧?心野了吧?我说,还行,是有点儿长草了,但我会很快就把那些草拔掉的。吴婷妮说,那就好。我再次盯着她的那只左眼。吴婷妮笑着,说,看什么看?这是一只假眼。要不要我把它抠出来,给你看看?我说,别,别。我看了看时间,再次谢谢她给我把鞋退了。吴婷妮说,上学后就忙了。如果有时间,欢迎来玩。我说,好的。

  我从地下商场出来,回到芳草地。

  我看到李一卓也来了,他坐在椅子上抽烟。

  我说,听说你文身啦?

  李一卓说,你咋知道的?

  我说,我咋就不能知道?文哪儿了?让我看看。

  李一卓说,没什么好看的。

我说，看看嘛，文的什么？

李一卓把衣服脱下来，背对着我，说，看吧。

我看到一个关公活灵活现地在他后背上，手擎着一把大刀。我的手不禁要去触碰。李一卓连忙躲开，说，别碰，还疼呢。我说，这是用针蘸着墨水一针针扎上去的吗？李一卓说，差不多。我说，那不得老疼啦！打麻药了吗？李一卓说，我没让打。我说，你牛。关公看着真威武。我说，你转过去，我再仔细看看。我的眼睛在他后背上一点点看着，我看到一处败笔，就是关公握着刀的手没文好，那把刀随时都要掉下来似的。不仔细看，看不出来。我没和李一卓说。他把衣服穿上了。李一卓说，喜欢的话，你也去文一个。我说，我怕疼。

那天，"女神一号"没来芳草地，舞厅里跳舞的人都很失落。失落过后，他们又开始在舞池内扭动起他们的身体，在或缓慢或高亢的音乐声中，把自己忘记了，同时也忘记了外面的世界。

第二天，"女神一号"还没来。

李一卓说，看看，人家不来，你没和她跳，后悔了吧？我说，也没什么后悔的。我嘴上是这么说，其实心里是后悔的。其实，我心里藏着一个秘密。有一天，"女神一号"和一个男人跳舞的时候，我从小屋里注视着她，一道光莫名地像从天而降似的，照在她的脖子上。那白皙的脖子。以前，她脖子上都系着个纱巾，今天没看到。光落在她脖颈上，我看到了蠕动的喉结。我当时灵魂出窍般惊呆在那里，就像被锤子敲了一下脑袋，怔怔的，一动不动，眼冒金星了。我用手揉了揉眼睛，那光移动到她身体的其他部位。我在等那道光，可是，等了很长时间，那道光都没再照在她的脖颈上。我从上面下去，融入舞池内，我再次看到"女神一号"的那个喉结。我整个人都要瘫软在舞池里，我跌跌撞撞地挤出人群，回到小屋内。李一卓当时不在，我感觉到我的脸上湿漉漉的。我去卫生间洗了把脸，回到小屋，看到李一卓的烟在茶几上，我点了一支。我不愿相信我看到的，我宁愿相信那是我看错了。我宁愿相信她就是她，是我们心里的"女神一号"。

第二件事是"女神一号"死了。那天，舞厅里，人们正在跳舞，突然有人从外面跑进来，喊叫着，"女神一号"死了。刚开始人们并没在乎来的人喊什么。在他持续的喊叫声中，有的人听到了。他们停下挪动的脚步。他们在相互传递着"女神一号"死亡的消息。整个舞厅里的人都凝住了。我和李一卓在上面觉得下面情形不对，不会是有逃犯来了吧？我说，我们下去看看，咋都不跳了呢？

我们下去，听到这个消息，也不敢相信自己的耳朵。李一卓揪住来报信的人，问，你咋知道的？报信的人哆哆嗦嗦地掏出一张报纸，说，你们看，这……

报纸上说，在前天夜晚，"女神一号"被人用铁丝勒死，抛尸在轧钢厂家属院旁边的臭水沟里，现在寻找线索。

我们站在舞厅里都呆住了。有人开始哭起来，说，那么好的一个人，咋就……哭声是能传染的，舞厅里哭声一片了。我和李一卓也不能接受这突然的噩耗。

这时候，整个舞池都是空的。人们站在舞池四边，一道白色的光束从天花板上落下来，渐渐变大，呈一个光柱竖立在舞池中间，静止在那里。那些和"女神一号"跳过舞的人，竟然纷纷弯下腰，向着那光柱鞠躬、默哀。我和李一卓也下意识地弯腰，默哀了一下。李一卓说，该干吗干吗吧，总不能因为一个女人，这舞厅就停业吧。音响师，来首激烈的舞曲，让大家跳起来。我听到那些舞者哽咽的声音。激烈狂暴的舞曲响起，要把整个舞厅都炸开似的。舞者们开始拥进舞池……

第三件事是，傍晚的时候，来了几个喝醉的酒鬼，在闹事儿。我和李一卓下去企图把他们劝走的时候，我们打了起来。其中一个酒鬼掏出一把刀子，刺向我，当时要不是我背着那本《静静的顿河》，那一刀真的就扎到我的肚子里了。李一卓拿出他的砍刀和那三个人大战起来，直到有人报警。李一卓当场砍倒一个。

在派出所里，李一卓把事儿都揽到他身上，没我什么事儿。我是在晚上被放出来的。

我在芳草地打工的生活提前结束了。我也因为李一卓被判了刑，而没有拿到一分钱。我总不能去监狱里向李一卓要钱吧。倒是那个售票的林阿姨，偶尔塞给我们一些零钱，加起来差不多能有二百块。储芸找过我，问了李一卓的情况，我大概说了一下。她让我去找傅东山要钱，但我没去。

我把钱给我妈。我妈说，你自个儿挣的，自个儿留着当零花钱吧。其实，我也不想你去打工，但又想让你知道一下挣钱的难，所以，你要好好学习了。我说，嗯。我妈说，你看你，这些天都瘦了，头发也长了。去剪个头，洗个澡，过两天就开学了。

开学后，我开始忙起来，早出晚归的。有时候，晚上回来，赶最后一班车的时候，还能看到芳草地的霓虹灯闪烁着。我在心里抵触看到它。很长一段时间，我都去坐另一条路线的公交车，为了避免看到芳草地，尽管坐那条路线的公交车，下车后要走二十分钟才能到家。我在逃避。

　　这期间，我和储芸去监狱看了一次李一卓。他在监狱里好像混得还不错，没人欺负他。这我就放心了。储芸哭着说，要等他出来。李一卓没说什么。我们临走的时候，李一卓对我说，我妈来看我，说把我哥的东西收拾了，问我还要不要了，不要就烧了。你去我家看看有没有你需要的，如果没有，就让我妈都烧了吧。我说，好。我回家后，去了李一卓他家，说了事情。他妈指着一个纸箱子，说，都在里面了，你要的话都拿走。道永，你说，我这辈子啥命啊？男人在矿上死了，两个儿子，一个自杀了，另一个……我不知道怎么安慰她，抱着那箱子东西说，婶儿，咋样，还都得活着啊！我抱着纸箱子回家，把里面的一些书整理出来，码在我的小书架上。在其他东西里，我看到一张照片，上面是李一蒙和另一个男孩的合影，我的心颤抖了一下，我觉得他还是女儿身好看。望着那张照片，我的眼泪扑簌簌落下来，我把照片藏在一本书里。我想，下次见到李一卓的时候，把照片带给他。

　　1992年，芳草地舞厅因为电线老化，着了一场大火，没人伤亡。从此，它再没开业过，也退出了望城的历史舞台。现在，那个地方变成了献血屋。

　　我考上大学后，再没见到过李一卓。听人说，他出狱后和储芸去了南方。

　　2020年秋天，我在朋友圈看到有人提起《静静的顿河》。之前李一蒙的那套已经找不到了。我又买了一套，再次从第一册读起，当年的很多记忆又回来了，包括在芳草地舞厅打工的事儿，令我怀念。我越看越激动，都不忍心一下子看完了。我从秋天看到冬天，从树叶落下来开始，到树木被白雪覆盖我还没看完。偶尔，我会把头从书页上抬起来，望着窗外白茫茫的世界。然后，我再低下头，沉浸在那些文字里。是什么那么吸引我？我不告诉你们。